李白长安行

芦苇·著

黄河出版传媒集团
宁夏人民出版社

图书在版编目（CIP）数据

李白长安行 / 芦苇著. -- 银川：宁夏人民出版社，2025. 1. -- ISBN 978-7-227-06965-2

Ⅰ. I267

中国国家版本馆 CIP 数据核字第 2024S47M38 号

李白长安行　　　　　　　　　　　　　　芦　苇　著

责任编辑　赵学佳　师传岩
责任校对　闫金萍
封面设计　姚欣迪
责任印制　侯　俊

黄河出版传媒集团
宁夏人民出版社　出版发行

出 版 人　薛文斌
地　　址　宁夏银川市北京东路 139 号出版大厦（750001）
网　　址　http://www.yrpubm.com
网 上 书 店　http://www.hh-book.com
电子信箱　nxrmcbs@126.com
邮购电话　0951-5052106
经　　销　全国新华书店
印刷装订　宁夏凤鸣彩印广告有限公司
印刷委托书号　（宁）0030626

开本　787 mm×1092 mm　1/16
印张　22.5
字数　240 千字
版次　2025 年 1 月第 1 版
印次　2025 年 1 月第 1 次印刷
书号　ISBN 978-7-227-06965-2
定价　58.00 元

版权所有　　侵权必究

目录

第一章　进京
001

第二章　候召
035

第三章　觐见
067

第四章　侍驾
097

第五章　春咏
129

第六章　交游
165

第七章　酒歌
205

第八章　遭谗
237

第九章　辞阙
279

第十章　出关
317

余音
355

第一章 进京

仰天大笑出门去

李白勒缰驻马，耸身远眺：

蒙蒙雾散，雄伟的长安城，轮廓渐次清晰起来。

诗人眼前，大唐西京，岿然屹立在开阔的关中平原上，依坡起伏，迤逦铺展，枕渭水，傍秋原，倚秦岭，接青云，如同一幅旖旎壮丽的立体画卷，气势恢宏，动人心魄。

绵密飘忽的轻雾凝成露珠，不经意间悄悄沾落了诗人衣襟上的旅尘。渭水清爽湿润的河风，竟自扑面而来。

宿鸟惊飞，遥闻雁塔钟声；征鸿南归，静别箭楼飞檐。

李白纵马，骏骑奋蹄跃进。

大唐天宝二年（743年），暮秋[1]。

那是一个云淡露重的清晨。

李白勒缰驻马，耸身远眺：蒙蒙雾散，雄伟的长安城，轮廓渐次清晰起来。诗人眼前，大唐西京，岿然屹立在开阔的关中平原上，依坡起伏，迤逦铺展，枕渭水，傍秋原，倚秦岭，接青云，如同一幅旖旎壮丽的立体画卷，气势恢宏，动人心魄。

自从在宣州南陵接到皇上的征诏，李白便风尘仆仆，一路疾驰：水路西行，舟楫不辍；陆路北上，马不停蹄。"仰天大笑出门去，我辈岂是蓬蒿人！"[2]诗人踌躇满志望京而来：一旦入朝觐见皇上，满腹经纶化作政纪朝纲，便可大展宏图安邦济世了。

此刻，绵密飘忽的轻雾凝成露珠，不经意间悄悄沾落了诗人衣襟上的旅尘。放眼尽望处，华岳，剑峰入云；渭河，波明水亮。漫漫晨岚缥缈如烟，萦绕着渭水河畔莽莽原野上的汉家陵阙。芳林染了秋色，苍松细柳，俊桦虬槐，碧绿涴金黄，青白间浅紫，斑驳灿烂。清爽湿润的河风，竟自扑面而来。

宿鸟惊飞，遥闻雁塔钟声；征鸿南归，静别箭楼飞檐。

眼前，这条通往京师城门的官道，愈加宽阔平坦起来。

第一章 进京

进京之路，再无坎坷！

李白纵马，骏骑奋蹄跃进。

其实，李白进京，并非一帆风顺。

李白的进京之路，始于剡中，距离大唐京师长安城数千里之遥。剡中，唐代玄宗天宝年间，属于江南东道会稽郡管辖，在今浙江绍兴之嵊县。

还是在天宝元年(742年)春天，李白便从东鲁启程，携妻子许氏，带着四岁的女儿平阳，还有不满两岁的儿子伯禽[3]，南下越中。四月，李白顺道登泰山，流连月余[4]。之后，入淮南道，过镇江府，途经杭州，抵达越中名郡会稽，稍作停留，旋赴剡中。

李白这是要追随仙师道友吴筠，相约访隐览胜，仙游越中的青山秀水。吴筠，字贞节，华阴人，举进士不第，就隐居在南阳做了道士。其时，吴筠正云游于会稽郡之剡中。

当然，李白英气少年时，便极爱游历名山大川，而且素来喜好结交逸人高士，于云水山川之间修仙悟道。他离开蜀中家乡之前，大约二十岁时便师从逸士东严子，隐居巴蜀岷山之阳，潜心学道。[5]此次赴剡中，他访古探幽的豪兴，也将得到极大满足。剡中地处会稽郡东南部，是李白平生所游最靠近东海的地方。此地有江，名曰剡溪，"湖月照我影，送我至剡溪"[6]，就是李白后来回忆剡中游历的诗句。剡中虽偏于海疆，但文化隆盛，风物独特，东接四明山，南邻天台山，西傍会稽山，剡溪横贯其境而后汇入曹娥江，景色为越中最秀，名于当世。其四明山，奇峰怪石，茂林翠湖，可以观云海，听松涛；天台山更是钟灵毓秀，聚佛宗道圣于一山，历来就是仙家云游的胜地。

李白此刻虽然寄家剡中，漫游山水，却是胸怀安邦济世之志。只可惜身居天远地偏之所，纵然心系庙堂，也只能暂时浪迹东吴。他游览越中名胜四明山，登上神秀的天台山，探幽赏奇，访道问佛，把一腔豪迈诗情与半生鲲鹏之志，全都付与苍山碧水丹霞朗月。

在剡中，李白将情志寄于山水之间，为后世留下了《天台晓望》《早望海霞边》等著名诗篇。

天台晓望[7]

天台邻四明，华顶高百越。
门标赤城霞，楼栖沧岛月。
凭高远登览，直下见溟渤。
云垂大鹏翻，波动巨鳌没。
风潮争汹涌，神怪何翕忽？
观奇迹无倪，好道心不歇。
攀条摘朱实，服药炼金骨。
安得生羽毛？千春卧蓬阙。

早望海霞边[8]

四明三千里，朝起赤城霞。
日出红光散，分辉照雪崖。
一餐咽琼液，五内发金沙。

第一章 进京

举手何所待，青龙白虎车。

诗中，李白凭借瑰丽丰富的想象，摹写波涛汹涌的东海奇观，表达诗人登高观览的感触，寄寓了诗人暗藏心底无以施展的鲲鹏之志，也真实地记述了诗人吐纳求仙的生活细节。

越中的冬天比东鲁的天气温和了许多。这个冬天，李白一家少了些寒苦的困扰。冬天很快就过去了。

天宝二年初春，李白的师友吴筠在剡中接到当朝皇上的诏书，以道士身份奉旨入京。看样子，想必是要供职朝中参议政事了吧。

李白的心思也动了起来。

盛唐时期，开科取士已经成为朝廷招纳人才的主要方式。但是，汉魏六朝以来的门阀风尚，依然风强势盛。对豪门望族的彻底摧毁，那是中唐黄巢起义之后的事了。而在开元天宝年间，诸多出身名门又自视甚高的士族子弟，往往并不热衷于通过苦读参加朝廷的科举考试，加之一些因故无缘科举的寒门志士，他们便另寻门道，访名山，交高士，求仙道，入佛寺，隐迹山林，吟诗唱和，名隐而实彰，以隐求名，博得朝廷知晓，继而被征召入仕。这种方式有时比走科举之路以博取功名更为便捷。因着许多人皆求隐于京师附近的终南山，于是便有了"终南捷径"之说。

吴筠以道士身份受到朝廷征召，对李白而言，便是一例现鉴。

彼时的李白，大约也早早为自己设计着如此闻达致仕的门径。而在此刻，师友吴筠的奉旨入朝，恰如一粒石子投入水中，砰然激起李白心底的层层涟漪。

吴筠与李白作别。

诗人李白,带着一丝怅然,送这位私交至深的仙师道友离开剡中,北上长安。

李白作诗,为吴筠送别。

凤笙篇[9]

仙人十五爱吹笙,学得昆丘彩凤鸣。
始闻炼气餐金液,复道朝天赴玉京。
玉京迢迢几千里,凤笙去去无穷已。
欲叹离声发绛唇,更嗟别调流纤指。
此时惜别讵堪闻,此地相看未忍分。
重吟真曲和清吹,却奏仙歌响绿云。
绿云紫气向函关,访道应寻缑氏山。
莫学吹笙王子晋,一遇浮丘断不还。

此诗因为以仙游的意象入诗,历代便有人将其归入游仙诗之类。《全唐诗》本诗题下注"一作《凤笙篇送别》",从诗的感情色彩判断,也应该是送别诗。诗中"始闻炼气餐金液,复道朝天赴玉京""玉京迢迢几千里,凤笙去去无穷已""此时惜别讵堪闻,此地相看未忍分"所透露的明确信息,诸如被送者的身份、送别地域与京师的距离、远行者与诗人的关系等,这些,皆十分契合李白在剡中送别仙家道友吴筠赴京入朝的具体情境。

第一章 进京

李白以他擅长的方式,为亲密的师友送行。他以音乐寄兴,时而调琴抚弦,时而鸣箫长吟,曲和清风,响遏行云,抒发与师友依依惜别的深厚情谊,吐露对于日后重逢的殷切期盼。

与师友临别之际,孤零零的诗人心中泛起一阵空寂;俯首沉吟间,对于家庭的生计,对于今后的前程,李白心中自然也会考量盘算一番,不免生出许多的忧虑。

于是,送走吴筠之后,李白决计也要离开剡中。

为什么诗人在风光秀丽的吴越佳境仅仅驻留了一年,就要急匆匆离开?而此时,李白并不知道皇上会在后来的某个时刻,也如下旨征召吴筠一样,召自己进京。也许,吴筠接到诏书之日,李白便也隐约看到了一条自己同样可以抵近朝堂的路径。李白曾经在《上安州裴长史书》[10]中自述道:"五岁诵六甲,十岁观百家。轩辕以来,颇得闻矣。常横经籍书,制作不倦,迄于今三十春矣。""故知大丈夫必有四方之志。"李白从青年时期就以天下为己任,修习纵横之术,自以为胸怀帝王之策,天生我材必有用,总有一天,上苍会给他一个施展才华与抱负的机会。他二十五岁出蜀离开家乡,漫游东吴,滞留安陆,寓居东鲁。而剡中游历之时,年已四十三岁的李白,真的是人到盛年壮志未酬,怎能不生出"时不我待"的焦虑?

或许,事情可能是这样的:吴筠临别辞行时,向李白允诺,若得皇上召见,定在朝堂之上举荐他;而李白也相信,吴筠的推荐,皇上必有回应。

当然,李白对自己的才能与诗名,也是颇为自负的。昔日,李白曾与另一位挚友元丹丘,隐居嵩山修道。后来,这个元丹丘,得与当朝皇上的妹妹玉真公主以道结交。玉真公主号为持盈法师，荐举元丹丘闻达于朝廷。玉真公主因元丹丘而知晓李白的诗名，也应该没有疑问；因之使皇上知道李白的诗名，也就不是没有可能。对此，李白也有比较乐观的判断。因仰慕李白而追随其同游并被托以编辑诗文之事的唐进士魏颢，在其《李翰林集序》中有言："白久居峨眉，与丹丘因持盈法师达，白亦因之入翰林，名动京师。"[11]言有所及，至为可信。

可见，诗人此时对实现政治抱负的愿望之强烈，远胜于观山阅水、求仙问道的意趣。四明山的奇峰幽谷，天台山的石梁飞瀑，都没能留得住诗人在此长久徘徊，诗人也并未沉醉于琴剑歌吟之中。

再者，挚友已去，在剡中，李白已然留恋无多。

在以后的生命历程中，李白至少还会有两次回到剡中的经历。但彼时经历了更多波折的人生况味，和这次匆匆离别的感受，实在有着许多的不同。

早春二月，这是北方万物复苏的季节。而在偏隅东南的越中，天气向暖，碧草连天，百花待放，云淡风轻，鸿雁尚未北征。

诗人毫不犹豫，他从剡中启程，举家北迁。此行，绝非漫游浪迹，他的目的大致是明确的，那便是北进，之后西行，瞩望京师长安。这样，急匆匆地，李白便踏上了一段艰辛的旅程，一段崎岖遥远但充满憧憬的旅程。

李白北上之旅，首驻会稽。会稽为春秋越国的故地，即今之浙江绍兴。莺飞草长，恰是春光美妙时。李白在会稽悉心探寻历史名胜，

第一章 进京

访古拜圣,寻踪觅迹。

会稽山,传说上古治水的圣贤大禹,于此娶妻,于此封禅,于此计功,最后归葬于斯。后来的越王勾践,为了融入华夏,以夏帝少康庶子的后裔自居,封会稽山,以奉守大禹之祀,被越地百姓拥戴为王。当年吴越争霸,吴王夫差伐越,越王勾践便是在会稽山做了俘虏。于是,勾践便献上美女西施以魅惑夫差,怠其志向,自己为夫差牵马,卧薪尝胆,最终得以回到越国,重整旗鼓,东山再起,大败吴国,最后逼得夫差自刎毙命。而今,虽然越王霸业已荡然无存,成败变迁,王朝更迭,千年故事也只剩下鸣禽啼旧,一时繁盛归于寂灭,但毕竟英雄豪杰功成名就,盖世威名依然流芳青史。只是,春风依旧,昔日美人无归;断壁残垣处,唯见荒草鹧鸪。

遥想当年,追远抚近,李白不禁诗情勃发,怅然慨叹。

越中览古 [12]

越王勾践破吴归,义士还家尽锦衣。
宫女如花满春殿,只今惟有鹧鸪飞。

西施 [13]

西施越溪女,出自苎萝山。
秀色掩今古,荷花羞玉颜。
浣纱弄碧水,自与清波闲。
皓齿信难开,沉吟碧云间。
勾践征绝艳,扬蛾入吴关。

提携馆娃宫，杳渺讵可攀。

一破夫差国，千秋竟不还。

  会稽故事中的人物，除了勾践、西施，还有东晋大书法家王羲之。王羲之当年也曾任会稽内史，领右军将军。相传，王羲之尤其喜欢红掌白羽的家鹅。有山阴道士知晓王羲之所好，便养了一群好鹅，邀其前去观赏。王羲之看到这群鹅，见其如此白洁美丽，非常高兴，当时便要买下鹅来。道士提出，王羲之若为其书写老子的《道德经》，便以群鹅相赠。王羲之痛快答应，欣然提笔，落墨以成书法精品。掷笔之后，取笼收鹅，乐以还家。这就是"书成换鹅"的轶事。

  李白与王右军同好珍禽。出蜀之前，在岷山之阳，李白也曾养得珍奇禽鸟，竟以千计，且禽与人欢洽相偕，呼之便飞至掌上从容取食，略无惊恐徘徊。李白十分仰慕王右军的那一份豪爽洒脱，他寻访当年王羲之以书换鹅的旧踪，思绪邈远，赋诗赞之。

王右军 [14]

右军本清真，潇洒在风尘。

山阴遇羽客，要此好鹅宾。

扫素写道经，笔精妙入神。

书罢笼鹅去，何曾别主人。

  李白携家北上，过杭州。去岁秋天，李白南下赴剡中，路过杭州时，任杭州刺史的族侄李良曾与李白同游杭州天竺寺。此时再次见面，

第一章 进京

族侄李良刚巧卸任杭州刺史之职，无官一身轻，正欲作名士状，携伎赴会稽，赏春光，游名山，享受摆脱署理衙门俗务烦扰的逍遥自在。李白只是有些遗憾，自己刚离开会稽，族侄却要去游玩，不能尽同游之乐。李白为之送行，赠诗一首，半是嬉笑半是祝愿，兴致勃勃地告知这位族侄，当效东晋太傅谢安之风流倜傥，畅游会稽东山。

送侄良携二妓赴会稽，戏有此赠[15]
携妓东山去，春光半道催。
遥看若桃李，双入镜中开。

诗中，李白通过想象描绘族侄在会稽东山的半山道上，春光旖旎，由美人相伴，似桃李绽放，访古觅胜，探幽猎奇，定会是神清气爽，潇洒超脱。

东晋太傅谢安，是李白倾心追慕的会稽历史人物。会稽东山，在上虞县西南四十五里，为谢安旧居处。当年的谢安，筑白云、明月二堂，又携家伎游蔷薇洞，传为一时佳话。谢安风采仪态清秀明达，又有淝水之战的举世功名，还是个不恋权位功成拂衣而去的国宰名相。东山之所以闻名，名在谢安曾经隐居于此，因而，东山成为归隐之地的象征。

李白过会稽，曾独自探访东山，拜谒谢安曾经生活过的旧迹，一睹了这位心目中几近完美的男儿大丈夫的隐居所在。而今，卸任杭州刺史的族侄李良，携伎至会稽游玩，李白期待族侄能够一游东山，暂作隐逸的姿态，蕴蓄再起之志。

此前，李白自己游会稽东山，计其游程，大约不可作一日之行。有此闲情逸致，说明诗人李白的急于离开剡中，只是北上启程而已，至于何时进京，并无确切的日程。进京的诏令，对于李白只是一个不甚确定的预期而已。

在杭州送走族侄，他便也不徐不疾，且行且游，以游待召了。

时序在春，白昼渐长。李白携家眷一路悠悠北上。

行至太湖边，诗人突然想起，天下之大美，竟每每忽略了姑苏奇妙的景致和厚重的历史，几次路过此地，总是匆匆一瞥，实在遗憾。于是，诗人便绕道太湖以东，极尽游兴。

吴县西三十里，姑苏山巅，有姑苏台，乃吴王阖闾与其子夫差所筑，登台可观方圆百里景致。李白于翠竹掩映中穿行，沿着灌木小径，在绿林中攀缘，登临姑苏台。诗人凭高远眺，荒台周遭杨柳新绿，侧耳之间，仿佛听到了菱歌轻唱。遥想当年吴越旧事，不胜唏嘘，他感叹道：吴王夫差破越败齐是何等的功绩，却早已化为一缕青烟；西江月明依旧在，只是物是人非。于是，李白作《苏台览古》一首，寄托那油然而生的思古幽情。

苏台览古 [16]

旧苑荒台杨柳新，菱歌清唱不胜春。
只今惟有西江月，曾照吴王宫里人。

李白拖家带口，鞍马劳顿，比至春尽时节，终于到了金陵。

第一章 进京

金陵，作为中国历史上曾经风云际会的龙虎之地，因三国时东吴孙权建都于此，又占据南北水陆通衢，扼守长江流域枢纽，遂崛起为南方政治、经济、军事、文化的中心。自东吴到东晋，再到南朝的宋、齐、梁、陈，六朝皆建都于此。承接六朝的流风遗韵，至盛唐时期，金陵物阜民丰，交通繁忙，酒肆客栈，商事逆旅，一派繁华。灵谷栖霞，龙蟠虎踞，秦淮河，石头城，白下亭，凤凰台，朱雀桥，乌衣巷，古迹名胜，足可令人流连忘返。

金陵之于李白，加上此次游历，算来已是三顾之地。当年，李白出蜀东游维扬，散金三十余万接济四方落魄朋友，尽而不惜。[17] 如今，侠誉犹存，诗名远扬，酒声加持，这金陵，便好似李白的新乡故邑。李白来了，旧友尚在，新朋来呼，诗酒会友，酬唱尽欢。金陵的诗坛、酒肆，热闹了起来。

诗人听钟山松涛，观江渚鸥翔，乘秦淮画舫，饮金陵春酒，乐以忘忧。

然而，诗人李白此时终究怀着帝都之期，即使友朋情重，繁华难舍，春色依旧，但这金陵古都亦非久恋之地。

滨江酒肆中，朋友们为诗人李白饯行。辞别之时，诗人欲行又止，情意绵绵，难分难舍。李白与朋友一同开怀放浪，压糟酣饮，杯声觥影中，醉态可掬。那便是，应了吴姬，尝了新酒，尽了欢兴，醉了故友。

金陵酒肆留别 [18]

风吹柳花满店香，吴姬压酒唤客尝。

> 金陵子弟来相送，欲行不行各尽觞。
> 请君试问东流水，别意与之谁短长。

试问浩浩荡荡的长江东流水，较之这绵绵的离情别意，究竟是谁短谁长！

此后的二十年间，李白或交游，或寓居，不论冶游会友，还是逆旅匆匆，抑或生计所迫，金陵，将与诗人发生十多次的相遇。六朝故都，将成为李白诗歌创作和社交生活中最重要的舞台。

暑夏在即，只有早晚阴凉些。

别去金陵，李白携家人择路西行，前往当涂。

从金陵出发到大唐京师长安，有两条路线可供选择：一条路是过长江，北上，历淮扬，达徐州，入河南道，经宋州、郑州、河南府和东都洛阳，至潼关进京；另一条路便是南下西行，溯江入楚，经鄂州，溯汉水达襄阳，北上南阳，过洛阳，西往潼关。自金陵入楚的路途，李白是熟悉的；这条沿江往还的水陆交通，他已有过多次经历。

李白往当涂去，显然是选择了西进向楚再北上南阳的路线。

当涂，设县于秦，初名丹阳，隋代改名当涂，今属安徽，东邻江苏。李白琴剑飘零，几度滞留这里。此地虽非李白特别留恋之地，却是他终其一生沉浮之时每每选择的落脚之处。二十年后，这里，也将成为诗人李白告别生命的最后归宿。

地处长江下游的当涂，西濒浩浩江水，境内有博望山，与长江

第一章 进京

西岸的梁山东西相向,夹江对峙,隔岸呼应,势形若门,合称天门山。天门山形峻势雄,春秋以降,皆是东吴诸地从水路入楚的必经通道。孙权建都金陵,此处成为控扼长江水道的要冲。南朝刘宋名将王玄谟,在两岸山顶各筑一城,倘若凭借关隘布兵横守,对江辖制,情势愈加雄奇险阻。

李白滞留当涂几日,游兴萌动。他借着南下西行之便,临江览胜,再次体会长江天堑蕴蓄的历史况味。诗人伫立江岸,独对斜阳,把酒临风,昂首凝望气势磅礴的天门山,远眺汹涌奔流的长江水,骤然间诗情勃发,吟成了一首意象雄浑脍炙人口的七言绝唱。

望天门山[19]

天门中断楚江开,碧水东流至北回。
两岸青山相对出,孤帆一片日边来。

李白尤其钟情于当涂的山与水。他感叹天门山锁扼大江的恢宏气势,写下了不可多得的《天门山铭》[20]:

梁山博望,关扃楚滨,夹据洪流,实为吴津。两坐错落,如鲸张鳞。惟海有若,唯川有神。牛渚怪物,目围车轮。光射岛屿,气凌星辰。卷沙扬涛,溺马杀人。国泰呈瑞,时讹返珍。开则九江纳锡,闭则五岳飞尘。天险之地,无德匪亲。

此铭如诗而胜于诗。写景佐之以神话与传说,状物辅之以想象与夸张，给天门山平添了几分浪漫传奇的色彩，意象丰富，意境雄奇，神采飞驰，情感跌宕，寓意深长，韵味悠远。于此，我们大致可以领略李白辞赋铭文的神奇风采。

李白滞留当涂，恰好县令也是李氏宗亲，名有则，辈分长于李白，故称其为族叔。此李姓邑宰，曾经建功于河西边塞，后获当涂主政之机，政声清明，百姓拥戴。据说，当涂城内有化城寺，始建于东吴孙权称帝时期，规制宏大，南朝宋孝武帝刘骏曾驻跸寺中。一日，李白这位族叔，偶入禅寺，闻寺内旧钟声音细小喑哑，遂发下誓愿，要重铸洪钟，以警醒凡人俗念。李白悉知此事，对这位族叔心生敬意。惜此时钟未铸成，李白不得见闻。后来，大钟终于铸就，遂置于化城寺内。

化城寺旁有水曰西湖，寺主僧升于湖中建了一座小亭，取名清风亭。此时的李白，以其文学才华和勤勉，已经赢得了一定的诗名。化城寺的主持僧升听说李白来了当涂，便盛情邀请李白游赏。李白便陪着县宰族叔，一同游赏湖水中的清风亭。

陪族叔当涂宰游化城寺升公清风亭[21]

化城若化出，金榜天宫开。
疑是海上云，飞空结楼台。
升公湖上秀，粲然有辩才。
济人不利己，立俗无嫌猜。
了见水中月，青莲出尘埃。
闲居清风亭，左右清风来。

第一章 进京

> 当暑阴广殿，太阳为徘徊。
> 茗酌待幽客，珍盘荐雕梅。
> 飞文何洒落，万象为之摧。
> 季父拥鸣琴，德声布云雷。
> 虽游道林室，亦举陶潜杯。
> 清乐动诸天，长松自吟哀。
> 留欢若可尽，劫石乃成灰。

李白和他的这位族叔，徘徊于清风明月之间，沉吟于秀水闲庭之畔，赏不染尘埃之青莲，慕采菊东篱的陶潜。他们山水知音，志趣相投，情谊深长处，原是志同道合者。

几年后，李白辞朝还山，再游当涂，其族叔治功依然为人称道，于是化城寺的主持僧升便盛情邀请李白为县宰铸钟之事题记。李白欣然允诺，作《化城寺大钟铭》[22]，开篇"天以震雷鼓群动，佛以鸿钟惊大梦"，气势非凡。铭文并序，称赞县宰"鸣琴此邦，不言而治"的治功，称赏僧升"虚怀忘情，洁己利物"的美德。此为后来之事，暂不赘言。

需要说明的是，此被称作族叔的当涂令，并非李白晚年流放夜郎遇赦归来潦倒之际所投奔的族叔李阳冰者。从李白所作《化城寺大钟铭》铭文并序中知道，此族叔天宝年间就已理政当涂；而李阳冰作当涂邑宰，据李阳冰《草堂集序》[23]署"宣州当涂县令李阳冰撰""时宝应元年十一月乙酉也"，知是在唐肃宗当朝之时；并且《化城寺大钟铭》中有"西逾流沙，立功绝域"之言，可知此族叔李有则与彼族叔李阳冰，一立军功于绝域，一为文章篆书名家，经历大不同也。

在当涂，李白和家人，度过了一段平静散漫的夏日。

告别族叔，李白举家离开当涂，继续溯江南下西行。入秋时节，抵达南陵。南陵在当涂县西南，天宝年间属于江南西道宣州郡。

秋日，酷暑渐消。李白在友人的关照下，暂时借了个农家小院，安顿家小，寄寓下来。他一边游赏南陵山水，一边等待朝廷的消息。

南陵，有当年东吴兵马大都督周瑜训练水军的奎潭湖，湖上，烟波依旧，湖畔，小乔墓犹在。南陵还有诸多冶铜铸钟的大型作坊，"炉火照天地，红星乱紫烟"[24]，吴歌声声，响遏行云，犹如秋浦月夜移景于斯。更有诸多江南美景，碧水跨桥，奇石飞瀑，浣纱采菱，渔舟唱晚。

在南陵，李白的心境平静了许多。正好尽兴畅游，他借着初秋美妙的水乡韵致和山陵秋色，饮酒赋诗，以解烦忧。

南陵有一处幽静美妙的去处，是个小山丘，因有古松，一本五枝，老干参天，遒劲苍翠，山以名之，曰五松山。山有精舍，为佛道静修者所筑。至暮色苍茫，炊烟飘散，明月高悬，清风徐来，置身山中，则心旷神怡，荣辱两忘。一日，李白游五松山，流连忘返，下山已是傍晚，只好借宿一荀姓农家。听着邻家女的舂米声，诗人感受到了农家百姓的辛苦。荀家老妈妈做美食招待诗人，雕胡米饭盛在净洁的盘中，跪进诗人面前。普通人家这种朴素的情感令诗人感动不已，以为漂母再世，致谢再三，愧不能食。于是，诗人作诗以记之。

第一章 进京

宿五松山下荀媪家[25]
我宿五松下,寂寥无所欢。
田家秋作苦,邻女夜舂寒。
跪进雕胡饭,月光明素盘。
令人惭漂母,三谢不能餐。

晨起告别,荀家有少子相送,李白作诗《南陵五松山别荀七》[26]以赠。诗中有"玉隐且石在,兰枯还见春"之句,透露出诗人栖居乡间期待征召的自信;"俄成万里别,立德贵清真",则表达了离别的不舍,并以立德朴素真诚为贵相勖勉。

李白游山归来,正欲解衣歇息,不虞,就有朝廷差遣的使者,乘着驿马突然临门,把那征召进京的诏书奉送到李白手上。

这是天宝二年秋天的一个傍晚。

从初春到秋降,何等的期盼!

由梦想到现实,何等的艰辛!

李白少年奇才,横经枕籍,怀四方之志,二十五岁杖剑去国,辞亲远游,西别夔门,东踏江淮,酒隐安陆,寄身东鲁,访云梦,探梁园,上太原,下越中,行侠仗义,万金散尽,结识仙道,交好高朋,名山大川观奇览胜,广学博采诗酒飘零,只等一个机缘。而今,这机缘来了,他将宏图一展,鹏举万里!

捧着皇上的诏书,李白如梦如幻。

于是，李白欣喜若狂，不能自已；他举杯起舞，纵酒放歌。

于是，妻子烹鸡，儿女牵衣，举家欢愉，嬉笑庆贺。

且看他在诗中的自述，便知是何等的得意：

南陵别儿童入京 [27]

白酒新熟山中归，黄鸡啄黍秋正肥。

呼童烹鸡酌白酒，儿女嬉笑牵人衣。

高歌取醉欲自慰，起舞落日争光辉。

游说万乘苦不早，著鞭跨马涉远道。

会稽愚妇轻买臣，余亦辞家西入秦。

仰天大笑出门去，我辈岂是蓬蒿人。

大唐天宝二年秋天，那个普通的傍晚，南陵一个普通的平民小院里，诗人李白经历了人生中最不普通的一次惊喜。

唐代，官服须自备。有友人听闻李白被皇上征召的消息，立刻帮助准备"行头"，为其置办了一顶乌纱帽，以示庆贺。诗人便以山人自嘲，嬉戏作答：

答友人赠乌纱帽 [28]

领得乌纱帽，全胜白接䍦。

山人不照镜，稚子道相宜。

流居南陵的时节，李白终于接到了皇上征召进京的诏令。在李白的心目中，南陵，成了他命运转机的福地，梦愿得偿，佳境可期。

诗人似乎觉得自己已经转换了身份，将来也可以如西汉武帝时期的会稽太守朱买臣一样，衣锦还乡了。或许，其荣耀会更胜苏秦，仿佛一身佩戴六国宰相金印，实在也算不得什么。

然而此刻，他必须面对另一个难题，那就是：带着妻子儿女一同前行，还是只身赴京？

相对于时人，李白无疑是老来得子。一对儿女，都是寓家东鲁任城时出生的。儿子明月奴，生于开元末年，取名伯禽。而女儿平阳，只比伯禽大两岁。眼下，面对两岁大的儿子和年仅四岁的女儿，李白恐怕也是左右为难。如果举家赴京，千里之行，舟楫鞍马，妻子儿女路途劳顿，实在不便，若再有个三长两短，便是终身遗憾。如果与妻儿就此别过，看着一对可爱的儿女，还有暗自垂泪的妻子，又怎么忍心！

可是，皇上征召，催促再三，迟缓不得。李白也怕拖延行程，耽误了一生的大事。

李白决意暂时把妻儿留在南陵。

告别妻子和儿女的那一刻，李白肯定是心如刀割，肝肠寸断。

有诗为证：

别内赴征三首 [29]

其一

王命三征去未还，明朝离别出吴关。
白玉高楼看不见，相思须上望夫山。

其二

出门妻子强牵衣,问我西行几日归。
归时倘佩黄金印,莫见苏秦不下机。

其三

翡翠为楼金作梯,谁人独宿倚门啼。
夜坐寒灯连晓月,行行泪尽楚关西。

诗人用形象的诗句记述了南陵别妻的悲切情境,也记录了自己的真实感受。妻子儿女难分难舍,强牵衣裳,询问归期。诗人只好以将来佩黄金印还家给予些许安慰。出行途中,想象着妻子孤灯寒月倚门独啼,相思的凄苦化作行行清泪。自己虽然是金玉前程,但毕竟亲人离散关山阻隔。一边是皇命征召前程似锦,一边却是抛妻别子骨肉分离。即使妻子上了望夫山,也看不见白玉高楼的丈夫。

于是,诗人便也行行清泪出吴关,一路洒到楚关西。

南陵辞别妻儿,李白一路溯江而上。

因为路途迢遥、行程急迫,没有充裕的时间,也没有闲适的心境,诗人经秋浦、宿松、浔阳,马不停蹄;历彭蠡湖而船不止楫,近庐山则轻舟以过。很快,他便进入了荆楚地界。

在楚地,李白偶遇一位杨姓朋友。朋友欲往越中天台山。诗人重友情,赠之以诗。

第一章 进京

送杨山人归天台[30]

客有思天台，东行路超忽。
涛落浙江秋，沙明浦阳月。
今游方厌楚，昨梦先归越。
且尽秉烛欢，无辞凌晨发。
我家小阮贤，剖竹赤城边。
诗人多见重，官烛未曾然。
兴引登山屐，情催泛海船。
石桥如可度，携手弄云烟。

诗中表达了与友人同游天台仙境的愿望，那是对朋友情谊的必要呼应。值得注意的是，诗人在诗中还传达出不愿意流连楚地的情绪——"今游方厌楚"。按理说，李白从二十六岁到三十四岁长时间寓居楚地，今日又得皇上征召，虽非衣锦还乡，也是春风得意，如何不愿在楚地停留呢？匆匆赶路，当然是其中的一个原因，但这个理由似乎还是有些牵强。即使路途匆忙，也不至于用"今游方厌楚"的诗句，向着朋友发泄自己烦厌的心绪。

楚地，曾经是李白十分向往的地方。想当年，李白二十岁出头，在锦城拜谒益州长史苏颋时，获得了这位朝廷前宰相的称赞——"天才英丽"，有"专车之骨"，并鼓励"若广之以学，可以相如比肩也"。这让年轻的李白自信大增，因之对蜀地以外的世界充满了憧憬。并且，李白素来仰慕自己的同乡先辈汉朝名士司马相如，慕其名而尚其道。李白在《上安州裴长史书》[31]中自叙道："见乡人相如大夸云梦之事，云梦有七泽，遂来观焉。"李白别剑南，自夔门出蜀，游历首选之所，便是云梦大泽所在的荆楚大地。在楚地安陆，李白娶高宗朝左相许圉师孙女为妻，置家安陆，酒隐于斯，前后约略计有十载。在安陆，李白还曾经获得安陆郡都督马公的赏识。在《上安州裴长史书》中李白记述，马公与人称赞曰："诸人之文，犹山无烟霞，春无草树。李白之文，清雄奔放，名章俊语，络绎间起，光明洞彻，句句动人。"在安陆，李白似乎还是很受人待见的。

那么何事之痛，竟引得李白说出"今游方厌楚"之句，一个"厌"字，何其怨怼之深？

李白寓居安陆时节，多次拜谒地方长官。结交名望，是他进入上流社会的一条路径，也是他安身立命的一种方式。安陆郡都督马公之外，他曾先后呈书致礼三位任职于楚地的长史。长史在唐代为五品官，诸郡每设一名。李白拜谒的长史，前有已经提及的安州裴长史，另外两位，一是荆州韩长史，另一位是安州李长史。

韩长史即韩朝宗，于开元二十二年（734 年）从荆州长史任上升迁为襄州刺史，时年李白三十有四。而李白《与韩荆州书》[32]中有"三十成文章，历抵卿相"之句，可知，李白拜谒韩长史，应该是在三十岁到三十四岁之间。李白拜见韩荆州，有个很有意味的情节，即后来诗作《忆襄阳旧游赠马少府巨》中所言的"高冠佩雄剑，长揖韩荆州"[33]。魏颢在《李翰林集序》[34]中特意捡出此事，以说明李白的处世性情："长揖韩荆州，荆州延饮，白误拜，韩让之。白曰：'酒以成礼。'荆州大悦。"长揖不拜，非礼也，韩朝宗稍有不满而责备李白。李白竟以"酒以成礼"辩解。这位韩长史听后

第一章 进京

大悦，高兴地宽恕了李白的非礼之举。

另一位长史李京之，就没有韩荆州的雅量。那还是开元十七年（729年）的事，李白时年二十九岁，身居安陆。李白与朋友偶聚，夜饮醉酒，次日早上，醉眼蒙眬，晨雾弥漫中，路遇长史李京之乘车出行，未及回避，冲撞了长史大驾，由此冒犯了长史的官威。就是这个李京之，顿时大怒，不但严词呵斥，还欲治李白之罪，甚或威胁刑狱伺候。李白涉世不深，如何受得了这般惊吓。他心惊胆战，赶快扬其所长，连夜写下《上安州李长史书》[35]并诗，乞求恕罪。"白，欸崎历落可笑人也"，何其谦卑！"白孤剑谁托，悲歌自怜，迫于恓惶，席不暇暖。寄绝国而何仰，若浮云而无依，南徙莫从，北游失路。"何其凄惨！"五情冰炭，罔知所措。昼愧于影，夜惭于魄"，何其惶恐！"倘免于训责，恤其愚蒙，如能伏剑结缨，谢君侯之德"，何其恳切！一位五品之官，竟逼得诗人李白如此低眉屈膝，低声下气，自轻自贱，乞求恕罪。此不啻为诗人平生难以忘怀之大屈大辱者。此次遭遇五年之后，李白举家东迁，远徙千里之外，寓居东鲁任城。安陆虽然是他乡，毕竟有妻子宗亲的荫蔽，然而李白还是难免受辱折腰。李白绝非轻狂之徒，但其孤傲常常有悖于官场礼数；酒后唐突，遇到心胸狭隘之辈，便会招致灾祸。这荆楚大地，可气吞云梦，却容不下一代诗仙。

如今，受皇上征召，入京赴朝，路过楚地而厌于游楚，近而不亲，莫非故地旧事触动了诗人心底的隐痛？

秋江近斜阳。

且避开安陆。

李白溯汉水赶往襄阳去了。

到了襄阳，弃舟楫，换乘鞍马，经由南阳，北向洛阳。

诗人过南阳，一个赵姓朋友赠以良驹助行，这让李白的入京行旅省去了许多艰辛。后来，诗人在《赠宣城赵太守悦》[36]一诗中，有"忆在南阳时，始承国士恩"的句子，忆及了路过南阳时这一段珍贵友谊，也留下了诗人由楚入京路过南阳的行程信息。

洛阳，李白曾经游历过，算是故地。昔日，李白曾与挚友元丹丘相遇洛阳，之后隐居嵩山修道。这次的目的地是长安，洛阳只是路过，从洛阳出发，再沿着大唐东都到西京的官道，溯黄河向西，过了潼关，就可以顺利进入关中平原了。此时，因为征召之急，洛阳不可停留太久。旧友尚在，情谊虽深，怎奈行程紧迫，李白与元丹丘也只是匆匆一聚。得知元丹丘已经向玉真公主举荐了自己，李白感激万分，托付些人情世故相赠，再顾不得许多俗礼，便忍心与之告别了。

李白西行，赴长安。

诗人李白，正在向长安急匆匆走来。

李白入京，从会稽剡中到宣城南陵，交游，赏景，一路纵酒放歌。在南陵接到进京的诏令，除了写给妻子的几首诗，几乎是一路静默。从南陵出发，到襄阳，只走了一半的路程，还留下了一两首诗。而从襄阳过南阳到洛阳再到长安，这另一半的路程，一千余里，我们竟没有从李白流传下来的诗歌中，找到哪怕一首相应的确切诗作。也就是说，从南陵出发到长安，两千多里路的行程，李白只留下区

第一章 进京

区几首诗；而且，襄阳之后的千里行程，没有诗作。即使赶路，也不至于不吟不歌。这实在不合于李白一路放歌一路行的惯常状态。

莫非，在进京的路上，李白正默默地结撰着什么鸿篇巨制，准备入京觐见时，作为贡礼呈献给皇上，或充作拜谒贤达的名状？

李白有《大鹏赋》[37]，序中自述："余昔于江陵见天台司马子微，谓余有仙风道骨，可与神游八极之表，因著《大鹏遇希有鸟赋》以自广。此赋已传于世，往往人间见之。悔其少作，未穷宏达之旨，中年弃之。及读《晋书》，睹阮宣子《大鹏赞》，鄙心陋之。遂更记忆，多将旧本不同。今复存手集，岂敢传诸作者，庶可示之子弟而已。"此《大鹏赋》者，李白以鹏鸟自况，抒其志，扬其情，风格豪放飘逸。李白究竟以什么样的姿态进京，怎样走出入朝第一步，这应该是诗人接到皇帝诏书之后，在路途中放不下的考量。李白在从南陵到长安的路上，把主要精力放在了推敲《大鹏赋》上，这极为可能。若此，《大鹏赋》为李白进京途中所作，当不谬也。当代学者詹锳先生亦持此论。[38]

还有绝世名篇《蜀道难》[39]，应该也是李白赴长安途中的倾心力作。《蜀道难》豪放恣肆，雄奇激昂，以想象摹写蜀道之险，极言出蜀之难，或寄寓瞭望帝都之遥而历险阻难及的感叹，亦寓有蹈难履险以达青云的志气。这首诗，李白入京前不曾流传，而入京后立刻闻名于朝野。由此看来，以是诗为李白入京途中所作，亦当宜也。

李白的这些惊世名篇，也许就于诗人进京旅途的沉寂之中，孕育着，推敲着，然后就悄然出世了。

就这样，一路访古览胜，一路会友聚酒，一路吟诗唱词，一路沉思遐想，李白走向自己心目中可以大展鲲鹏之志的舞台，走向他济世安邦的梦想。

一步步，李白走近长安。

大唐天宝二年，暮秋。

这个云淡露重的清晨。

李白勒缰驻马，耸身远眺：雄伟的长安城，蒙蒙雾散，轮廓渐次清晰起来。

大唐王朝西京长安城，峭然屹立在开阔的关中平原上，它将拥抱踌躇满志豪情四溢的李白，拥抱以诗仙之名名动朝野的李白，拥抱有唐一代堪称伟大的诗人。

李白纵马，驰往春明门。

【注释】

[1] 李白入京考略：

李白入京，时在何年，有几种不同说法。

两入长安说。李白初次入长安是在开元十八年（730年），再次是在天宝元年。郭沫若先生持此说，安旗先生亦从此说。此说，以李白在《上安州裴长史书》中所述"若赫然作威，加以大怒，不许门下，逐之长途，白即膝行于前，再拜而去，西入秦海，一观国风，永辞君侯，黄鹄举矣"为据，推定李白初入长安是在开元十八年其三十岁时；

第一章 进京

又以李白三首"新平诗"及游坊州、终南山等诗佐证之。见安旗主编：《李白全集编年笺注》，中华书局 2015 年 10 月第 1 版。

天宝元年入长安说。清代王琦注《李太白全集·附录》所编辑的《李太白年谱》，即以天宝元年为李白应玄宗征召入长安之年。王琦引用了李白族叔李阳冰所作《草堂集序》及《新唐书》《旧唐书》等的记述，并加以证明。见（清）王琦注：《李太白全集》下册，中华书局 1977 年 9 月第 1 版。

天宝二年入长安说。现代学者詹锳先生持此说。詹锳曾师从罗膺中、闻一多先生作李白研究。其观点是："白于天宝元年五月间尚游太山，其后方入会稽与吴筠共居剡中，其南陵别儿童入京诗作于秋季。由鲁入会稽，与吴筠游，后吴筠入京荐白于朝，玄宗方下诏征白，其间需时至少当在半年以上。再以白遇贺知章一事考之，对酒忆贺监诗序云：'太子宾客贺公于长安紫极宫一见余，呼余为谪仙人。'紫极宫当称太清宫，然白见贺之时在天宝二年三月玄元庙改称之后可知也。又按寰宇访碑录卷三有玉真公主受道灵坛祥应记，蔡玮撰，元丹丘正书，时在天宝二年。碑在河南济源。疑白与丹丘之因持盈法师而达于上，亦当是时。爰将白之入京系于天宝二年，并略举佐证于此。"见詹锳编著：《李白诗文系年》，人民文学出版社 1984 年 4 月第 1 版。

今从詹锳先生天宝二年入长安说。其一，李白《为宋中丞自荐表》云："天宝初，五府交辟，不求闻达，亦由子真谷口，名动京师。"从李白自述知，其入京应在天宝初年。其二，李白《上安州裴长史书》中云："若赫然作威，加以大怒，不许门下，逐之长途，白即膝行于前，再拜而去，西入秦海，一观国风，永辞君侯，黄鹄举矣。"所谓

"西入秦海"者，从语境看，以"若"字起句，只是假设而已，未必成行。至于李白的三首"新平诗"，《旧唐书·地理志》载：邠州，"开元十三年改豳为邠，天宝元年改为新平郡"。"新平"之诗应为天宝年间之作，不能证明开元十八年李白初入长安。其三，《旧唐书·本纪第九·玄宗下》有记，天宝二年三月，朝廷方下令"改西京玄元庙为太清宫，东京为太微宫，天下诸郡为紫极宫"。从李白《对酒忆贺监二首》"并序"来看，"太子宾客贺公，于长安紫极宫一见余，呼余为'谪仙人'"，李白称"宫"不称"庙"，推知李白入京当在天宝二年三月后。其四，李白诗《以诗代书答元丹丘》有"离居在咸阳，三见秦草绿"的诗句，可知李白在关中滞留了三个年头。故以为：李白入京时间应为天宝二年秋天；李白在长安、关中滞留跨三个年头；离开长安，当在天宝四年。

[2]（清）王琦注：《南陵别儿童入京》，《李太白全集》中册，中华书局1977年9月第1版，第744页。

[3]李白《上安州裴长史书》云："见乡人相如大夸云梦之事，云梦有七泽，遂来观焉。而许相公家见招，妻以孙女。"[（清）王琦注：《李太白全集》下册，中华书局1977年9月第1版，第1245页。]又，《湖北通志·流寓传》记载：许氏"生一女一男，男曰明月奴，女既嫁而卒"。李白《寄东鲁二稚子》："娇女字平阳，折花倚桃边。折花不见我，泪下如流泉。小儿名伯禽，与姐亦齐肩。"[见（清）王琦注：《李太白全集》中册，中华书局1977年9月第1版，第673页。]其诗题下有"在金陵作"，又诗中有"吴蚕已三眠""别来向三年"的句子，据李白行迹，其诗当作于天宝九载（750年）春天，其时尚

称儿女为"稚子"。结合李白作于天宝二年的《南陵别儿童入京》之"呼童烹鸡酌白酒,儿女嬉笑牵人衣",大致可以推出此时李白一对儿女的年龄及家庭情况。

[4] 李白《游泰山六首》,一作"天宝元年四月从故御道上泰山",其第五首有"山花异人间,五月雪中白"的诗句,可知。见(清)王琦注:《李太白全集》中册,中华书局1977年9月第1版,第921页。

[5] 李白《上安州裴长史书》自述其事。见(清)王琦注:《李太白全集》下册,中华书局1977年9月第1版,第1246页。

[6] (清)王琦注:《梦游天姥吟留别》,《李太白全集》中册,中华书局1977年9月第1版,第705页。

[7] (清)王琦注:《李太白全集》中册,中华书局1977年9月第1版,第971页。

[8] (清)王琦注:《李太白全集》中册,中华书局1977年9月第1版,第972页。

[9] (清)王琦注:《李太白全集》上册,中华书局1977年9月第1版,第281页。

[10] (清)王琦注:《李太白全集》下册,中华书局1977年9月第1版,第1243页。

[11] (清)王琦注:《李太白全集》下册,中华书局1977年9月第1版,第1449页。

[12] (清)王琦注:《李太白全集》中册,中华书局1977年9月第1版,第1030页。

[13] (清)王琦注:《李太白全集》中册,中华书局1977年9月第1版,

第1027页。

[14]（清）王琦注：《李太白全集》中册，中华书局1977年9月第1版，第1028页。

[15]（清）王琦注：《李太白全集》中册，中华书局1977年9月第1版，第802页。

[16]（清）王琦注：《李太白全集》中册，中华书局1977年9月第1版，第1030页。

[17]李白《上安州裴长史书》自述其事。见（清）王琦注：《李太白全集》下册，中华书局1977年9月第1版，第1245页。

[18]（清）王琦注：《李太白全集》中册，中华书局1977年9月第1版，第728页。

[19]（清）王琦注：《李太白全集》中册，中华书局1977年9月第1版，第1000页。

[20]（清）王琦注：《李太白全集》下册，中华书局1977年9月第1版，第1346页。

[21]（清）王琦注：《李太白全集》中册，中华书局1977年9月第1版，第964页。

[22]（清）王琦注：《李太白全集》下册，中华书局1977年9月第1版，第1399页。

[23]（清）王琦注：《李太白全集》下册，中华书局1977年9月第1版，第1443页。

[24]（清）王琦注：《秋浦歌·其十四》，《李太白全集》上册，中华书局1977年9月第1版，第423页。

[25]（清）王琦注：《李太白全集》中册，中华书局1977年9月第1版，第1024页。

[26]（清）王琦注：《李太白全集》下册，中华书局1977年9月第1版，第1396页。

[27]（清）王琦注：《李太白全集》中册，中华书局1977年9月第1版，第744页。有人考定南陵为山东某地村名，由此认为李白于天宝元年从东鲁入长安，有些牵强附会。李白数首南陵诗，诗题中的南陵皆指宣州之南陵；以村名作诗题，似不合李白题诗习惯，亦不合常理。

[28]（清）王琦注：《李太白全集》中册，中华书局1977年9月第1版，第874页。

[29]（清）王琦注：《李太白全集》下册，中华书局1977年9月第1版，第1187页。有人认为此诗作于至德元年（756年），寄宗氏夫人。但从诗中"出吴关""西行""楚关西"等语看，皆不符合李白至德元年十二月入永王幕时的地望和行迹。

[30]（清）王琦注：《李太白全集》中册，中华书局1977年9月第1版，第768页。

[31]（清）王琦注：《李太白全集》下册，中华书局1977年9月第1版，第1243页。

[32]（清）王琦注：《李太白全集》下册，中华书局1977年9月第1版，第1239页。

[33]（清）王琦注：《李太白全集》上册，中华书局1977年9月第1版，第520页。

[34]（清）王琦注：《李太白全集》下册，中华书局1977年9月第1版，

第 1447 页。

[35]（清）王琦注：《李太白全集》下册，中华书局 1977 年 9 月第 1 版，第 1227 页。

[36] 李白《赠宣城赵太守悦》有诗句"忆在南阳时，始承国士恩"，可知奉诏入京路过南阳，承赵太守之恩，助行。见（清）王琦注：《李太白全集》中册，中华书局 1977 年 9 月第 1 版，第 614 页。

[37]（清）王琦注：《李太白全集》上册，中华书局 1977 年 9 月第 1 版，第 1 页。

[38] 詹锳编著：《李白诗文系年》，人民文学出版社 1984 年 4 月第 1 版，第 28 页。

[39]（清）王琦注：《李太白全集》上册，中华书局 1977 年 9 月第 1 版，第 162 页。

第二章 候召

猿猱欲度愁攀援

　　贺知章即刻解下随身佩戴的金龟交予扈从，于客舍附近的酒肆换了长安美酒，非得要和李白捧杯尽欢。

　　李白更是放达不羁之辈，且又诗酒遇知己，便豪情勃发，与老诗人推心置腹，相与为欢，对坐倾杯，纵酒狂饮。

　　两位诗人极尽兴致，竟高兴地忘了年辈，也忘了时辰，直喝到暮色朦胧，喝了个一醉方休。

魂牵梦绕的长安城就在眼前。巍峨的城楼，青砖灰瓦，雕梁画栋，重檐翘角，雄视四顾，甚是威武庄严。

英气勃发的诗人，骑着朋友赠送的高头骏马，腰间挎着佩剑，鞍鞯上悬着琴囊。

宽敞的城门一时洞开，刹那间，车马汇着人流，一起奔涌入城。

李白将一把美髯，提缰驱马，从春明门昂然入城。

春明门是长安城东正门。气势恢宏的长安城呈长方形，东西稍宽，城池四边各有三座城门。城东三门，春明门居中。春明门靠近兴庆宫皇家园林，借"春光明媚"之意，取了个不太霸气的名字。春明门内大街，是城中通衢要道，横贯东西，连接皇城，大凡使节、官员、商贩、旅客，自东方而来者，皆从春明门入城。

入得长安城，沿着春明大街，李白信马由缰，一路兴致勃勃，好奇地打量着这座天子驻跸统驭六合的王朝帝都。

三十多丈宽的春明大街，开阔平坦，畅通无阻，路上车水马龙，道旁槐榆庇荫。时有铜铎叮咚，驼队晃悠悠走过，驼背上胡服翘髭的异域商人，兴奋地四处张望。熙熙攘攘中，过兴庆宫，诗人北望，

第二章 候召

碧梧参天，金柳掩映处，馆阁楼台，隐隐约约，绮丽而神秘。这兴庆宫是西京城内三大皇家宫殿建筑群之一，据说当朝皇上曾经的藩王府邸就在这一带，皇帝登基后，才扩建为现在的形制与规模。只是李白此时并不知道，这里将成为当朝皇上最迷恋的长居之所。走近一处楼铺密集的繁华街市，原来这里是长安东市，只见市门之外满是华车骏骑。李白看着热闹，心想，也不知这集市之内囤积了多少四海八荒的奇珍异宝。走过平康坊，沿街排列着许多巍峨的门楼，高峻的院墙遮挡不住屋脊上的飞檐翘角。这些府邸豪宅的富丽奢华，惹得李白忘了执缰驭马。

话说这长安城，唐初建都，在隋朝大兴城的基础上扩大规模改建而成，后更名为长安；玄宗开元年间，又改称西京，俗称长安城。长安城址选在渭水南岸龙首原的南坡，东西走向的六条土岗依次横贯城池，遂有"六坡"之说。城中建筑，皇城宫城，官署衙门，庙宇寺院，市肆民居，皆依据天地玄象在六坡上布局。宫城皇城居北占中，宫城靠北，皇城在南；宫城皇城的东西两厢和南面，便是长安城的外郭；街道南北东西，纵横交错，把外郭分割为一百零八坊；城内设有东、西二市，是长安城的商贸集散地。东市，周边里坊，多为达官显贵的豪华宅邸；市肆交易，以上等货品为主。西市分行业交易，内多酒肆食坊，杂色人等经营买卖，烟火气旺盛。城内六坡起伏，街道纵横通达，一百零八坊排列整齐。各坊皆建有围墙，分坊管理，坊门置街鼓，守卫严密，便宜实行宵禁。当其之时，长安城是天下规模最大的城市，布局讲究，交通便捷，建筑气派，池水星罗；且人口逾百万之众，官民安居，客商云集；酒肆、货栈、旅舍，生意兴隆。

尽情领略着长安城的美景，李白沉浸在惊奇与欣悦中。忽然，坐骑打了个小小的趔趄，诗人从新奇中醒过神来，想起了皇帝征召的旨令。

于是，李白一阵着急，几番打探。他再也顾不得慢慢体味长安的皇家气象，也不再细细观赏这京师的繁华阜盛，他要赶往朱雀门。

朱雀门，是皇城的正南门，朝廷的主要官署都设在皇城南端的朱雀门内。此门面南对着的，便是作为长安城南北中轴线的朱雀大街。唐代，又称朱雀街为"天门街"，因其直接连通皇城。

李白要先到朱雀门内向官署报到，才能等候传召，接听圣旨。

因为有皇帝征召的诏令，官署有司便为李白就近安排官驿暂住下来。李白安顿好行李，次日早起，赶到朱雀门内的官署恭候，等待入宫觐见的圣谕。可是，等到日落，官署的大门落闩，总也不见消息。

接连数日，几番打探询问，却又无人理会。

任凭李白怎么想象，也没有料到，皇帝传诏催征入京，却又不得即刻觐见。于是，等候着皇帝的召见，日子稍稍缓了下来。

李白便寻访知闻的乡友亲朋，用诗酒聚会打发这恼人的漫长时光。有个叫王炎的朋友正在西京，即将南下，欲从剑门入蜀。李白相约会饮，杯盏消遣。酒后，李白作《剑阁赋》一篇，送别这位远行的朋友。

第二章 候召

剑阁赋 [1]

咸阳之南,直望五千里,见云峰之崔嵬。前有剑阁横断,倚青天而中开。上则松风萧飒瑟飉,有巴猿兮相哀。旁则飞湍走壑,洒石喷阁,汹涌而惊雷。送佳人兮此去,复何时兮归来。望夫君兮安极,我沉吟兮叹息。视沧波之东注,悲白日之西匿。鸿别燕兮秋声,云愁秦而暝色。若明月出于剑阁兮,与君两乡对酒而相忆。

赋中,诗人择捡蜀道上最险峻之关隘剑门,以云峰崔嵬、松风萧瑟、巴猿哀鸣、飞瀑汹涌,烘托剑阁的高峻奇险,极言入蜀之不易;以沧波东注、白日西匿、征鸿秋声、云愁暝色,表达与友人的惜别之情。诗人想象着明月剑阁对酒相忆的情境,以别后的相互牵挂衬托眼前的难分难舍,言简意长,感人肺腑。

同时,诗人似乎是在借景寓情,以通天之路的险远阻隔,委婉地寄寓了自己奉诏入京却不被召见的切身感受。

秋叶渐黄,凉风乍起。

朝出夕归,听候召见。朱雀门内的官署,还是杳无音讯。皇上的旨意实在无从揣测。

显然,进京后,事态进止,并非顺遂诗人的想象和期待。

李白深信,当今皇上招贤纳士的愿望是真诚的;如此盛世,历史上实在少见,必是圣明治世、贤才理政的结果;而治世理政,如何不需要自己这样的人才？可诗人哪里知道，吴筠受皇上征召，当面向皇上推荐李白，皇上也不过是把李白与所推荐的其他诸人等而视之，一时兴起，便立刻下了征召李白进京的诏书。天下之大，征召者众，事后，皇上不可能时时惦记着李白这样一个布衣诗人。纵然当今皇上开创了一代盛世，但也有懈怠朝政的时节，不必处处较真，事必躬亲。况且，此刻的皇上，心思正在杨玉环身上，想着如何尽快把这太真道姑的身份去掉，接进宫中，册封为贵妃，哪曾片刻记起，还有个千里风尘远道而来的诗人，抱负宏大，期许高远，正苦苦等着自己的召见。朝廷官署便也乐得省事省心，敷衍拖延。

这真是，朝门深似海，帝意杳如云。

进京多日，觐见皇上而不得，李白一时茫然无措。他私底下担忧，功名尚未成，前程或失路。有朋友即将入蜀，李白在送行的赠诗中委婉地透露出自己此刻隐藏在心中的忧思和失落。

送友人入蜀 [2]

见说蚕丛路，崎岖不易行。
山从人面起，云傍马头生。
芳树笼秦栈，春流绕蜀城。
升沉应已定，不必问君平。

诗中突出入蜀之路途的险远，并宽慰朋友说，蜀地不是荒芜之所。在诗的结尾处，"升沉应已定，不必问君平"，诗人在劝慰朋友不必计较功名的同时，却也似乎在向朋友倾诉命运不能自已的无奈。

第二章 候召

诗中提到的"君平"是位隐士,西晋时期的皇甫谧所作《高士传》有载:严遵,字君平,蜀人也;隐居不仕,尝卖卜于成都市,日得百钱以自给,卜讫则闭肆下帘,以著书为事。提及"君平",又说不必问之,可以感受到,诗人刚刚放下的仙游隐居的初心,此刻又从心底悄悄浮了起来。

李白无可奈何之际,便又想到了终南山。

眼下困居京师,正是秋阴季节,细雨连绵,城中阴湿泥泞,闲得无聊,闷得发慌,酒也不能够喝个畅快,不如暂且入终南山一游,倒也是个难得的机会。

前时的道友吴筠,虽说入朝做了翰林供奉,却是个喜欢闲散之人。这些天,也不知又得了什么机会,如同闲云野鹤,到哪里云游去了。迟迟等不来皇上的召见,李白便下决心乘隙到终南山,借着寻道友吴筠的踪迹,顺便游览那些久已仰慕的道家名胜。或许还能寻见玉真公主修行的南山别馆,撞上仰慕已久的这位仙家女神。

于是,李白出长安城向西,骑着马儿来到终南山北麓。

终南山下有一片浅山台原,在长安城西百余里,南依千峰叠翠的秦岭,北望八水竞流的秦川,其间石梁起伏,溪流纵横,谷幽林深,烟岚断续。东周时,周大夫尹喜做函谷关令,在此结草成楼,以观天象,故称其地为"楼观"。传说,一日尹喜见丈余紫气飞入关内,知有异人将至。次日,果然老子骑青牛过关而至。尹喜热情留客,于是,老子在楼观著《道德经》五千言,并在一处山岗上设台说经。后来楼观因有说经台,此地便被称为"楼观台"。自春秋以降,楼观台就成了道家发源的圣地。李唐王朝立国,为压制东汉以来形成的门阀士族的傲慢,便尊老聃李耳为祖,封其为玄元皇帝,以抬高李氏帝王的"圣裔"血统,并围绕老子说经台建宫筑观,遂在此处形成格局宏大的皇家宗教文化景观,号为终南山第一福地。

李白骑马来到台原下,把马儿寄在山民的马厩里,缘山谷石径徒步南行,拾级向上。

仰望台原背后,群峰千嶂叠翠。山谷云雾飘忽,细雨阵阵,飞泉喧腾,清凉湿润。看那松林竹海之间,道观楼宇,次第错落;云浪雾涛之上,石岗仙台,高浮凌空。

虽非良辰,但是如此美景,还是深深地吸引着诗人那一双善于捕捉美好景致的眼睛。李白登临楼观台上,兴致陡增,片刻也不歇息,在山岚松涛中穿行,在仙踪圣迹间徜徉,尽情地观赏规制宏阔的宗圣宫,探访新建的会灵观,拜谒老子著经、炼丹的圣迹,蹑足而行,抵达仰慕已久的说经台。

只是,李白依然没有寻到好友吴筠的影子。

李白知道,吴筠和皇帝的九妹玉真公主交往颇深,而且另一位仙师道友元丹丘,也曾向玉真公主举荐过自己。于是,李白就近来到玉真公主在楼观台的修行别馆,意欲打探吴筠的讯息。李白心下期盼,若得此地面见玉真公主,也不枉走了终南山一遭。到了玉真公主的别馆,却见山门紧闭。听看门的小道士说,这别馆的主人玉真公主已多日没有到这里驻观静修了。

李白愁绪满怀。

秋天的终南山,气候变化无常。眨眼之间,山顶彤云密布,谷

第二章 候召

底阴风骤起，疾风卷着冷雨飘然而至。雨色之中，天幕沉沉，山林台阁，一派迷蒙。庭院雨注倾盆，山涧浊流湍急。

好大的一场秋雨！

遇此暴雨，道途阻塞，竟然无路可投。李白困在了玉真公主南山别馆的山门檐下。雨久降不歇，为雨所苦的李白，不得已，急寻山上人家避雨。阴雨连绵，独坐空堂，无以自慰，酒兴忽至，无奈随身携带的银两不足，他便毅然解下鹔鹴裘衣，与山庄主人换了美酒，盈杯独酌，聊以驱逐清秋寂寥，解闷消愁。

醉中，李白诗情勃发，即兴赋诗。

有驸马都尉张垍，尚宁亲公主，授卫尉卿，据说深得皇上厚爱。李白意欲结识其人，借其特殊的身份得到引荐。于是，二首诗成，便郑重投赠，以期有成。

玉真公主别馆苦雨，赠卫尉张卿二首[3]

其一

秋坐金张馆，繁阴昼不开。

空烟迷雨色，萧飒望中来。

翳翳昏垫苦，沉沉忧恨催。

清秋何以慰，白酒盈吾杯。

吟咏思管乐，此人已成灰。

独酌聊自勉，谁贵经纶才。

弹剑谢公子，无鱼良可哀。

其二

苦雨思白日，浮云何由卷。
稷卨和天人，阴阳乃骄蹇。
秋霖剧倒井，昏雾横绝巘。
欲往咫尺途，遂成山川限。
潨潨奔溜闻，浩浩惊波转。
泥沙塞中途，牛马不可辨。
饥从漂母食，闲缀羽陵简。
园家逢秋蔬，藜藿不满眼。
蠨蛸结思幽，蟋蟀伤褊浅。
厨灶无青烟，刀机生绿藓。
投箸解鹔鹴，换酒醉北堂。
丹徒布衣者，慷慨未可量。
何时黄金盘，一斛荐槟榔。
功成拂衣去，摇曳沧洲傍。

这两首诗意境与结构相似，都是先摹写秋雨滂沱之状貌，再叙述苦雨饮酒的情景，最后抒发怀才未遇的惆怅。两首诗的最后六句，其意味尤其深长。第一首结尾六句，诗人说：当年的贤才良将管仲、乐毅，皆已作古化为烟尘；独自饮酒聊以自勉吧，而今谁能器重经纶之才；冯谖弹剑而歌扬言要辞别孟尝君，因为"食无鱼"真的很是悲哀！第二首结尾六句，诗人说：丹徒布衣刘穆之曾经潦倒，但前程未可限量；何时我也如同刘穆之一般，壮志得酬时，用黄金盘

第二章 候召

盛着槟榔答谢故人；功成自当拂衣而去，飘然归隐于仙界沧洲。

从诗意可知，诗人的心境充满了矛盾。弹剑而歌的幽怨中，其实充满了期待；功成拂衣去的绝不留恋，前提是能够功成名就。诗人虽然觉得被冷落了许多，但依然十分渴望当今皇上的召见与重用。

诗中，诗人有意把这位驸马都尉卫尉卿，比作举贤荐才于圣主的鲍叔牙、礼贤下士的孟尝君。

心向往之的潇洒进退，割舍不了的功名之累！

李白遇雨滞留山中，借此机会，他于一个叫松龙坡的山村，寻了个幽静的居所住了下来，也体验了几日终南隐居的生活。

楼观台上，玉真公主别馆，李白欲遇而未能遇，又为秋雨所苦，郁闷结于胸间，惆怅无以宣泄。数日后，雨霁天晴，李白便欲潇洒一次：如若在别馆壁上寻一处空白，题诗一首，也算是与那位已知而未遇的"故人"打个招呼，当然，更可以传达对仙风道骨的玉真公主之仰慕。

李白又暗自寻思：笔墨留痕，或许比面晤茶聚的影响更久远；留诗，尽管无声却有影，终究可以闻达于玉真公主。

且题诗吧！

于是，李白让看门的小道士找来笔墨，在玉真公主别馆寻了个合适的空壁，不假思索，便是一番眼花缭乱的挥洒。龙飞凤舞之间，立刻草就了一首题壁诗，诗名就叫《玉真仙人词》[4]。

之后，扔了笔管，拍拍惊呆在一旁的小道士的脑袋，李白了无顾盼，拂袖而去。

一边等待皇上的召见，李白也在主动寻找可以尽快抵达天庭的机缘。他期盼能够结交在朝廷任职的官员以明心志，尽快打通觐见皇上的门径。初至西京，想必李白一介布衣，熟识的朝中官员不多，可以托付心事者更少。在不多的交往者中，有个崔姓朋友，名叔封，做着长安县的少府。这个崔少府，成为李白长安诗歌唱和的对象。闲来读书有感，李白作诗一首，赠予崔少府兄弟。

读诸葛武侯传书怀，赠长安崔少府叔封昆季[5]

汉道昔云季，群雄方战争。
霸图各未立，割据资豪英。
赤伏起颓运，卧龙得孔明。
当其南阳时，陇亩躬自耕。
鱼水三顾合，风云四海生。
武侯立岷蜀，壮志吞咸京。
何人先见许，但有崔州平。
余亦草间人，颇怀拯物情。
晚途值子玉，华发同衰荣。
托意在经济，结交为弟兄。
无令管与鲍，千载独知名。

这首诗，题为"读诸葛武侯传书怀"，诗的前半部分叙述刘备三顾茅庐的故事，没有什么新意；诗的后半部分，"余亦草间人，颇怀拯物情"，以诸葛孔明自况，其自我期许颇高，也是古代读书

第二章 候召

人吟诗抒怀的习惯。然而，诗中着意提到两个"崔"姓的历史人物，就很值得玩味了。这两个崔姓人物，一个是崔州平，另一个是"子玉"。先说崔州平，《三国志》[6]有记载："亮躬耕陇亩，好为《梁父吟》，身长八尺，每自比于管仲、乐毅，时人莫之许也。惟博陵崔州平、颍川徐元直与亮友善，谓为信然。"原来，这个崔州平，是诸葛亮未遇时的知音。再看"子玉"，《后汉书》[7]记载：崔瑗，字子玉，早孤，锐志好学，尽能传其父业。与扶风马融、南阳张衡特相友好。显然，诗中"晚途值子玉"这句诗，是借崔瑗与扶风马融、南阳张衡特相友好，来喻指诗人自己与崔少府相友好也。诗"赠长安崔少府叔封昆季"，叔封，应是崔少府的表字；昆季者，兄弟也。诗中二崔，明言崔州平、崔瑗两位古人，暗指崔少府兄弟二人。李白的意思很明确，就是希望与崔氏兄弟结为好友，引为知己。诗的结句"无令管与鲍，千载独知名"，诗人又引用了一个典故——"管鲍之交"。《史记·管晏列传》[8]载：管仲少时尝与鲍叔牙游，鲍叔知其贤。管仲贫困，尝欺鲍叔，鲍叔终善遇之，不以为言。已而鲍叔事齐公子小白，管叔事公子纠。及小白立为桓公，公子纠死，管仲囚焉。鲍叔遂进管仲，以身下之。诗人赠诗中特意用"管鲍之交"的典故，我们能够明显地感受到，这里无疑是在表达对崔少府的期待，希冀通过崔氏兄弟，能够找寻到援引入朝的门路。

　　暮秋时节，崔少府游终南山至翠微寺，略有感叹，赋诗一首寄赠李白。李白欣然赋诗，答赠崔少府。

答长安崔少府叔封游终南翠微寺太宗皇帝金沙泉见寄[9]

河伯见海若,傲然夸秋水。
小物昧远图,宁知通方士。
多君紫霄意,独往苍山里。
地古寒云深,岩高长风起。
初登翠微岭,复憩金沙泉。
践苔朝霜滑,弄波夕月圆。
饮彼石下流,结萝宿溪烟。
鼎湖梦渌水,龙驾空茫然。
早行子午关,却登山路远。
拂琴听霜猿,灭烛乃星饭。
人烟无明异,鸟道绝往返。
攀崖倒青天,下视白日晚。
既过石门隐,还唱石潭歌。
涉雪搴紫芳,濯缨想清波。
此人不可见,此地君自过。
为余谢风泉,其如幽意何。

在这首酬答诗中,诗人通过想象,描绘崔少府游终南山翠微寺的情境。翠微寺,在长安南五十里终南山太和谷,原为唐太宗行宫,名翠微宫,有含风殿。贞观二十三年(649年),太宗皇帝驾崩于此,后废宫成寺。而终南山,则是以隐求名的隐士们绝佳的隐居之所:虽栖于山野却抵近京师。诗中,李白借丰富的意象间接地表达了自

第二章 候召

己对终南山隐游生活的向往：登翠微岭，憩金沙泉，践苔弄波，抚琴听猿，宿溪攀崖，涉雪濯缨，过石门隐，唱石潭歌。好一幅亦游亦隐的山水高士图！只是在仰慕崔少府潇洒于终南山之际，李白终不免流露出了些许对"终南捷径"的艳羡之意。

其实，在唐代，还有一种致仕问路的门径，叫作投刺，即把自己的姓名制成特殊的文帖，曰名刺，投给达官显宦，以求援引自己进入仕途。唐朝考取进士，以诗取仕，诗歌优劣就成为评判人才的标准，也成为试图腾达的敲门砖。所以布衣之人投刺者，常常附以自己以为得意的诗作，以求得到显达的青睐。唐人张固在《幽闲鼓吹》中记述了一个故事，说的就是这种情况：贞元三年（787年），白居易应举，初至京师，以诗拜谒大诗人顾况。顾况看了白居易的名字，戏说："米价方贵，居亦弗易。"比至看了白诗《赋得古原草送别》[10]中的"野火烧不尽，春风吹又生"诗句，赞赏曰："道得个语，居亦易矣。"因为之延誉，使白居易声名大振。

由此可知拜谒贤达的重要性。

又者，杜甫在《奉赠韦左丞丈二十二韵》[11]中，有"朝扣富儿门，暮随肥马尘"的诗句，自述其为生计所迫"扣富儿门"的窘况。李白入京之初，困居长安，虽然也在尽力寻找门径，但他却勉强保持一种平交的姿态。赠诗张垍，也是"投诗问路"的意思，没有刻意乞求。崔氏兄弟，不富不贵，其与崔氏兄弟交往，也属于诗歌唱和的关系，希望得到关照引荐，也是以诗达意，还算委婉。可知，诗人在失路之时，总还是在尽力保持人格上起码的自我尊严。

在《答长安崔少府叔封游终南翠微寺太宗皇帝金沙泉见寄》一

诗中，开篇，诗人竟以"河伯见海若"之喻，自谦其卑微如河神"河伯"，不得不恭维崔少府之尊贵如海神"海若"，实在令人慨叹。在唐代，县令称明府，县尉为县令佐官，所以称为少府。西京一百零八坊，京兆府将其东西分治，以朱雀大街为界，东为万年县，西曰长安县。长安少府，即长安县尉。长安县尉，在唐朝的官职体系中，不过位列"正九品下"而已，是个实在不能再低的官阶了。我们这位伟大的诗人，却把自己能够尽快入朝觐见的厚望，寄托在一个区区九品的县尉身上，由此可见，诗人当时真是失路之甚，无奈之极。希冀走崔氏兄弟的门路，即使不能证明作为诗人的李白，有着不谙朝廷规则的幼稚和对于人情世故的隔膜，那也说明，李白自寻的路径，无非是一条无路之时的想象之路罢了。当然，李白禀赋豪爽，性情耿直，全然不设心机，诗人这种以善度人的天真性情也在诗中自然而然表露了出来。

只是，诗人之名虽闻达于皇上，诗人却依然无门于殿堂。

诗中有"涉雪搴紫芳""拂琴听霜猿"的诗句，知其时令，已经是秦岭山中晚秋的季节了。

此时，李白依然没有等到皇上召见的讯息。

其时的李白，陷入了一种多么无奈的窘境！

以"玉真公主别馆苦雨"诗相赠的那位驸马都尉卫尉卿张垍，虽然有晤面之缘，其态度却不冷不热，一副高高在上的样子，骨子里似乎透着几分傲慢，这使李白感到屈辱和冷落。其实，李白的赠诗，或许只被这些官员看作进入交际圈子的投名状而已，即使看懂了其

第二章 候召

中期待帮忙疏通关节的意思,也只装作没有明白。以诗求助,实在无济于事,诗中表达的请求,当然也就如同泥牛入海,无声无息了。

时不时留驻终南山小隐的李白,打算暂时离开长安,西游邠岐,寻访亲友,干谒求荐。临行前,他作诗一首,寄赠卫尉卿张垍及另一个征而不仕的王姓朋友,以为暂别。

秋山寄卫尉张卿及王征君[12]

何以折相赠,白花青桂枝。
月华若夜雪,见此令人思。
虽然剡溪兴,才异山阴时。
明发怀二子,空吟《招隐》诗。

在诗中,李白借王徽之雪夜访戴逵的逸事,向赠诗的对象含蓄地表达了自己的失意。据《晋书》记载:名士王徽之尝居于山阴,夜雪初霁,月色清朗,独自酌酒,四望浩然,咏左思《招隐》诗,忽然忆及友人戴逵。戴逵时在剡中,王徽之便半夜乘小船前往拜访,经一宿方才抵达剡中,到了戴逵家门前,却又不入而返。仆从问其故,王徽之曰:"本乘兴而来,兴尽而返,何必见安道耶?"

奉诏进京,至今未能见到皇帝,李白此时的尴尬在于,欲见不能,不见又不甘。像王徽之雪夜访戴逵,到门前而不入,他,能有那样的底气吗?说声"乘兴而来,兴尽而返",便转身走人,他又能有那样的洒脱吗?心系天下,胸怀抱负,这实现夙愿的佳缘良机,李白如何能够轻易放弃呢!所以,这首寄赠诗,在表达告别之意时,虽然稍稍流露出些许未得接引的失望和幽怨，但并不意味着李白对入朝期待的彻底放弃。

月夜静思，望秋山而无眠。

暮秋近冬，诏令不闻，李白稍作远游。诗人知有族兄任新平郡长史，欲干谒以求举荐。新平郡，旧称豳州，开元十三年（725年）改称邠州，天宝元年又改称新平郡。新平距长安三百里，快马骑行，也得三五日。此地在李白的游历中距离其祖籍陇西最为接近，他此时是否有借机以探访祖上故地的打算，暂不可知。

秋冬交季，关中气候变化最是无常。李白刚到新平，没料想，一场寒潮突如其来，天气突然冷了起来。这让滞留新平的李白十分狼狈。生长在巴山蜀水的李白，切身体验了一次风雪交加气温骤降带来的促狭与窘迫。而他准备御寒的鹔鹴裘衣，早在楼观台苦雨时节换酒喝了。

李白前来拜访在新平郡做长史的族兄，本来是要寻求荐举，眼下，却禁不住寒冷侵袭，赶快呈上诗作，居然先请求这位族兄先帮助解决无衣御寒之困。

豳歌行上新平长史兄粲[13]

豳谷稍稍振庭柯，泾水浩浩扬湍波。
哀鸿酸嘶暮声急，愁云苍惨寒气多。
忆昨去家此为客，荷花初红柳条碧。
中宵出饮三百杯，明朝归揖二千石。

第二章 候召

> 宁知流寓变光辉，胡霜萧飒绕客衣。
> 寒灰寂寞凭谁暖，落叶飘扬何处归。
> 吾兄行乐穷瞟旭，满堂有美颜如玉。
> 赵女长歌入彩云，燕姬醉舞娇红烛。
> 狐裘兽炭酌流霞，壮士悲吟宁见嗟。
> 前荣后枯相翻覆，何惜馀光及棣华？

诗的大意是说，暮秋游幽谷，泾水扬波，哀鸿暮鸣，愁云苍惨，寒气逼人。我离家客居关中，当初从江南启程时荷红柳绿，一路上豪饮通宵，也曾拜访入仕为官的朋友。怎知到此地天气骤变，旅寂舍冷，风疾霜重，衣不御寒。凭谁取暖，身归何处？粲兄悠闲行乐，赵女长歌，燕姬醉舞，狐裘兽炭，家境优裕。眼下冷暖荣枯，变化翻覆，老兄怎么能够不舍得用多余的温暖来惠及有棣华情分的老弟我呢？

诗人漂泊，一时潦倒无助，竟至有衣寒之虞，可知艰难几何。但以诗求助，又斯文安在？

短暂滞留新平郡，李白偶遇一位年轻后生，引为朋友，觉得可以交心，便赠诗以诉衷肠。诗中，亦可窥见诗人的落魄窘境。

赠新平少年 [14]

> 韩信在淮阴，少年相欺凌。
> 屈体若无骨，壮心有所凭。
> 一遭龙颜君，啸咤从此兴。
> 千金答漂母，万古共嗟称。

而我竟何为，寒苦坐相仍。
长风入短袂，内手如怀冰。
故友不相恤，新交宁见矜。
摧残槛中虎，羁绁鞲上鹰。
何时腾风云，搏击申所能。

全诗咏史言志：当年韩信忍受欺凌，心怀壮志，得遇龙主，叱咤风云，盛报漂母一饭之恩；现在我却苦寒无助，短袂纳手犹如怀冰，故友不恤，新朋冷漠，如同虎困笼中，鹰羁皮臂，何时才能够虎腾鹰跃，搏击风云，施展才能？

诗人于困境之中，期待着有朝一日得遇明主，大展宏图。

天气渐寒，有些落魄的诗人，不得已，只好从新平匆匆返回长安，打探朝中讯息。

他依旧苦等苦盼，候旨待诏，困厄于大唐王朝的西京长安城。

不过，命运终究还是眷顾了我们的诗人，也由此牵出中国文学史上富于传奇色彩的一段千古佳话。

已是初冬。长安城中，那一日，融融暖阳勾起了李白出门的意趣。候召无讯，诗人早早步出驿舍，往长安城东北的大宁坊走来。这里，有供奉道祖老子牌位的太清宫[15]，乃堂堂皇家庙宇。来到西京，祭拜道祖的念想，李白久记于心，诗人便想借此闲暇时光了却心愿。

立国之初，李唐王朝为了彰显自家帝王的"圣裔"血统，特封老子李耳为玄元皇帝，尊为始祖，名曰宗圣，为之建宫祭祀。开元

第二章 候召

二十九年（741年），当朝皇帝李隆基自称梦见老子，其后，果然在楼观台掘得老子玉像，便迎至兴庆宫大同殿供奉。玉像显现处，建成会灵观，以纪念这一神迹。并且，皇帝降旨，尊老子为先圣至尊，诏令图画描绘老子真容，诏告天下，置西京玄元皇帝庙于大宁坊，改称太清宫。又于太清宫设庠，置生徒，令其修习《道德经》《庄子》《列子》等道家经典。

大宁坊在皇城东，太清宫则在大宁坊西南角。

李白一路观景，徐徐而行。未及宫门，老远便听见从宫院内传出生徒诵读《道德经》的声音。宫门前，竟停着几辆配饰考究的车驾。李白心中暗自猜想，不知何方显贵，也有如此礼道崇教的兴致。

太清宫毕竟是祭祀之处，宫门虽不华丽，但却庄严肃穆。正殿，玄元皇帝老子的汉白玉神像享祀主位。旁有一尊雕刻精美的白玉石像，头戴着九龙环踞的金冠，着缯彩衮服，饰以珠玉珍宝，侍立于玄元皇帝的右侧。只见有人在这尊石像前跪拜，口中念着"万岁"。李白方才明白，这尊雕刻便是当朝皇上的塑像了。在知情者的悄声细语中，李白竟也分辨出了当朝宰相李林甫和崇玄馆大学士陈希烈陪祀的另外两座白石雕像。[16]在李白的记忆中，生人陪祀也许还是头一次见识。

出了正殿，李白立于殿前，昂首仰视那殿脊上排列的神兽，便听有人朗声赞叹道：好个仙风道骨！

诗人回首，一个银须童颜的彬彬老者正冲着自己微笑作揖。

李白急忙拱手还礼，询问这位老者的尊姓大名。

老者抚须笑答："四明狂客是也。"

李白竟自吃了一惊：这不就是写出"二月春风似剪刀"[17]的贺知章贺老大人吗！

这时贺知章年已八十五岁。他少年时期就以诗文闻名于吴越一带，武则天朝以状元及第。而今又得玄宗皇帝赏识，官至太常少卿，累迁礼部、工部侍郎，后来升迁至秘书监，加集贤院大学士，如今是个正三品的官员。

顿时，李白大喜，就地俯身跪拜，顺带着报上了自己的姓名。

贺知章一听李白的名字，即刻侧身扶起诗人，对着李白说，你的《乌栖曲》，可以泣鬼神矣！

原来，李白路过姑苏时吟成一首诗，依乐府《乌栖曲》制辞，借着吴越兴亡的故事，抒写江山依旧而世事变迁的喟叹。

乌栖曲[18]

姑苏台上乌栖时，吴王宫里醉西施。
吴歌楚舞欢未毕，青山欲衔半边日。
银箭金壶漏水多，起看秋月坠江波，
东方渐高奈乐何！

只是，李白怎么也没有料到，这首诗竟先于诗人自己传到了西京，达于这位太子宾客贺老先生的视听。

其实，正是李白的这首怀古诗，勾起了吴越名士贺知章的乡愁。

此刻，出乎李白意料，贺知章竟然执意邀请李白同车，欲到诗人客居的驿舍，以尽拜客之道。

第二章 候召

见李白鹰眼隆准、美髯拂胸，贺知章越发欣赏诗人的奇姿异貌，为其洒脱不羁的仪态倾倒，眉眼之间流露出满满的欣赏之色。

见贺知章如此热切，李白也是惊喜不已。

来到李白寄居西京的驿舍，下车伊始，贺知章便迫不及待地索要李白的诗文新作。

李白便出示了《蜀道难》，躬身再拜，求教于贺知章。

蜀道难[19]

噫吁嚱，危乎高哉！

蜀道之难，难于上青天。

蚕丛及鱼凫，开国何茫然。

尔来四万八千岁，不与秦塞通人烟。

西当太白有鸟道，可以横绝峨眉巅。

地崩山摧壮士死，然后天梯石栈相钩连。

上有六龙回日之高标，下有冲波逆折之回川。

黄鹤之飞尚不得过，猿猱欲度愁攀援。

青泥何盘盘，百步九折萦岩峦。

扪参历井仰胁息，以手抚膺坐长叹。

问君西游何时还，畏途巉岩不可攀。

但见悲鸟号古木，雄飞雌从绕林间。

又闻子规啼夜月，愁空山。

蜀道之难，难于上青天，

使人听此凋朱颜。

连峰去天不盈尺，枯松倒挂倚绝壁。
飞湍瀑流争喧豗，砯崖转石万壑雷。
其险也若此，嗟尔远道之人胡为乎来哉！
剑阁峥嵘而崔嵬，一夫当关，万夫莫开。
所守或匪亲，化为狼与豺。
朝避猛虎，夕避长蛇，
磨牙吮血，杀人如麻。
锦城虽云乐，不如早还家。
蜀道之难，难于上青天，
侧身西望长咨嗟。

　　李白这首《蜀道难》借古乐府相和歌曲制辞，以激越的想象和艺术夸张，从远古无路到栈道相连，历数长安入蜀之道路的险峻与阻碍，摹写路途的异状与奇景，感情炽烈，意境宏远，超旷高绝，一唱三叹，令人愕然瞠目，因惊奇而心驰神往，读之荡气回肠。

　　盛唐之际，天宝二年初冬的这天午后，长安城，逆旅驿舍，李白与贺知章，两位闻名天下的唐代大诗人，完成了大唐盛世一次堪称伟大的相聚。

　　此刻，贺知章，这位才华横溢的老诗人，读李白《蜀道难》未至终篇，竟然数次称赞；这位睿智而敏捷的老者，再次端详李白超凡脱俗的容貌，更加惊叹不已。

　　李白诗歌与姿容的双重神奇，让贺知章以为今日竟然遇到了天上的神仙。

第二章 候召

贺知章发问道：李君岂非天上的太白金星下凡？随即称呼李白：真谪仙人也！

听贺知章称自己为谪仙人，李白顿时兴奋不已。据说，李白出生前夕，其母梦见金星坠落自家的屋脊，之后遂以白为名，以太白为字。十分自负的李白乐得他人称赞自己的仙姿仙态，他一边谦恭作揖，一边开怀大笑。

此时，李白越发显得神态飘逸。

至于李白这姿容相貌，大概真的是有些与众不同。按照见过李白的魏颢在《李翰林集序》中的描述，李白"眸子炯然，哆如饿虎"[20]，似乎就是天人异相。李白族叔李阳冰在《草堂集序》[21]中记述："李白，字太白，陇西成纪人，凉武昭王暠九世孙。蝉联珪组，世为显著。中叶非罪，谪居条支，易姓与名。……神龙之始，逃归于蜀，复指李树而生伯阳。"著名历史学家陈寅恪先生，早年在旧《清华学报》上发表《李白氏族之疑问》一文，指出李白为凉武昭王后裔不可信，相貌奇异，疑其祖上为西域胡族。其理由是：中亚碎叶条支，贞观十八年（644年）平焉耆，显庆二年（657年）平贺鲁，隶属中国势力范围之后，始可成为窜谪罪人之地，若太白先人于杨隋末世即窜谪如是之远地，断非当日情势所能有之事实。之所以诡称隋末者，殆以文饰其既为凉武昭王后裔，又何以不编入属籍。陈寅恪先生又指出：考李阳冰序"神龙之始，逃归于蜀，复指李树而生伯阳"，又范碑（范传正《唐左拾遗翰林学士李公新墓碑》）"公之生也，先府君指天枝以复姓"之语，则是太白至中国后方改姓李也。其父之所以名客者，殆由西域之人，其名字不通于华夏，因以胡客称之，遂取以为名，其实则非自称之本命也。[22]
除了陈寅恪先生，其他学者对李白的身世也有疑问。言及李白在和同时代的李氏宗族交往中，称为兄弟和叔侄者甚多，但以凉武昭王为祖，考察已有定评的李姓后裔，则李白自己称兄弟叔侄时，其与李姓他人辈分之错乱，竟在九世孙与十三世孙之间，因此认为李白只是比附皇族以标榜自高而已。又李白后来待诏翰林，起草和番书，如何识得异族文字？及其生平的侠义异行，诗风奇特，所好非儒，嗜酒慕仙，似乎也不是华夏正宗之世家弟子的传统。加之相貌奇异，特立独行，遂为世人称奇，疑为异族。其实，中华民族的历史本来就是融汇多民族的过程，且不论李白身世若何，出生于何地，李白作为中华民族伟大诗人的身份，应该是我们不二的认同。视姿容相貌之奇异，为李白独特之所在，即可。贺知章疑其为天人下凡，大约还是因为李白真的仪态飘逸、气度非凡。

诗人贺知章，本来就是性情旷达之人，豪迈不羁，素有清淡风流的雅誉。此时，这位自号"四明狂客"的老诗人，尽管八十有余，得遇诗歌奇才李白，加之天生好酒，年长愈纵，诗兴尚未尽，便又禁不住发了酒兴。

身边酒钱不足，贺知章即刻解下随身佩戴的金龟交予扈从，于客舍附近的酒肆换了长安美酒，非得要和李白捧杯尽欢。

李白更是放达不羁之辈，且又诗酒遇知己，便豪情勃发，与老诗人推心置腹，相与为欢，对坐倾杯，纵酒狂饮。

两位诗人极尽兴致，竟高兴地忘了年辈，也忘了时辰，直喝到暮色朦胧，喝了个一醉方休。

第二章 候召

之后，贺知章凭着他在朝中的地位，借着与皇上的特殊关系，在一个合适的场合，毫不犹豫地在皇上面前大大夸赞了天才的诗人李白。

这样，皇上终于想起有个叫李白的诗人，想起那个道士吴筠的推荐，想起自己曾经征召李白入京的事儿。

困厄西京长安的布衣李白，又一次让皇上产生了召见的冲动。

李白知遇太子宾客贺知章的这段故事，在诗人的《对酒忆贺监二首》[23]并序中记述道："太子宾客贺公，于长安紫极宫一见余，呼余为'谪仙人'，因解金龟，换酒为乐。"唐人孟启在《本事诗》中对李白巧遇贺知章也作了详细记载。

与贺知章的偶然相遇，实在是李白的幸事。

往往，就是这样一些偶然的机缘，竟成就了不朽的历史。

不日，正在客舍中饮酒打发时光的李白，果然就接到了大唐皇帝召见的圣旨。

【注释】

[1]（清）王琦注：《李太白全集》上册，中华书局1977年9月第1版，第25页。

[2]（清）王琦注：《李太白全集》中册，中华书局1977年9月第1版，第839页。

[3]（清）王琦注：《李太白全集》上册，中华书局1977年9月第1版，第475页。此诗，安旗先生系于开元十八年，认定卫尉张卿即张垍，

以证李白两次入长安之说。詹锳先生则认为此诗作于天宝二年，卫尉张卿另有其人，不是驸马都尉张垍。今各采其有理处而统合之，作天宝二年之驸马都尉卫尉卿张垍。

[4]（清）王琦注：《李太白全集》上册，中华书局1977年9月第1版，第448页。

[5]（清）王琦注：《李太白全集》上册，中华书局1977年9月第1版，第482页。

[6]缪钺主编：《三国志选注》，中华书局1984年6月第1版，第661页。

[7]（宋）范晔撰：《后汉书·崔瑗传》，中华书局2007年8月第1版，第507页。

[8]（汉）司马迁撰：《史记·管晏列传》，中华书局1982年11月第2版，第2131页。

[9]（清）王琦注：《李太白全集》中册，中华书局1977年9月第1版，第876页。

[10]中国社会科学院文学研究所编：《唐诗选》下册，人民文学出版社1978年4月第1版，第145页。

[11]萧涤非等撰：《唐诗鉴赏辞典》，上海辞书出版社1983年12月第1版，第425页。

[12]（清）王琦注：《李太白全集》中册，中华书局1977年9月第1版，第651页。

[13]（清）王琦注：《李太白全集》上册，中华书局1977年9月第1版，第379页。李白"新平诗"有三首：《豳歌行上新平长史兄粲》《赠新平少年》《登新平楼》。李白何时游新平郡，有二说：一说为天

第二章 候召

宝三载（744年），一说为开元十八年。清代王琦认为三首"新平诗"作于天宝三载，理由为"是年改邠州为新平郡"。王氏认为天宝三载邠州改为新平郡，不知所据何籍。《旧唐书·地理志》："关内道邠州，开元十三年改豳为邠，天宝元年改为新平郡。"［（后晋）刘昫等撰：《旧唐书》，中华书局1975年5月第1版，第1404页。］从李白"新平诗"中的前两首《豳歌行上新平长史兄粲》《赠新平少年》的内容看，绝非李白充任翰林学士之后所作，故天宝三载之说，于此二首诗无据，倒是第三首诗，内容符合天宝三载李白辞朝之后的心境。郭沫若根据李白《与韩荆州书》中"三十成文章，历抵卿相"等语，推定李白初入长安在开元十八年，时李白三十岁。（见郭沫若《李白与杜甫》）赞成郭说者，根据诗中叙述的诗人潦倒的情境，将这几首"新平诗"的写作时间确定为开元十八年。新平：原邠州，天宝元年改为新平郡，治所在新平县，即今陕西彬州市。汉代，此地曾有新平郡之称。唐代，天宝元年之前未有新平郡地名。李白诗歌题目，凡涉地名，如有异称，基本上选择的都是知晓度高的名称，这也是诗题命名的普遍规律。李白大约不会好古嗜僻到用一个众人不知的汉代曾用名为自己的诗歌命题；况且，有比之更有名的豳州、邠州可以选择。唯一的可能就是天宝元年改名为新平之后，李白以此题诗。其实，李白这三首新平诗作，可以推断，最早不会早于天宝元年，最迟当在天宝四载（745年）春李白离开秦地前。李白涉及新平的三首诗，诗中景色皆为秋景。李白在长安，度过了两个秋天，即天宝二年秋和天宝三载秋。《登新平楼》抒发去国怀乡之忧思，天宝三载之说可以成立，也契合诗人受谗言放还的遭遇，时间节点和季节亦无违逆处。但《豳歌行上新平长史兄粲》《赠新平少年》则不合李白天宝三载的际遇境况。天宝三载暮秋初冬时节,李白已得玄宗召见,名动京师。在《豳歌行上新平长史兄粲》中,李白乞求族兄李粲帮忙解决御寒困难问题,而其时李白因供奉翰林生活状况得以根本改善,衣食绝无困顿,不可能乞求帮忙解决御寒之困。再看《赠新平少年》,其时李白作为当朝翰林学士,已有青云腾达的经历,不会发"槛中虎""鞲上鹰"之慨叹,也不会再发"何时腾风云,搏击申所能"之宏愿。显然,这两首诗,应该是天宝二年秋李白入京未得玄宗召见羁縻关中时所作。若此,天宝二年暮秋,李白曾游新平。李白游新平,可能共有两次:一次当在天宝二年暮秋入京而未遇玄宗时,作《豳歌行上新平长史兄粲》《赠新平少年》;一次在天宝三载秋诗人去朝未离秦地时,作《登新平楼》。

[14] (清)王琦注:《李太白全集》上册,中华书局1977年9月第1版,第504页。

[15] 天宝二年三月,朝廷下令,改西京玄元庙为太清宫,东京为太微宫,天下诸郡为紫极宫。[见(后晋)刘昫等撰:《旧唐书·本纪第九·玄宗下》,中华书局1975年5月第1版,第216页。]

[16] 见(后晋)刘昫等撰:《旧唐书》,中华书局1975年5月第1版,第927页。

[17] 见贺知章《咏柳》。中国社会科学院文学研究所编:《唐诗选》上册,人民文学出版社1978年4月第1版,第67页。

[18] (清)王琦注:《李太白全集》上册,中华书局1977年9月第1版,第176页。

第二章 候召

[19]（清）王琦注：《李太白全集》上册，中华书局1977年9月第1版，第162页。《蜀道难》一诗，历来为人称赏，赞其奇异，在李白的诗中，堪为千古绝唱者。但是该诗究竟有无寓意，寓意何在，则众说纷纭。詹锳先生归纳，大抵有几种不同的说法。其一，是罪严武说，首持此说者，为唐懿宗时人范摅。范摅在其《云溪友议》中记了一个故事：剑南节度使严武，傲慢跋扈，宴客不讲礼节，于是杜甫借醉放言道：想不到严挺之还有严武这样的儿子。严武怒目久视杜甫，说道：杜审言的这个孙子想要捋虎须吗？众人都笑着打圆场。严武说：和大家饮酒吃饭，图个高兴，何必扯出祖父辈来！还有，前宰相房琯遭贬谪，到蜀地任地方刺史，与严武有隔阂，竟忧惧成疾。据说，严武的母亲担心严武祸害忠良，于是赶快安排船只把杜甫送出蜀地。虽然严武母亲贤德，但房琯和杜甫都差点不免于严武的虎口。范摅认为，李白的《蜀道难》，表达了对杜甫、房琯安危的担忧，于此指斥严武跋扈。《新唐书》采纳了范摅的说法。其二，是讽章仇兼琼说，北宋本的《李太白集·蜀道难》题下注为"讽章仇兼琼也"。章仇兼琼此人，玄宗开元末年曾署理剑南节度使之职，主持与吐蕃的战事。沈括《梦溪笔谈》及《苕溪渔隐丛话》都持此说，认为《蜀道难》是讽刺章仇兼琼据险擅权。其三，是讽谏唐玄宗之不该幸蜀说，元代萧士赟《分类补注李太白诗》持此说。玄宗因为避安史之乱而入蜀，李白深知入蜀非良策，欲言，不在其位，若不言，则爱君忧国之情不能自已，于是作诗达其意，劝玄宗切勿入蜀避乱。其四，是即事成篇别无寓意说，明代的唐诗研究巨擘胡震亨《李诗通》持此一说。其理由大致是，章仇兼琼在蜀执剑南节度使事，无据险

跋扈之迹；而严武出镇剑南是在肃宗至德年间之后，其时李白已经辞世；至于玄宗避难入蜀是在天宝末年，但贺知章鉴赏此诗则是在天宝初年。因为贺知章天宝四载已经仙逝于山阴，故"罪严武跋扈"与"谏玄宗入蜀"二说，与《蜀道难》之得贺知章赞赏，年序皆有不合。以上四说，当以第四说为宜。其实，此诗极言蜀道之难，别无其他寓意。全诗依诗人的艺术想象，状写蜀道之高绝奇险，故极尽传说典故人事自然，铺排成奇异的意境，强调蜀道之难而已，何必非得追究其有无深刻的寓意？（见詹锳编著：《李白诗文系年》，人民文学出版社1984年4月第1版，第32～33页。）

[20]（清）王琦注：《李太白全集》下册，中华书局1977年9月第1版，第1450页。

[21]（清）王琦注：《李太白全集》下册，中华书局1977年9月第1版，第1443页。

[22] 见詹锳著：《李白家世考异》，《李白诗论丛》，人民文学出版社1984年4月第1版，第14、19～23页。

[23]（清）王琦注：《李太白全集》中册，中华书局1977年9月第1版，第1085页。

第三章 觐见

猎火燃兮千山红

李白醉姿摇荡,玉山即倒。

皇上便敕令高力士扶住李白,引到丹墀龙椅旁,倚靠在七宝床上。

恰有御膳坊送进醒酒的羹汤,皇上接过来,亲手调制一番,递与高力士,让他服侍李白缓缓饮服。

此刻,这一殿的大臣都看得呆了,既歆且奇,莫不惊叹。

天宝二年初冬的那个清晨,早朝时节。

大明宫内,含元殿雄峻庄严。

群臣朝会。

大唐王朝的皇帝李隆基,翼善冠,黄龙袍,金玉带,仪态威严,端坐在富丽华贵的龙椅上。

大殿上,文武百官,朝靴襕衫进贤冠,依序分列。

天子临朝,他要听取群臣奏议,决断如何安抚突厥的事宜。近日,北方突厥部落之间的纷争,搅得漠南漠北不得安宁,其内部和解与争战接续,对朝廷则归顺、背叛交替。北部边疆的动荡,不时惊扰着王朝的安宁,也深深影响到了大唐王朝的边市贸易,带来了北方军事上的压力,危及到了大唐王朝与突厥关系的稳定。

宰相李林甫率六部左右仆射,陈奏策议,就和亲安抚之策听候皇上降旨。

听到稍不如意处,李隆基闭目无言,似听非听。

皇上嘴角沉了一沉。一旁伺候的右监门卫将军高力士,捕捉到了皇上不经意间露出的一丝忧烦;唯有高力士,才能省察到皇帝表情的这种微妙变化。

第三章 觐见

议事结束，群臣退朝。

李隆基，这位自封为开元圣文神武皇帝的大唐盛世天子，从龙椅上起身，缓缓步入偏殿。刚刚还气宇轩昂，此刻，他的神情竟有点凝滞。他神思邈远，眼光迷离，看上去有些心不在焉。

随侍左右的高力士悄声问道：陛下，回内宫歇息？

皇帝微微摇了摇头。

会朝议政，是有点烦累。然而大唐王朝眼下正处于鼎盛时期，国力强大，边境时或出现动乱，也无法撼动大唐王朝安稳的基石，尚不至于让这位经历过大风大浪的皇帝因此而忧心忡忡。皇上似乎不是倦怠，更不是无端犹豫，但就是一副心神不宁的样子。

皇上侧卧在榻上小憩，有些烦躁不宁，却又不言不语。

到了慵懒的晌午，皇上依然不发话。

高力士小心翼翼地说：陛下，太液池赏菊？

皇帝还是一副淡然无聊的神态。

高力士便说：陛下，移驾玉真观吧。

于是，皇上坐上御辇，高力士骑马陪侍，带着几个贴身的内侍，从大明宫丹凤门入夹城，沿西内苑南面的夹道往西，过了玄武门，近芳林门向南，至安福门出宫城，向西过了御河，往宫城西墙外的玉真观而来。

玉真观是玉真公主在长安持法修行的道观，在长安城西北的辅兴坊，紧挨着宫城。当年，睿宗皇帝心疼女儿玉真公主，不惜大兴土木，为其专门修造这座道观，建得和宫殿一般豪华。

御辇上，李隆基闭目养神。

皇上御辇后面，还跟着一辆精致的马车，车上坐着一位仙姿飘然的老者，他是秘书监贺知章，也就是前几日与李白在客栈赏诗醉酒的那个集贤院学士。原来，这位太子宾客贺知章，素来喜好道家学说，多与道界仙师相往来，德行深厚，又兼老成持重，威德凛然。高力士思忖，皇上此去九仙公主处，谈玄论道，散心寻趣，贺知章可师可友，有其陪驾，最为合适。高力士便请贺知章罢朝后留下候旨，随驾出宫。

出了大明宫，李隆基愁眉渐展。

此时的长安城，因着雨水渐渐稀少，长空澄澈，雁阵徘徊，时有黄叶飘飞，但天气却依然暖和，只是比暮秋时节多了几分清凉和干爽。

高力士骑马前行，引着一众车马入得玉真观。就见头戴黄冠的玉真公主，早在庭中恭候。高力士知晓，当今皇上的这位亲妹妹，与皇上同为窦德娘娘所生，一母同胞，其母在武周时期被诬陷遇害，兄妹二人又一同被幽闭在偏僻的闲宫之中，受苦患难，共处多年。自幼年时期，这兄妹二人就知心知肺。后来，皇上的这位九妹，芳华舍身，潜心为母亲祈福，令皇上甚为感激。加之与皇上手足情深，深得皇上的宠爱与信赖。

玉真公主见皇上驾到，欲伏身跪拜，却被皇上扶住了。

皇上道：九妹辛苦！

高力士一番安排，皇上一行，就在庭中暖阳无风处落座歇息，品茗，寒暄。

其实，高力士伺候李隆基来玉真观，是要探望寄身在这道观里

第三章 觐见

的一位神秘女眷，她，就是李隆基曾经的儿媳妇，寿王前妃杨氏玉环。

自从十分宠爱的武惠妃病逝之后，李隆基便郁郁寡欢，食不甘味。后宫佳丽，没有一个能够让皇帝动心开颜的。高力士奉命出使闽越时，遇见一个叫江采萍的才女，惊其美貌似天仙下凡，便给皇上带回宫里。这江采萍通诗赋，善歌舞，琴棋书画皆有所长，皇上一见，欣然接纳，封为贵妃。这个江采萍尤其喜欢梅花，号为梅妃。高力士便安排宫里专门栽种一片梅树，于梅花盛开时节，请皇上携梅妃赏花吟诗。只是不知何故，尽管梅妃文雅温顺，依然没有驱除皇上心底深深的忧郁。忠心耿耿的高力士，眼瞅着皇上常常独处哀叹，十分心疼，却又莫可奈何。一次偶然的机会，谈及寿王李瑁的妃子杨玉环，高力士见皇帝眉头微微展露欢颜，但瞬间便又陷入愁态。细心的高力士觉察到了皇上的心思，没有旁人的时候，便试探皇上道，杨氏天生丽质，可惜嫁给寿王为妃。高力士见皇上不语，又说，杨氏精通音律，擅长歌舞，若能陪伴陛下抚琴赏乐，或可与陛下有知音之遇。李隆基沉默无言。数日之后，高力士代皇上宣诏，为给英年早逝的窦太后祈福，敕令寿王妃杨氏入道籍，以女冠之身出家，道号太真，并于安邑坊为其专门建造观舍，作为潜心修行之处。安邑坊的太真观修建起来需要些时日，高力士便又经过一番筹划安排，让杨玉环先寄居在九公主的玉真道观。

后来，高力士秉承李隆基的旨意，背后操持寿王另娶了年轻貌美的韦氏为妃。这寿王也便渐渐忘记了杨玉环，随遇自乐去了。这是后话，按下不提。

时年，李隆基年近六十，而杨玉环恰是芳华明丽的二十四岁。

高力士一番精心谋划，杨玉环面见李隆基。杨氏容貌清丽，身姿丰艳，善歌舞，通音律，顾盼承迎，令皇上心动。皇上大悦，礼遇有加，不岁，终成皇帝的宠爱。

高力士明白，皇上虽身在朝堂，心里却时时惦记着寄身宫外的杨玉环，便在罢朝之后，伺候皇上私访玉真观。

玉真观里，皇上心情愉快了许多。

高力士告诉玉真公主，安邑坊的太真宫需得些时日才能完工。

皇上便说：太真有贤妹做伴，朕才放心些。有劳九仙妹子了，只是耽误了贤妹，不能去那清幽雅致的南山别馆仙居修行去了。

提起南山别馆，玉真公主顿时兴致盎然。

玉真公主说，能给三哥分忧，那是臣妹的福分。南山别馆去与不去，倒也无妨。

她接着说，山中静夜听雨看月的兴致，早被一个叫李白的人，用诗给驱走了。有人抄来一首诗，说是这个李白，胆敢在南山别馆的墙壁上胡乱题诗。这个诗人李白很有些意思，还没见面，就把我说成了天界仙子。待我把那诗诵与三哥听听，看像不像是你家九妹的样子。

原来，李白遇雨滞留终南山楼观台玉真公主别馆，留在别馆壁上的题诗，真有省悟体恤之人，抄送到了玉真公主的手上。

当然也只有这玉真公主，才敢在皇上面前倚宠逗趣。

李隆基一时高兴，允诺了玉真公主的请求。

玉真公主便把这首《玉真仙人词》款款地诵了两遍。

第三章 觐见

玉真仙人词[1]

玉真之仙人，时往太华峰。
清晨鸣天鼓，飙欻腾双龙。
弄电不辍手，行云本无踪。
几时入少室，王母应相逢。

皇上听得乐了，连声说，妙，大妙，是我家妹子的风采！

玉真公主也便欣喜不已。

玉真公主就说，那老道士元丹丘，也曾言及这个李白，说此人天赋诗才，文章胜于东汉司马相如，而且有大志向。[2]如今看来，果然不是浪得虚名。

皇上似乎想起了什么：是吴筠为朕荐举的那个李白么？朕还下了诏书征召他进京呢。

玉真公主应道，正好，臣妹极想与这个仙家诗才会上一面。

皇上顾首，询问一旁品茶的老诗人贺知章是否知晓李白的诗才。

贺知章早就谋思如何向皇上当面荐举李白，只是刚才见皇上兄妹二人聊得兴致正浓，也无由插话。此刻皇上询问，赶忙躬身应答。

贺知章道：陛下英明，老臣正要向陛下荐举此生。这李白诗才天下无多，前几日读他一首《蜀道难》，真是极古穷今，搜奇猎怪，读之荡气回肠，可以惊天地泣鬼神也。老臣初识此生于太清宫，见其气度飘逸，犹如神仙下凡。与他驿舍聚会，谈吐之间见识非凡，实乃抱锦怀玉之才，或可充任御前职司，宜供陛下文章驱使啊。

李隆基听了贺知章一席赞语，心中有数，欣然道：九妹赏识，贺监荐举，朕定要一见此生，以辨其才；若真如诸卿所言，必纳英才，宝之贵之。

　　李隆基即刻嘱咐高力士：择日，大明宫紫辰殿，召见李生。

　　高力士诺诺应声，躬身领旨。

　　说话之间，从观舍后庭传来一阵琵琶乐声，依依袅袅，如幽兰暗香，好个天籁仙音。高力士听得出，那可是皇上自制的《霓裳羽衣曲》。高力士想不到，才几日，这杨玉环便把皇上的琴曲弹得如此出神入化。

　　隔着漏窗透花墙，竹林掩映处，叠石山上的轩亭里似有人影绰绰。

　　不待高力士多言，皇上便起身理了理龙袍，款步穿过月门，径自到后庭的花园里去了。

　　高力士，玉真公主，皆是满眼欢喜。

　　太子宾客贺知章，却显得一脸茫然。

　　也许，天宝二年初冬某天的午后，历史有一瞬间，真就是这个样子。

　　李白终于接到了皇帝召见的圣旨。

　　皇帝要在大明宫紫辰殿召见李白。

　　长安城正北是宫城，在宫城东北，突出于长安城，就是气势恢宏的大明宫。大明宫地势高于长安城其他处，清爽干燥，天晴日朗时，可以远眺终南山，俯视京城街坊市肆。大明宫建有二十一门、二十四殿、四阁十院，有湖名为太液池，池中有岛曰蓬莱山，楼台亭榭众多，建筑壮丽宏伟。高宗之后，几位皇上都喜欢在大明宫署

第三章 觐见

理朝政。

李白早早来到大明宫的中门丹凤门。

大唐王朝的这处皇家宫殿，布局壮阔，构筑雄伟，令诗人李白叹为观止。站在丹凤门，先看到的是外朝第一大殿含元殿，殿庭十分开阔，气势威严；殿前两条朝会上殿的阶道，阶高坡长，宛如神龙垂尾；从此处拾级而上，愈显宫殿的高大壮丽。含元殿东边有翔鸾阁，由外朝入中朝，必经此处。宣政殿在含元殿北，是中朝理政议事之所，多为百官日常奏议的场所。紫宸殿又在宣政殿北，是内衙正殿，紧挨后宫，因为便宜皇帝进退行止，就成了皇帝处置机要事务的便殿。只是大臣们入这内朝的机会不多，因此更显得不易。在紫宸殿被皇帝召见，称为"入阁"，是臣子们引为荣耀的事，毕其一生也鲜有机会。李白大约是因为荐举者多为皇上亲近之人，又皆称赞其诗才了得，皇上高兴，便由高力士安排，在紫宸殿觐见。

早有御前小太监守在丹凤门，恭恭敬敬地迎接李白。诗人按照指引，步入大明宫。他一路昂首阔步，款款而行，容光焕发，神采飞扬。穿过翔鸾阁，过了宣政殿，来到内朝紫辰殿阶下。

今日得皇上召见，展平生所学，论天下世务，此行不虚，此生不枉。所思所愿，欲达天听者，已成鸿文，尽在胸中矣。

李白兴奋不已。

右监门将军高力士，伺候皇上坐定龙椅，站在大殿的丹墀上，示意司礼太监宣李白进殿。

高力士深知，当今皇上是个爱惜贤才的明君。可是侍奉皇上三十余年，从来没见皇上对一个布衣诗人如此看重，非要在紫辰殿里召见他。这个李白，尽管九公主喜欢不已，秘书监贺知章夸得像天上的神仙下凡一般，那个道士吴筠也海口夸赞，却不知究竟是何模样，具何才能，抱何襟怀。且不着急，见面就知晓了。

高力士向殿外窥视。就见司礼太监引着布衣装束的一个俊美男子，顶着乌纱幞头，脚步轻盈，昂然入殿。高力士端详，此人青须美髯，星眼剑眉，神态脱俗，气度超凡，果真有些仙姿飘然的样子，大异于一般的书生之辈。

见了皇上，李白行跪拜大礼，俯仰之间，抚袖拎襟，举眉展颜，英气四溢，端方从容，不卑不亢，尽显清逸洒脱之态。

高力士察觉，皇上也是眼前一亮，敛起了威严，面露欣喜之色。

就见李白仪态从容，从怀中捧出一卷文书来，跪拜呈上，声言道，祈请皇上赐教。高力士接过文卷，展纸一瞥，文题曰《大鹏赋》。

看得出来，李白得此机遇，胸中所藏乾坤之志，定要达于天听。

高力士将李白的文卷躬身奉送到皇上的御案。

皇上展卷浏览。

只见皇上即刻沉浸在文卷之中，时而注目沉思，时而轻声吟哦，俯首凝眉之后，畅怀拂须，先以称赏，继之赞叹。一番尽兴披阅之后，皇上依然盯着文卷，眼神流连再三，仿佛还想从那字里行间寻出些什么意外。

立于一旁的高力士，看着皇上的样子，也是一阵发呆：皇上已多日没有专心浏览臣子的文章了。

就听见李白祈求皇上准许他当庭吟诵《大鹏赋》。

皇上便许了李白，准其择赋中得意之处放声读来。

第三章 觐见

李白抚髯昂首，移步踏节，朗朗之声，清澈俊逸，直若洪钟，响震画栋。顿时，那一篇汪洋恣肆的鸿赋，仿佛化作飞瀑流泻，珠玉跳盘。

大鹏赋[3]

南华老仙发天机于漆园，吐峥嵘之高论，开浩荡之奇言，征至怪于齐谐，谈北溟之有鱼，吾不知其几千里，其名曰鲲。化成大鹏，质凝胚浑。脱鬐鬣于海岛，张羽毛于天门。刷渤澥之春流，晞扶桑之朝暾。烨赫乎宇宙，凭陵乎昆仑。一鼓一舞，烟朦沙昏。五岳为之震荡，百川为之崩奔。

尔乃蹶厚地，揭太清，亘层霄，突重溟。激三千以崛起，向九万而迅征。背嶪太山之崔嵬，翼举长云之纵横。左回右旋，倏阴忽明。历汗漫以夭矫，羾阊阖之峥嵘。簸鸿蒙，扇雷霆，斗转而天动，山摇而海倾。怒无所搏，雄无所争，固可想像其势，仿佛其形。

若乃足萦虹蜺，目耀日月，连轩沓拖，挥霍翕忽。喷气则六合生云，洒毛则千里飞雪。逸彼北荒，将穷南图。运逸翰以傍击，鼓奔飙而长驱。烛龙衔光以照物，列缺施鞭而启途。块视三山，杯观五湖。其动也神应，其行也道俱。任公见之而罢钓，有穷不敢以弯弧。莫不投竿失镞，仰之长吁。

尔其雄姿壮观，块轧河汉，上摩苍苍，下覆漫漫。盘古开天而直视，羲和倚日以旁叹。缤纷乎八荒之间，掩映乎四海之半。当胸臆之掩昼，若混茫之未判。忽腾覆以回转，则霞廓而雾散。

然后六月一息，至于海湄。欻翳景以横翥，逆高天而下垂。憩乎泱漭之野，入乎汪湟之池。猛势所射，馀风所吹，溟涨沸渭，岩峦纷披。天吴为之怵栗，海若为之躞跌。巨鳌冠山而却走，长鲸腾海而下驰。缩壳挫鬣，莫之敢窥。吾亦不测其神怪之若此，盖乃造化之所为。

岂比夫蓬莱之黄鹄，夸金衣与菊裳。耻苍梧之玄凤，耀彩质与锦章。既服御于灵仙，久驯扰于池隍。精卫殷勤于衔木，鹓鶵悲愁乎荐笋。天鸡警晓于蟠桃，踆乌晣耀于太阳。不旷荡而纵适，何拘挛而守常。未若兹鹏之逍遥，无厌类乎比方。不矜大而暴猛，每顺时而行藏。参玄根以比寿，饮元气以充肠。戏旸谷而徘徊，冯炎洲而抑扬。

俄而希有鸟见谓之曰："伟哉鹏乎，此之乐也。吾右翼掩乎西极，左翼蔽乎东荒，跨蹑地络，周旋天纲。以恍惚为巢，以虚无为场。我呼尔游，尔同我翔。"于是乎大鹏许之，欣然相随。此二禽已登于寥廓，而斥鷃之辈空见笑于藩篱。

李白的这篇《大鹏赋》，实为倾心再造之力作。李白出蜀之初，在江陵遇司马子微，其人称赞李白有仙风道骨，可与神游八极之表，李白于是作《大鹏遇希有鸟赋》，以感谢司马子微的知遇与褒奖。然而李白终觉此赋瑕瑜共存，未达宏旨。此次进京，李白于途中潜心凝思，一路吟咏，斟酌不辍，炼辞雕章，重新结撰，终成六百九十余言的《大鹏赋》，其用意就是要献给心目中圣明的帝王。

第三章 觐见

  这篇赋,李白借庄子《逍遥游》鲲化为鹏的寓言,自比振翅凌空的大鹏,冲云霄,扇雷霆,紫虹蜕,鼓飙风,使天动海倾,仙惊神叹,龟缩鲸避,其志守高远,气势威猛,抒发了诗人逍遥自在超凡脱俗的豪情逸致;愿随希有鸟,翱翔天地间,表达了诗人渴望知遇的迫切愿望,寄托了愿意追随知遇者成就伟业的宏大抱负。辞章绮丽,意蕴隽永,气象恢宏,蕴积着盛唐恢宏的气象,尽显豪放飘逸的风格。

  此刻,诗人献《大鹏赋》于皇上,并非为了展示文辞才华,而是意在吐露心志,文誉盛世,博得青睐,以求闻达,进而知遇见用。

  皇上既欣赏李白的仙姿神态,又沉醉其声韵的摇曳多变,更受文章气势与宏旨的感染,连声赞叹道:比肩庄子《秋水》意趣,不输司马相如文采;胸襟气度,正合我大唐国运气度。

  李白十分得意,跪谢皇上夸赞。

  得到皇上的示意,高力士恭请李白丹墀前就近落座,仰对皇上,驾前应答垂询。

  此刻,李白顿觉与皇上亲近了几分。

  皇上问及朝贡、边关、征伐等事务,李白就其所知,展其所长,皆应答从容,如行云流水。言及执杖节度,李白奏请皇上,蜀地关险道阻,形势非同一般,剑南符节切不可授予虎狼之辈。李白感于皇上知遇之恩,尽心阐发开元济世的宏论,倾情述说继先王之志以安天下使百姓生息有时稼穑可济的治世韬略,也稍稍展露了对北方胡地风情的知晓,以及对西域边塞情势的应对方略。言至招贤纳才,广开言路,李白更是口若悬河,言尽兴长。

连高力士也听得凝神屏息，颔首称是。

皇上又命内侍于丹墀旁为李白布坐榻，君臣无隙，几近促膝，如朋如友，往来言谈，交融欢洽。皇上不时口授备忘，身边内侍执笔疾书，手忙脚乱，应接不暇。

高力士见皇上心旌飞扬，话锋迭起，便暗自高兴：这许多时日，皇上都没有心思与臣属倾心于国事了，今天遇到个雄才俊杰，口若悬河，乐得让皇上心境愉悦，忘却烦忧，属意朝纲。

李白尽兴之际，感激皇上的侧身倾听，再拜致谢。

皇帝笑言：卿为布衣之人，大名为朕所知，若非平素道义行事，才识为人赏识，何以至此。吴筠荐之于朕，召卿入京，又得玉真公主与贺监老爱卿极力赞赏，朕怎能不请君进宫来，听卿高言鸿论？[4]

皇上一时高兴，便欲即刻授予李白官职，又一时拿不定主意，不知官授何职才合适。犹豫之间，高力士看出皇帝心思，便提醒皇上，不如先着李白供奉翰林，以备擢用。

皇上便问李白：可否愿意屈就翰林学士？

李白正要谢恩，皇上便说：卿且随朕巡猎渭川，以效司马相如事汉武帝之故事，述记狩猎大典，诏告天下，以垂后世；奉职之事，一俟冬狩归来，即行定夺。

李白躬行拜礼，颔首称是。

高力士领了皇上圣谕，赐李白宫锦官袍一袭，调拨飞龙宝马一匹，加赏一柄珊瑚白玉鞭。

巡猎乃朝廷大事。这次冬天的巡猎，朝廷谋划运筹，已经有些

第三章 觑见

时日了。

天子狩猎,自周朝始,与祭祀、会盟、宴享等一般,是朝廷传统大礼。狩猎常在背秋涉冬之时,曰为"冬狩"。此季,不伤农时稼穑,且禽兽过了繁殖季节,正是膘肥体壮肉质鲜美时,适合杀生,即所谓顺应阴阳消长之德,合乎天道伦理。《诗经·小雅·吉日》记载了周天子狩猎的事迹:"既张我弓,既挟我矢,发彼小豝,殪此大兕。"[5]诗中,天子挽弓搭箭射猎动物的身手,都有形象的呈现。古代天子狩猎,并非为了获取肉食与毛皮,其实是一种具有象征意义的礼节与仪式。最初,天子狩猎,可以享祭祀、宴宾客、充庖厨,到了后来,这些实用意义逐渐消失。至唐代,天子狩猎的真正目的在于演武校兵,宣威示恩,整饬军事,震慑四方。当然,即使背秋涉冬之时,还是要选择具体的吉日良辰。狩猎的生灵,多是已经捕获的野生动物,而且,事先要把这些动物置于特定的区域;狩猎开始,由随猎的军骑从三面驱赶它们,类似于围猎;被追赶的猎物出现在眼前时,皇帝只要弓箭射中猎物即可。预先设定的猎物,一般是象征吉祥的鹿类。狩猎之时,朝廷通常要安排御前文人奉命盛赞天子狩猎之事,时或有名篇传世。如汉代司马相如的《子虚赋》与《上林赋》,扬雄的《羽猎赋》和《长杨赋》等,就是此类文章中的经典。

历史上的天子狩猎,正史多有记载,但并非每次狩猎皆要载入正史。唐代玄宗时期的冬狩活动,史书记载见于《资治通鉴》者有:先天元年(712年)十月癸卯,上幸新丰,猎于骊山之下;开元元年(713年)十月甲辰猎于渭川;八月十月壬午畋于下邽。唐人张读《宣室志》:"明皇狩近郊,射中大鹿,张果曰:千年神鹿也。"

史书记载张果入京在开元二十三年（735年）。唐人薛用弱《集异记》："明皇天宝十三载重阳日猎于沙苑。"玄宗这两次巡猎之事，正史均无记载。可知，天子狩猎，有时正史往往因故不予记载。玄宗时期的狩猎活动亦然，史书时载时不载。

史书未予记载的事，不等于历史上没有发生。

大唐天宝二年十月，玄宗是否冬狩于渭川，正史无载。

或许，李白就真的亲历了天宝二年十月的皇帝冬狩。

因为，有李白的《大猎赋》。而李白入京见皇帝，平生仅此一次；李白的观猎献赋，唯一可以解释的理由，就是诗人亲历了天宝二年十月的天子巡猎。

在《大猎赋》中，李白自称为臣，显然是献赋于皇上的口吻。不临其事，李白也没有理由写一篇巡猎的长赋献给皇上。且赋中摹写狩猎的具体场景，应该有现实的依据以为凭借，并非仅靠想象。后来，李白在数首诗中都有行猎与献赋的记述。《温泉侍从归逢故人》[6]云："汉帝长杨苑，夸胡羽猎归。子云叨侍从，献赋有光辉。激赏摇天笔，承恩赐御衣。逢君奏明主，他日共翻飞。"《秋夜独坐怀故山》[7]载："……入侍瑶池宴，出陪玉辇行。夸胡新赋作，谏猎短书成。但奉紫霄顾，非邀青史名。……"没有发生的事，李白没有理由一次又一次地向朋友们表述。

《大猎赋》中有"获天宝于陈仓，载非熊于渭滨"的句子，可知狩猎的地点，当在渭川的皇家禁苑。

盛唐时期，一般情况，参加狩猎的人员，除了随驾伺候天子的扈从人员、出行必需的仪仗队伍和御前侍卫部队外，必定要调配京

第三章 觐见

城的卫戍部队配合狩猎，提供警戒和安全保障，还应该会安排朝廷文武官员随行。更重要的是，狩猎开始时，要进行盛大的军队兵骑战阵的校阅仪式，以宣示天子的威严，彰显国势的强盛，展现兵戎的威猛。所以，朝廷也会邀请突厥、回纥、吐蕃、党项等藩属进京朝觐者，与扶桑、新罗、大食诸国使节，还有异族充任朝廷官员者，一并观猎巡游，校阅兵戎。

《大猎赋》[8]应该就是在天宝二年冬天亲随皇帝狩猎时，李白的即时创作。

话说，在高力士的安排下，新近承恩受宠的诗人李白，骑着皇上御赐的飞龙马，随驾冬狩。

诗人李白第一次亲临现场，切身感受天子狩猎大典盛大壮观的气势。

旌旗猎猎，布满了起伏的丘壑。仪仗威严，队列肃整，巨大的金黄色伞盖下，李隆基武弁箭袖，披甲仗剑，登车扶轼，校阅羽林军。金戈铁马组成的骑兵团队，银甲强弓排列的三军战阵，震天动地的叫阵声，杀气腾腾的实战操演，着实显示出大唐王朝的赫赫威势与雄厚军力，也足令不时觊觎王朝疆土的突厥、吐蕃等四方邦国来朝的使臣们心惊胆寒。狩猎一开场，猎鹿奔突，军骑驰骋，令旗所指，人马奔涌。就见皇上一马当先，于松林草丛间举臂挽弓，金矢鸣镝，一箭射中那头惊恐无措的俊美雄鹿。于是，三军将士山呼万岁，洪亮浩大的声浪此起彼伏，在渭水之滨的原野上久久回荡。

随驾的高力士看到，骑在马背上的诗人李白，身姿俊逸，美髯飘拂，随着猎场气氛的变化，提缰耸身，跃马盘旋，神情激奋，鹰眼飞星。想必李白《大猎赋》的灵感便借此油然而生。

这边，李白随驾观猎，真的就神思飞扬，文采潮涌。

不待旌旗摇曳班师回朝，李白便已成竹在胸；只需笔墨挥洒，《大猎赋》便可结缀成章。趁着皇上兴致正浓，诗人将要把自己的豪情与赞叹，呈献给心目中的圣君明主。

于是，随驾狩猎归来，李白彻夜未眠，小饮助兴，尽毕生才华，精心雕章琢句、修辞炼字，汪洋恣肆之际，竟成翰墨大观、文章奇迹。

李白的这篇《大猎赋》，除了一个小序，仅赋词就有一千六百字，是李白创作巅峰时期的鸿篇巨制，也是诗人自诩甚高的倾心力作。

我们且来追随李白《大猎赋》的笔墨，领略诗人呈现的天子冬狩的宏大场景，同时去解悟诗人渗透在这篇赋中的政治理想和个人抱负。

在《大猎赋》的序中，诗人认为，"今圣朝园池遐荒，殚穷六合，以孟冬十月大猎于秦，亦将曜威讲武，扫天荡野"，因之"不能以大道匡君，示物周博，平文论苑之小，窃为微臣之不取也"，表明了自己的基本态度，"臣白作颂，折中厥美"，是赞颂，不是讽谏。

《大猎赋》开篇第一节：

粤若皇唐之契天地而袭气母兮，粲五叶之葳蕤。惟开元廓海寓而运斗极兮，总六圣之光熙。诞金德之淳精兮，漱玉露之华滋。文章森乎七曜兮，制作参乎两仪，括众妙而为师。明无幽而不烛兮，泽无远而不施。慕往昔之三驱兮，须生杀

第三章 觊见

于四时。

诗人称颂当今皇上承接先朝高祖、太宗、高宗、武后、中宗、睿宗六世圣明，以金德玉露之诞，烛幽泽远，达于盛世。今又顺天应时，行狩猎之仪。

第二节：

若乃严冬惨切，寒气凛冽，不周来风，玄冥掌雪。木脱叶，草解节，土囊烟阴，火井冰闭。是月也，天子处乎玄堂之中，沧八水兮休百工，考王制兮遵《国风》。乐农人之闲隙兮，因校猎而讲戎。

诗人怀古追远，引经据典，证明天子乘农事闲隙冬狩，校猎讲戎，是遵古礼而合王制的行举。

第三节：

乃使神兵出于九阙，天仗罗于四野。征水衡与林虞，辨土物之众寡。千骑飙扫，万乘雷奔。梢扶桑而拂火云兮，括月窟而搜寒门。赫壮观于今古，蘘摇荡于乾坤。此其大略也。而内以中华为天心，外以穷发为海口。豁咽喉以洞开，吞荒裔而尽取。大章按步以来往，夸父振策而奔走。足迹乎日月之所通，囊括乎阴阳之未有。

诗人通过丰富的想象，借夸父逐日等神话传说，摄囊天括地运日转月之势，表现天子狩猎的宏大场面和威武阵容。

第四节：

君王于是撞鸿钟，发銮音,出凤阙，开宸襟，驾玉辂之飞龙，历神州之层岑。游五柞兮瞰三危,挟细柳兮过上林。攒高牙以总总兮，驻华盖之森森。于是擢倚天之剑，弯落月之弓。昆仑叱兮可倒，宇宙噫兮增雄。河汉为之却流，川岳为之生风。羽毛扬兮九天绛，猎火燃兮千山红。

"擢倚天之剑，弯落月之弓"，夸赞天子的威势；"昆仑叱兮可倒，宇宙噫兮增雄。河汉为之却流，川岳为之生风"，摹写皇帝出猎的情境；"羽毛扬兮九天绛，猎火燃兮千山红"，再现猎场的氛围,何其生动形象！

第五、六、七、八节：

乃召蚩尤之徒，聚长戟，罗广泽，呵雨师，走风伯。棱威耀乎雷霆。炬赫震于蛮貊。陋梁都之体制，鄙灵囿之规格。而南以衡、霍作襟，北以岱、恒作祛。夹东海而为堑兮，拖西冥而流渠。麾九州之珍禽兮，回千群以坌入；联八荒之奇兽兮，屯万族而来居。

云罗高张，天网密布。置罘绵原。峭格掩路。蠛蠓过而犹碍，蟭螟飞而不度。彼层霄与殊榛，罕翔鸟与伏兔。

第三章 觐见

　　从营合技，弥峦被冈。金戈森行，洗晴野之寒霜。虹旗电掣，卷长空之飞雪。吴骖走练，宛马喋血。萦众山之联绵，隔远水之明灭。

　　使五丁摧峰，一夫拔木。下整高颓，深平险谷。摆桩栝，开林丛。喤喤呷呷，尽奔突于场中。

诗人借帝王以天下为猎苑的喻指，突出皇帝执掌天下万物的威势；以狩猎团队的纵横强悍，彰显帝王之师的神威无敌。

第九、十、十一节：

　　而田疆、古冶之畴，乌获、中黄之党。越峥嵘，猎莽苍。喑呜哮阚，风旋电往。脱文豹之皮，抵玄熊之掌。批狻手猱，挟三挈两。既徒搏以角力，又挥锋而争先。行魖号以鹗睨兮，气赫火而敌烟。拳封貗，肘巨狿。枭羊应叱以毙踣，狚貐亡精而坠巅。或碎脑以折脊，或欹髓而飞涎。穷遐荒，荡林薮，扤土狛，殪天狗。脱角犀顶，探牙象口。扫封狐于千里，捘雄虺之九首。咋腾蛇而仰吞，拖奔兕以却走。

　　君王于是峨通天，靡星旒，奔雷车，挥电鞭，观壮士之效获，顾三军而欣然曰：夫何神扶鬼摽之骇人也！又命建夔鼓，励武卒。虽蹒轹之已多，犹拗怒而未歇。集赤羽兮照日，张乌号兮满月。戎车轞轞以陆离，毂骑煌煌而奋发。鹰犬之所腾捷，飞走之所蹉躐。攫麐麚之咆哮，蹂豺貉以挂格。膏锋染锷，填岩掩窟。观殊材与逸群，尚挥霍以出没。

>别有白猵、飞骏，穷奇、犰猰。牙若错剑，鬣如丛竿。口吞夋铤，目极枪櫓。碎琅弧，攫玉弩，射猛虺，透奔虎。金镞一发，旁叠四五。虽凿齿磨牙而致伉，谁谓南山白额之足睹。

诗人通过极其丰富的艺术想象和夸张，铺排陈叙狩猎者非凡的身手，以禽兽的凶猛反衬武士们神勇的猎技，突出山林的丰盈，夸耀猎获的繁盛。

第十二节中，有"斩飞鹏于日域，摧大凤于天墟。龙伯钓其灵鳌，任公获其巨鱼"的句子，诗人借神话传说烘托禽兽之珍奇。

第十三节中，用"海晏天空，万方来同"，"虽秦皇与汉武兮，复何足以争雄"，盛赞天下升平的气象，表达了诗人对国家强盛统一的向往，寄托了诗人远大的政治理想。

第十四节：

>俄而君王茫然改容，愀然有失，于居安思危，防险戒逸，斯驰骋以狂发，非至理之弘术。且夫人君以端拱为尊，玄妙为宝。暴殄天物，是谓不道。乃命去三面之网，示六合之仁。已杀者皆其犯命，未伤者全其天真。虽剪毛而不献，岂割鲜以焯轮。解凤凰与鸳鸯兮，旋驺虞与麒麟。获天宝于陈仓，载非熊于渭滨。

仁慈达于禽兽，忧思生于盛世，这是诗人想象君王的善德与圣明。"居安思危，防险戒逸"，则是诗人对当今皇上由衷的期待。

第三章 觐见

第十五、十六、十七节：

> 于是享猎徒，封劳苦，轩行鸟，骑酌酤，韬兵戈，火网罟。
> 然后登九霄之台，宴八纮之圃。开日月之扃，辟生灵之户。圣人作而万物睹，览蒐岐与狩敖，何宣、成之足数。哂穆王之荒诞，歌白云之西母。
> 曷若饱人以淡泊之味，醉时以淳和之觞，鼓之以雷霆，舞之以阴阳。虞乎神明，狃于道德。张无外以为罝，琢大朴以为杙。顿天网以掩之，猎贤俊以御极。若此之狩，罔有不克。

这三节写猎后宴享，倡淡泊淳和之道。诗人以为，款待宾客者，何必饱醉，其义在于进言人主，网罗天下贤俊之才以御天下耳！

第十八、十九节：

> 使天人晏安，草木繁殖。六宫斥其珠玉，百姓乐于耕织。寝郑、卫之声，却靡曼之色。天老掌图，风后侍侧。是三阶砥平，而皇猷允塞。岂比夫《子虚》、《上林》、《长扬》、《羽猎》，计麋鹿之多少，夸苑囿之大小哉！
> 方将延荣光于后昆，轶玄风于邃古，拥嘉瑞，臻元符，登封于太山，篆德于社首，岂与乎七十二帝同条而共贯哉？

诗人借机阐发自己对圣明治世的政治理想：天人晏安，草木繁殖，六宫不以珠玉为贵，百姓乐于耕织，息乱世之声，却靡曼之色，

089

贤者掌朝，英才理政，世事平顺，皇恩浩荡，荣光延继，嘉瑞呈祥，德威流芳百世，圣名彪炳千古。

最后一节：

> 君王于是回霓旌，反銮舆。访广成于至道，问大隗之幽居。
> 使罔象掇玄珠于赤水，天下不知其所如也。

这《大猎赋》的收束，实在是很有意味。最后四句，每句都包含一个典故，所涉典故皆出于《庄子》。诗人即知当今皇上礼玄崇道，尤好老庄之说，此赋最后便落在了《庄子》上，以庄子讲述的故事表达诗人的愿望。诗人用心如此，想必是觉得，以庄子之说，也许更容易唤起皇上对赋的内容的关注，更容易使皇上理解诗人在赋中寄寓的治世主张和志向抱负吧。

这里，先就《大猎赋》的结尾，分句详解之。

"访广成于至道"。《庄子》：黄帝立为天子十九年，令行天下，闻广成子在空同之上，故往见之，曰："我闻吾子达于至道，敢问至道之精。吾欲取天地之精，以佐五谷，以养人民；吾又欲官阴阳，以遂群生，为之奈何？"李白此处突出黄帝问道的目的：以佐五谷，以养人民。看似老庄皮相，实则凸显兼济之志。

"问大隗之幽居"。《庄子》：黄帝将见大隗乎具茨之山，方明为御，昌寓骖乘，张若、谐朋前马，昆阍、滑稽后车。至于襄城之野，七圣皆迷，无所问涂。适遇牧马童子，问涂焉，曰："若知具茨之山乎？"曰："然。""若知大隗之所存乎？"曰："然。"

第三章 觐见

黄帝曰:"异哉小童!非徒知具茨之山,又知大隗之所存。请问为天下。"……小童曰:"夫为天下者,亦奚以异乎牧马者哉!亦去其害马者而已矣!"黄帝再拜稽首,称天师而退。……李白引"问道于牧马童子"的故事,其用意在于申明,古代圣人不耻下问,拜贤者为师,言下之意无非是,今之明君,当效古代圣人,唯才是举,择贤即用。

"使罔象掇玄珠于赤水"。《庄子》:黄帝游乎赤水之北,登乎昆仑之丘而南望。远归,遗其玄珠。使知索之而不得,使离朱索之而不得,使喫诟索之而不得也。乃使象罔,象罔得之。黄帝曰:"异哉!象罔乃可以得之乎?"李白引用"象罔寻珠"的故事,揣测这里的用心,恐怕是说自己为堪用之才。可知,诗人的自负与自信若是。

"天下不知其所如也"。《庄子·杂篇·庚桑楚》:吾闻至人,尸居环堵之室,而百姓猖狂不知所如往。"《庄子》中这句话的意思是:至人居斗室淡泊宁静,天下人放任无羁却不知往哪里去。想必是李白话中有话,说自己已达到淡泊宁静的境界了吧。

一篇《大猎赋》,穷尽珍奇,求索灵异,汪洋恣肆,酣畅淋漓,描摹之间,渗透着济世安邦的勖勉色彩,颂赞之中,饱含着追贤尊圣的劝喻意味。其深邃的意蕴在最后三节,收束处,诗人阐明了自己的政治理想,即天下晏安,岁时丰盈,皇帝仁慈圣贤,百姓安居乐业,贤才治世,国家强盛。赋中,诗人自信满满,也表达了希冀知遇而一展宏图的深沉期待。

天宝二年初冬,大唐天子的狩猎大典圆满功成。

移驾归朝，大明宫金銮殿上，皇帝摆设了盛大的御宴。

诗人李白，朝靴锦袍，从九仙门进得宫来，赴宴金銮殿，顺路瞥了一眼学士院。学士院是翰林学士们候召的地方，就设在大明宫九仙门内；那里，将是李白今后日常待诏的场所。

金銮殿上，文武百官，群臣毕集，待皇上驾幸，即可开宴。

众人候驾。热热闹闹的殿堂内，一个叫安禄山的胡人将军，大咧咧移步大殿丹墀下，转动胖墩墩的身子，跳起了胡旋舞，引得众人喝彩。突厥、吐蕃、回纥部落的使臣，散在大殿的角落里，暗暗地观望着大唐朝臣们的举止。扶桑国的遣唐使，在文臣武将之间来往穿梭，招呼官朋客友，眼神活络，言语伶俐，满脸的惬意。

"皇帝驾到！"司礼太监一声吆喝。

李隆基蟒袍通天冠，高力士侍奉着，在丹墀龙椅上坐定。

群臣山呼万岁。

大宴开启，一时锦衣列坐，珍馐满堂，杯光盏影，酒洌茶香。

高力士望见李白混在众人之中，与几个老臣频频交接，从容应酬。高力士寻思，皇上赏给李白个翰林学士，御前驱使，不知李白心思如何？这翰林学士，毕竟是个不小的名头，也算踏入朝门半步，李白可以从此脱去布衣。莫非他还期望朝堂行走，入阁为相不成？

丹墀龙椅上的皇上，酒过三巡，兴致勃然。

高力士宣示肃静，单独接引李白来到丹墀下。

看那李白，已有些醉眼蒙眬。

高力士早从接引李白的小内侍处得知，这个李白，幸得昨日酒饮得不多，彻夜挥毫，笔不停辍，草就一篇《大猎赋》，没有耽误

第三章 觐见

赞颂狩猎盛典的大事。眼下，正是宴盛之际，安排李白献赋[9]，恰逢其时。

恍惚间，诗人李白，仿佛又见渭川禁苑，皇上骑着照雪宝驹，挽着宝雕弓，引发恝金镞，飞羽鸣镝，射中一只仓皇犹豫的麋鹿，万军欢呼，盛况空前。

李白不徐不疾，从怀中捧出了朝折。

高力士急忙接过那一叠折子，呈送到皇帝的御案上。

李隆基展开折子，龙颜大悦，一睹为快。

琼宴正酣，朝觐使节，文武群臣，皆捧杯向皇上祝酒，皇上却久久沉浸在李白的献赋中，自吟自娱，目不侧视，旁若无人。他目不转睛，捻须微笑，且歌且赞，兴奋处，竟至喜形于色。

群臣宾客停杯止箸，不知如何是好。

高力士见这筵席静了下来，便悄悄提醒皇上，暂且搁置那折子，接受使节与臣下的朝贺。

皇上这才抬起头来，举樽受拜。

高力士见李白自顾饮酒，就拽住了秘书监贺知章，要他寻个声量好的大臣，代替皇上劳神，当庭诵读《大猎赋》。

贺知章接过折子，说声"老臣可矣"，便用吴越之音，朗声吟诵了起来。读到"羽毛扬兮九天绛，猎火燃兮千山红"，竟手舞足蹈，拂须放歌，全然没有八旬老者的龙钟之态。

殿中群臣，醉酒狂歌之际，有夺得折子者，诵读几句，又被他人夺过去接着诵读。大殿之上，李白的这篇《大猎赋》，朝臣们竞相传诵，来朝的使节们却不知所措。

高力士接到宫外玉真公主传来的口谕，急急索要李白的赋稿。却见李白醉姿摇荡，玉山即倒。

皇上便敕令高力士扶住李白，引到丹墀龙椅旁，倚靠在七宝床上。

恰有御膳坊送进醒酒的羹汤，皇上接过来，亲手调制一番，递与高力士，让他服侍李白缓缓饮服。[10]

此刻，这一殿的大臣使节都看得呆了，既歆且奇，莫不惊叹。

有扶桑遣唐使叫晁衡者，见李白身上穿着有些单薄，急忙来到七宝床前，脱下自己从北海道带来的狐裘斗篷，披在醉意恍惚的李白身上。

就听皇上感叹道：朕有李白，犹汉武之有司马相如也。

于是，高力士放声宣谕：即日起，李白以翰林学士待诏御前[11]，专司圣命，奉旨行事，众卿切不可怠慢了李学士！

【注释】

[1]（清）王琦注：《李太白全集》上册，中华书局1977年9月第1版，第448页。

[2]魏颢《李翰林集序》："白久居峨眉，与丹丘因持盈法师达，白亦因之入翰林，名动京师。"见（清）王琦注：《李太白全集》下册，中华书局1977年9月第1版，第1447～1453页。

[3]（清）王琦注：《李太白全集》上册，中华书局1977年9月第1版，第1页。此赋句首"南华老仙"，《唐书》载：天宝元年，诏封庄子为南华真人，推之，应为李白入京的献作不虚。

[4]李阳冰《草堂集序》："天宝中，皇祖下诏，征就金马，降辇步迎，

如见绮、皓。以七宝床赐食，御手调羹以饭之，谓曰：'卿是布衣，名为朕知，非素蓄道义，何以及此。'置于金銮殿，出入翰林中，问以国政，潜草诏诰，人无知者。"见（清）王琦注：《李太白全集》下册，中华书局1977年9月第1版，第1443～1447页。

[5] 见《诗经·小雅·吉日》。高亨：《诗经今注》下册，上海古籍出版社2019年3月第3版，第319页。

[6] （清）王琦注：《李太白全集》上册，中华书局1977年9月第1版，第486页。

[7] （清）王琦注：《李太白全集》中册，中华书局1977年9月第1版，第1080页。

[8] （清）王琦注：《李太白全集》上册，中华书局1977年9月第1版，第57页。

[9] 世传天宝初年李白所献文章为《宣唐鸿猷》，此说最早见诸唐人刘全白撰《唐故翰林学士李君碣记》："天宝初，玄宗辟翰林待诏，因为和蕃书，并上《宣唐鸿猷》一篇。"清人王琦注《李太白全集》亦采纳此说。[（清）王琦注：《李太白全集》下册，中华书局1977年9月第1版，第1460页。] 此说存疑。其一，李白族叔李阳冰在《草堂集序》中言及天宝玄宗召见李白时未提《宣唐鸿猷》事；唐进士魏颢自言受李白之托编辑李诗，在《李翰林集序》中提及天宝召见时也不言其事。李阳冰与魏颢者，若有其事，不记绝无道理。刘全白作碣记，在德宗贞元六年（790年），距李白去世已近30年。信则当信前二人之文。其二，《宣唐鸿猷》者，似非文章题目，亦不合李白制赋取名惯例。其三，献于皇帝的文章，如此为李白看重，用佚失解释也不合理，

要么或不存在。如果把刘全白碣记所言"宣唐鸿猷",理解为一篇"宣示唐王朝大道鸿旨"的文章,而并非一篇具体文章的题目,则亦无不可。如此,反倒与李白《大猎赋》赞颂皇帝鸿猷的意旨暗合,则所谓"宣唐鸿猷"者,其所指文章当为《大猎赋》,其疑自解矣。

[10] 李阳冰《草堂集序》。见(清)王琦注:《李太白全集》下册,中华书局1977年9月第1版,第1445～1446页。

[11] 唐制:乘舆所在,必有文辞经学之士,下至卜、医、伎、术之流,皆直于别院,以备宴见。而文书、诏令则中书舍人掌之。自太宗时,名儒学士时时诏以草制,然犹未有名号,乾封以后因其候召宫北之门,始号北门学士。据《唐书·百官志》所言:玄宗初,置翰林待诏,以张说、陆坚、张九龄等为之,掌四方表书批答、应和文章。既而又以中书务剧,文书多拥滞,乃选文学之士号翰林供奉,与集贤院学士分掌制诏、书敕。开元十三年,改丽正修书院为集显殿书院。五品以上为学士,六品以下为直学士;宰相一人为学士知院事,常侍一人为副知院事;又置判院一人,押院中使一人。玄宗常选者儒,日一人侍读,以质史籍疑义。至是,置集贤院侍读学士、侍讲直学士。其后,又增置修撰官、校理官、留院官、待制官、知校讨官、文学直之员。又云,学士之职,本以文学语言被顾问,出入侍从,因得参谋议、纳谏诤,其礼尤宠。而翰林院者,待诏之所也。开元二十六年(738年),又改翰林供奉为学士,别置学士院,专掌内命。凡拜免将相、号令征伐,皆用白麻。其后选用宜重,而礼遇愈亲,至号为内相,又以为天子私人,凡充其职者无定员,自诸曹尚书,下至校书郎,皆得预选。

第四章 侍驾

身骑飞龙天马驹

　　太液池畔，李白被两个内侍扶到皇上面前。诗人醉中，踉跄着向皇上跪拜行礼，一副醉眼蒙眬的样子。

　　皇上高兴，拣了个顽皮的小宫女，命其口含凉水，喷在李白面上。李白一个激灵，稍稍清醒了些许。

　　李白明白了皇上的旨意，也不含糊，即刻索笔濡墨，于展在眼前的绢帛上，一番挥毫，文不加点，笔未停辍。李隆基展颜抚须；高力士捧着墨砚左右侍候；嫔妃们，有的瞠目撮唇，有的踮脚延颈；那个顽皮的小宫女，张了嘴再也合不拢。众人正看得兴奋，八首《宫中行乐词》，李白瞬间草就。

　　拂袖掷笔，李白靠着玉栏，倒在亭前的台阶上，酣然睡去。

严寒即将来临,关中平原的气候开始干爽起来;一场雪后,不免有些骤冷的感觉。皇帝避寒的同时,需要满足舒适的享乐生活。大唐,如此强盛的一代王朝,其最高统治者任何现实的欲望,大约都是能够得到满足的。关中地区的自然环境和地理特点,也具备这样的条件。皇帝冬季游幸的地方,就是骊山温泉宫。

李白随驾,来到了骊山温泉宫。

李白做了翰林学士,奉命待诏学士院。他终于有了名分,有了身价,有了亲近皇上的机会。李白的学士生涯,始于御前侍驾。

骊山温泉,历史悠久。因其面对着氤氲湿润的渭川,依傍景色秀美的骊峰,借山势而营造,又有方便的温泉,立国建都于关中地区的历代王朝,帝王无不喜欢游幸此地。特别是到了冬季,更是帝王们栖息娱乐的首选之地。先有西周幽王,在骊山择地兴建骊宫,为博宠妃褒姒一笑,在骊山顶上燃起烽火戏弄诸侯。秦始皇一统天下,在骊山砌石起宇,掘泉成池,号为骊山汤。雄才大略的汉武帝登基后对骊山行宫加以修整,进行大规模扩充,尽显天子行宫的气派。至唐代,李隆基做了皇帝,进一步扩大规制,悉心营建了大量的山亭水榭楼台馆阁,遂成规模宏大的皇家离宫园林。这里,是唐代皇

第四章 侍驾

帝在西京之外最为方便的行宫。每年十月始,李隆基必至骊山温泉宫,游冶玩乐,至岁末冬尽,方恋恋不舍,还居长安。新旧两唐书记载:玄宗,天宝二年十月戊寅幸温泉宫;十一月乙卯至自温泉宫;天宝三载正月辛丑幸温泉宫;二月庚午至自温泉宫。自冬至春,李隆基几乎月月驾临骊山温泉宫。

天宝二年十一月,白露为霜。皇帝携杨玉环游幸温泉宫,李白奉诏伴驾。

开道的仪仗威武气派,羽林军阵列有序,侍卫着皇帝出行。明月照晚霜,夜云卷旌旗,沿途,百姓千门万户,夜晚禁行。温泉汤池中的欢娱,彻夜不辍。丝竹歌吟,乐闻九霄云外。侍驾的李白,陪着皇帝笙歌夜宴。比至日出,醉眼蒙眬中,李白仿佛觉得,环绕着圣明君主的祥瑞气象,似乎依然弥漫在骊山行宫。

李白奉命赋诗,记述皇帝游幸离宫的宏大气派,描写彻夜通宵歌舞宴饮的升平气象,借此盛赞天威,渲染祥瑞。

侍从游宿温泉宫作[1]

羽林十二将,罗列应星文。

霜仗悬秋月,霓旌卷夜云。

严更千户肃,清乐九天闻。

日出瞻佳气,葱葱绕圣君。

天宝三载正月,因侍驾温泉宫,李白留宿在骊山。回到长安城,他遇见了张垍,还有几个故友。几位故友,似乎也是李白前时求助过的官场中人。此时，李白早已没有了候召入宫那段日子里的忧烦。真是天恩无价，李白感受到了御前侍驾的荣耀与威风。他抑制不住承恩伴驾的欣喜，于是，高兴地向张垍和几位朋友，表达了一番自己知遇明主的幸运：随驾观猎，献赋生辉，摇笔得赏，承恩赐衣。其得意之色，溢于言表。

温泉侍从归逢故人[2]

汉帝长杨苑，夸胡羽猎归。
子云叨侍从，献赋有光辉。
激赏摇天笔，承恩赐御衣。
逢君奏明主，他日共翻飞。

诗人以当年扬雄侍从汉成帝羽猎献赋而自况，夸饰皇上赏赐官袍的荣耀。如今，他自信满满，甚至于欣然向朋友们许诺，要寻个合适的机会，奏请皇帝重用贤能，大家一同飞黄腾达。

五代时期，有个叫王仁裕的文人，撰写了一部笔记小说《开元天宝遗事》，其中有一段故事，记述了李白御前侍驾起草诏书的情境："李白于便殿对明皇草诏诰，时十月大寒，笔冻莫能书字。帝敕宫嫔数十人侍白左右，各执牙笔呵之，遂取而书其诏。其受圣眷如此。"故事说得明白，李白给皇帝起草诏书，因为天寒，笔墨冻住了，不能书写。于是皇帝命令随从的宫女围在李白左右，轮番哈气为笔墨解冻，供李白草诏之用。天宝二年的这个冬天，李白真的很幸运，他也着实很惬意。李白所受的这种待遇，对于一个诗人，一个由布

第四章 侍驾

衣而突然获得御前侍驾资格的文士，实属前无古人，恐怕也是后无来者了吧。《开元天宝遗事》的这段记述，虽为笔记，想必也有所据，这也从旁印证了李白侍驾之初受到皇帝的宠爱与器重，以及个人享受的荣耀与风光。

此时，李白对于自己得到的赏识，颇为满足。他侍驾温泉宫的几首诗里，隐约透露着一种愿意示人的自豪和得意。这种自豪和得意，既表达了诗人得到渴望已久的皇帝赏识后的欣喜，也透露出诗人对大展宏图前程锦绣的乐观与自信。

李白另有一首名叫《驾去温泉宫后赠杨山人》的诗，在《敦煌残卷唐诗选》里的题目作《从驾温泉宫醉后赠杨山人》。可知，这首诗是诗人醉酒后抒写侍驾温泉宫的一篇感怀之作。

朝歌晚舞，宴乐赋诗，陪侍皇上的宫廷文人生活，李白诗也作了，酒也醉了，名也扬了，禄也受了。眼下，在长安，诗人遇见了一位布衣老友杨山人。这位朋友，曾经与李白一同在嵩山修行问道，诗人便以诗相赠，作见面之礼。忆及自己当年怀才不遇，诗人向朋友倾诉曾经的坎坷遭遇。想不到自己现在已成为达官贵人炙手可热的交际对象，诗人向朋友描摹自己正在亲身经历的世态陡变。诗人流露出扬眉吐气的志得意满，遥想着他日功成名就的威风。而且，因为这首诗，不是奉诏承命的应制之作，作者面对的又是一位无官无职的布衣朋友，不必掩饰什么，且是酒后，因此诗中吐露的，应是李白的肺腑之言。

驾去温泉宫后赠杨山人[3]

少年落魄楚汉间,风尘萧瑟多苦颜。
自言管葛竟谁许,长吁莫错还闭关。
一朝君王垂拂拭,剖心输丹雪胸臆。
忽蒙白日回景光,直上青云生羽翼。
幸陪鸾辇出鸿都,身骑飞龙天马驹。
王公大人借颜色,金章紫绶来相趋。
当时结交何纷纷,片言道合唯有君。
待吾尽节报明主,然后相携卧白云。

李白忆及当年流落楚、汉故地的风尘岁月、萧瑟困苦、落魄潦倒,直言自己虽然怀抱管仲、孔明之才,却无人赏识;而今,一朝承蒙君恩拂拭,得以竭力尽忠,则如胁生双翼青云直上;幸陪鸾驾,骑着御赐的大内飞龙厩中的宝马,出入鸿都帝京;王公大人们纷纷笑脸相迎,高官贵卿争相结交,何其荣耀;唯有你这位布衣老友是志同道合之人,且待我报答了明主的知遇之恩,功成身退后,希冀能够与老友相携隐游,同卧青山碧水白云之间。唐朝,学士初入翰林院会得到御赐的大内飞龙厩中的骏马一匹,谓之长借马,即飞龙马。这首诗,同样写皇上恩宠的知遇之荣,也不免炫耀夸饰之嫌,但与前面的诗有两点不同:一是表达了诗人对豪门权贵趋炎附势的轻蔑;二是向布衣老友袒露了功成身退的打算与心思,透露出诗人对山水田园生活依旧充满向往,也表现了诗人不拘礼节的洒脱情怀。

对知心的朋友,李白没有顾虑,没有忌惮,他是直率的,甚至

第四章 侍驾

有些天真。在这里，可以见出诗人清高孤傲的禀赋未变，于是，稍稍自得了一点，他便流露出对豪门权贵的轻视和傲慢。

天宝三载，春天来了。

朝廷有了新的气象。

岁初，朝廷宣布改"年"为"载"。

是年，太子易名，改"绍"为"亨"。李亨是李隆基的第三个儿子，开元二十六年立为太子，初名李嗣升，又名李浚、李玙、李绍。这位多次易名的皇子，其身份每转换一次，其父李隆基便赐予一个新的名字。此次易名，是因为皇帝近臣中有人认为"绍"与南朝刘宋太子"邵"的名字谐音，而宋太子刘邵是弑父弑君之人。于是，李隆基命太子易名，赐名为"亨"。

也是这一年，按照李隆基的意思，朝廷任命安禄山兼范阳节度使；殊不知，这为日后的安史之乱埋下了祸根。李隆基，是高宗李治与武则天之孙，初封楚王，后来改封临淄王，当年号为李三郎，英明果断，暗中结交豪俊，联络太平公主，发动唐隆政变，剪灭韦后，铲除后宫干政集团，迫使睿宗禅让，登上大位；又赐死太平公主，赢得朝廷一统大权。之后，拨乱反正，任贤擢能，励精图治，中兴唐室，由此开创了唐代又一极盛的开元天宝治世。如今，这位皇帝和亲结盟，安抚四夷，再安顿好心腹猛将为自己镇守边疆，自以为便可以高枕无忧，安享天下太平了。

于是，皇上尽着兴致，享受这盛世的升平日子。

从冬天到春天，李隆基把李白带到骊山温泉宫，再从骊山温泉宫带回长安城，带进兴庆宫，让诗人于龙池湖畔随驾侍候，奉旨赋诗。

兴庆宫，是开元天宝年间西京长安城中的三大皇家宫殿群之一，位于长安城春明门内的兴庆坊。兴庆坊原名隆庆坊，后来为避李隆基的名讳，便更名为兴庆坊。这兴庆宫，便是以兴庆坊而命名。此地，不但靠近长安城中繁华的东市，还有大片的皇家园林景致。李隆基做藩王时，总共有五位王子皆置府邸于此，号为"五王子宅"。李隆基登基之后，迁其他王子宅邸于兴庆坊以西以北的其他邻坊，把风景秀丽的兴庆坊改建为富丽堂皇的兴庆宫。开元年间，兴庆宫扩大规制，大兴土木，建造殿堂，把宫北永嘉坊的南部和西侧胜业坊的东部圈入宫内，又因为紧挨着长安城外郭东垣，便依傍城墙筑造夹城暗道，连通城北的大明宫，接到东南的曲江池。于是，兴庆宫遂成为李隆基听政理事的内庭之一，号为"南内"。四海升平，万邦来朝，兴庆宫便成了大唐王朝在西京长安举办大型国务活动的绝佳场所。至天宝初年，李隆基得遇杨玉环，兴庆宫也就自然成了李隆基与杨玉环的欢娱长居之所。兴庆坊内原有地势低洼积雨成池者，后引龙首渠水溉注，渐成数顷之广数丈之深的明湖，湖水净洁澄澈。相传，当年李隆基登基前，曾见湖中有云气升腾、黄龙出没，正应了李隆基潜龙垂治之兆。按照传统的风水之说，这里乃是龙兴之地，遂将那一汪明水取名为龙池。龙池居于兴庆宫皇家园林的核心位置，环湖修建了众多的亭台楼阁，多姿多彩，雅致气派。

天宝三载，春至龙池。

这天，岸柳成荫，掩映着宫中的雕梁画栋亭台楼阁；湖中画舫

第四章 侍驾

摇荡，花丛间莺飞燕舞。李隆基携嫔妃乘楼船游龙池，只见池中瀛洲岛上草色新绿，倒垂的青青柳丝随风婀娜，拂着亭台楼阁的雕梁画栋。皇上游玩至宜春苑，芳林笙箫，鹤舞翩翩，新莺百啭，好鸟和鸣。对此良辰美景，皇帝赏心悦目，便想到，何不命翰林学士李白，赋诗一首，以助游兴。

近来，皇上尤其喜欢诗人李白的在场。

正在翰林院与同僚寻乐的李白，被皇上急匆匆召进兴庆宫，一路直奔龙池畔。

李白似乎喝了点小酒，带着几分醉意。

东倒西歪的李白，被高力士扶上了龙船。

范传正在《唐左拾遗翰林学士李公新墓碑》中云："（李白）遂直翰林，专掌密命，将处司言之任，多陪侍从之游。他日，泛白莲池，公不在宴，皇欢既洽，召公作序。时公已被酒于翰苑中，仍命高将军扶以登舟，优宠如是。"[4]这段碑文记载的行状，大体呈现的就是李白这类陪侍从游的瞬间故事。

作为皇帝的侍从，诗人李白，依然非常成功地扮演着御前文学弄臣的角色，又一次出色地完成了奉诏赋诗的使命。

侍从宜春苑，奉诏赋龙池柳色初青、听新莺百啭歌[5]

东风已绿瀛洲草，紫殿红楼觉春好。

池南柳色半青青，萦烟袅娜拂绮城。

垂丝百尺挂雕楹，上有好鸟相和鸣，

间关早得春风情。

105

> 春风卷入碧云去，千门万户皆春声。
> 是时君王在镐京，五云垂晖耀紫清。
> 仗出金宫随日转，天回玉辇绕花行。
> 始向蓬莱看舞鹤，还过茝若听新莺。
> 新莺飞绕上林苑，愿入《箫韶》杂凤笙。

毋庸置疑，长安时期的李白，正处在诗歌创作的巅峰时期；而且，其诗歌代表着唐代诗歌在辉煌时期的最高艺术水平。然而，就是这样一位正站在中国诗歌巅峰的诗人，受到皇帝的征召，入得京师长安城来，以翰林学士的身份供奉宫廷，他就必须尽其职守，奉命作诗，用他极其卓越的诗歌才华，用他无与伦比的诗歌造诣，去描绘皇帝个人奢华的宫廷欢娱生活。尽管诗歌描绘了一幅气韵灵动形象鲜活的美妙图画，但是，这首艺术表现手法高超的诗歌，呈现的却是皇帝在春宫深处听莺观柳闲散游乐的乏趣意境。

他，诗人李白，还将继续用自己的诗歌才华，为皇帝笙箫歌舞的宫廷生活去歌赞，去添趣，去助兴，去留痕。

皇帝非常喜欢让诗人陪侍从游，奉诏应制，以诗娱乐，以诗助兴，甚至期望借诗人的诗句，让宫廷欢娱的文雅风韵和太平胜景流芳于后世。

到了仲春时节，皇帝依旧躲在深宫里，带着嫔妃，歌舞宴享，行乐消遣，挥霍着盛世太平带来的奢华与安适。

皇帝又要召李白进宫了。这次是在长安城北的大明宫。当然，

第四章 侍驾

在帝王眼中,以诗事君是翰林学士的本分。高力士赶快吩咐内侍,急召李白进宫。

李白不知又在哪里喝了酒,依然是醉酒应诏。

太液池畔,李白被两个内侍扶到皇上面前。诗人醉中,踉跄着向皇上跪拜行礼,一副醉眼蒙眬的样子。

皇上高兴,拣了个顽皮的小宫女,命其口含凉水,喷在李白面上。李白一个激灵,稍稍清醒了些许。

李白明白了皇上的旨意,也不含糊,即刻索笔濡墨,于展在眼前的绢帛上,一番挥毫,文不加点,笔未停辍。李隆基展颜抚须;高力士捧着墨砚左右侍候;嫔妃们,有的瞠目撮唇,有的踮脚延颈;那个顽皮的小宫女,张了嘴再也合不拢。众人正看得兴奋,八首《宫中行乐词》,李白瞬间草就。

拂袖掷笔,李白靠着玉栏,倒在亭前的台阶上,酣然睡去。

唐代孟启所撰的诗论珍品《本事诗》,在"高逸第三"中记述:玄宗尝因宫人行乐,谓高力士曰:"对此良辰美景,岂可独以声伎为娱?倘时得逸才词人咏出之,可以夸耀于后。"遂命召李白。时宁王邀白饮酒,已醉。即至,拜舞颓然。上知其薄声律,谓非所长,命为《宫中行乐》五言律诗十首。白顿首曰:"宁王赐臣酒,今已醉。倘陛下赐臣无畏,始可尽臣薄技。"上曰:"可。"即遣二内臣掖扶之,命研墨濡笔以授之,又令二人张朱丝栏于其前。白取笔抒思,曾不停辍,十篇立就,更无加点。笔迹遒利,凤跂龙拏。律度对偶,无不精绝。

唐末五代人王定保的文言轶事小说《唐摭言》中,也讲了这段同样的故事："开元中，李翰林白，应诏草白莲花开序，及宫词十首。时方大醉，中贵人以冷水沃之。稍醒，白于御前索笔一挥，文不加点。"

以上二书所记者，即李白作《宫中行乐词》的故事。稗官杂说，不可能全真，也不应尽伪。《旧唐书》载，宁王于开元二十九年（741年）十一月卒，因此，邀李白饮酒者必非宁王。而且开元中，李白不在西京，无由应制。所谓白莲花开，与仲春时令不合，疑指地点在白莲花池。但皇帝临时起意召李白入宫，李白醉酒赋诗，内臣扶掖伺候，李白笔不停辍，文不加点，大抵是可以信其有的。尤其是《宫中行乐词八首》原注为"奉诏作五言"，其为奉诏之作当无疑。关于醉酒赋诗，以李白的好饮，醉酒是可能的。所言宫词十首，今存八首，尽收于清人王琦所注《李太白全集》中。至于"律度对偶，无不精绝"者，则可以读其诗而悉心品评，尽兴去体会。

且看李白酒醉草成的《宫中行乐词八首》。

宫中行乐词八首 [6]

其一

小小生金屋，盈盈在紫微。
山花插宝髻，石竹绣罗衣。
每出深宫里，常随步辇归。
只愁歌舞散，化作彩云飞。

第四章 侍驾

其二

柳色黄金嫩，梨花白雪香。
玉楼巢翡翠，珠殿锁鸳鸯。
选妓随雕辇，徵歌出洞房。
宫中谁第一？飞燕在昭阳。

其三

卢橘为秦树，蒲桃出汉宫。
烟花宜落日，丝管醉春风。
笛奏龙鸣水，箫吟凤下空。
君王多乐事，还与万方同。

其四

玉树春归日，金宫乐事多。
后庭朝未入，轻辇夜相过。
笑出花间语，娇来烛下歌。
莫教明月去，留着醉姮娥。

其五

绣户香风暖，纱窗曙色新。
宫花争笑日，池草暗生春。
绿树闻歌鸟，青楼见舞人。
昭阳桃李月，罗绮自相亲。

其六

今日明光里,还须结伴游。
春风开紫殿,天乐下珠楼。
艳舞全知巧,娇歌半欲羞。
更怜花月夜,宫女笑藏钩。

其七

寒雪梅中尽,春风柳上归。
宫莺娇欲醉,檐燕语还飞。
迟日明歌席,新花艳舞衣。
晚来移彩仗,行乐好光辉。

其八

水绿南薰殿,花红北阙楼。
莺歌闻太液,凤吹绕瀛洲。
素女鸣珠佩,天人弄彩球。
今朝风日好,宜入未央游。

李白这八首宫词,遍写宫中人、事、景、物。

第一首写宫廷歌妓心思,拟写这位进宫伴驾的美丽歌妓,深怕在歌舞散尽欢愉之后因落寞而生的哀愁。

第二首说美人征选事,以清丽的景色烘托出宫廷歌妓的婉美,

第四章 侍驾

交代其被征选入宫受宠的荣幸。

第三首颂君恩，先说龙恩抚远而万方来朝，次说景宜而乐谐，再说箫笛之音美，最后称颂君王的与民同乐。

第四首叙帝妃嬉戏事，君王夜过后宫，妃子花间笑语烛下曼舞，相期留住明月，共同醉酒娱乐。

第五首写帝妃爱合事，宫中风香日暖，花争艳而草生春，绿树青楼，鸟语人舞，君王与美人自当相亲相伴。

第六首叙宫女结伴游玩，春风吹开了殿门，天晴之时宫娥皆出楼阁，艳舞藏巧，娇歌含羞，遇到月明花香，正好做藏钩的游戏。

第七首赞宫中行乐，雪尽梅花春上柳梢的时节，莺歌燕语娇声欲醉，彩仗迤逦音乐生辉，日照歌席之际，花与舞衣争艳。

第八首写宫中游乐，绿水红花，殿阁错落，太液池，瀛洲岛，仙乐和鸣，美丽的宫娥如仙女下凡，风光宜人，正好踏春畅游。

这八首诗从不同的侧面反映了君王行乐的宫廷生活。合起来看，八首诗作其实不失为一个整体。"柳色黄金嫩，梨花白雪香"，"绣户香风暖，纱窗曙色新"，"寒雪梅中尽，春风柳上归"，颂春时也；"池草暗生春"，"绿树闻歌鸟"，"宫莺娇欲醉，檐燕语还飞"，"水绿南薰殿，花红北阙楼"，状佳景也；"山花插宝髻，石竹绣罗衣"，"笑出花间语，娇来烛下歌"，"艳舞全知巧，娇歌半欲羞"，绘美人也；"笛奏龙鸣水，箫吟凤下空"，"更怜花月夜，宫女笑藏钩"，"素女鸣珠佩，天人弄彩球"，记乐事也；"选妓随雕辇，徵歌出洞房"，"莫教明月去，留着醉姮娥"，"昭阳桃李月，罗绮自相亲"，拟心境也。八首诗均是围绕皇帝一人，拟其所见、所闻、所念、所思，以其视角统领诸篇，句句迎合着皇帝的意趣。

皇帝面前，李白奉诏应制，醉酒捉笔，律对精绝，单从诗歌创作时的这种环境气氛、时间限制、格律要求、身心状态来说，能够完成这次命题制作，已经非常不容易了。若再真的是"暑不停辍，文不加点"，可见诗人之天赋异禀才华横溢；而且一口气创作出十首八首的，怎能不受皇帝的待见和喜欢？如果诗歌内容能够令皇上开心愉悦，李白岂止是一位难得的诗歌奇才，更是一位极其难得的御前行走。

对李白的这八首宫中行乐词的解说，历来人们多有歧见：有人怨其不设劝谕，有人疑其暗含讽谏，有人赞其似褒实贬，不一而足。

唐人如《本事诗》的作者孟启之辈，其实是惊诧于李白之诗触碰到了宫闱禁忌，为当时的李白捏了一把冷汗。历来，皇帝宫掖秘事，涉之不恭，畏而不言，因为稍有差池，便会招致杀身之祸。因此，便以李白"醉酒求无畏"之辞，对李白的当畏不畏加以解说，来释放作者自己替李白担着的那一份压在心头的伴君如虎的惊惧与忧虑。

我们也不必指责李白的只有"醉眼"而没有"冷眼"，让一个对皇帝充满期待的诗人，有意披露皇帝宫廷生活的奢靡，去劝谕皇帝专心朝政，甚至讽刺皇帝的荒淫无度，那实在是太难为我们的诗人了。诗人是应诏为皇帝作应制诗，李白的角色意识是清楚的，他不会产生当面讽喻皇上的冲动。站在当时诗人的角度，帝王的生活理应如此。而且，诗人此时正期待自己能够受皇帝青睐以获得大用，其亲近之愿望，正当炽热。至于诗中有或者没有劝谏的意味，只是后来者的揣测而已；诗人是否具有这种超前的历史自觉，不得而知，

第四章 侍驾

也无须苛责。

非得把这八首诗生硬地解读为讽喻之辞，实在不妥；再怎么细细地品味，从这些诗中实在也捡拾不出来多少讽刺的意味。我们没有必要为诗人避讳什么，生活在唐代的这位优秀诗人，也只是个读书人而已，在当时的历史条件下，李白尚不具备那么深刻的社会洞察力，也没有可能具备那样的历史高度，更无须用我们今天的价值观代替昨天的李白对帝王的宫廷生活作出评判。此刻，诗人也还没有生出后来不被重用时的苦恼和激愤；何况，以老庄思想化解心中的积郁，是诗人李白个人独特的心性常态。非要把诗人拔到人为设定的某种道德高度，真的没有必要。

还诗人以本来的面目吧。

当然，这样说，并不妨碍我们可以借助诗人的眼光，去了解去考察去剖析大唐王朝皇帝的宫廷生活。以诗证史，李白的诗，的确也为我们了解唐代开元天宝年间皇帝的宫廷生活，提供了珍贵的实录资料。

《宫中行乐词八首》所达到的艺术高度，无愧于李白诗歌创作巅峰时期的水准。丰富的视角，多彩的场景，瑰丽的意象，婉美的形象，轻快的韵律，清新的辞采，灵动的节奏，精巧的对仗，全景式地反映了皇帝隐秘的宫廷生活，赞赏皇帝宫廷生活呈现的太平盛世的吉庆与祥和，同时也展现出诗人高超的诗歌表现艺术。遗憾的是，李隆基后来却辜负了李白的艺术创造，尤其辜负了李白这一番忠心耿耿与识趣讨好的美意。当然，更遗憾的是，李白尽心竭力，却把自己的诗歌才华，用在了为帝王奢华的宫中行乐生活增添乐趣上，用在了称颂没有多少真情实感的帝妃嬉戏合欢上，用在了记述宫娥声色绝佳衣饰艳丽的浮华上。

到了三月三上巳节，皇上携宫中佳丽，出兴庆宫，从夹城往曲江池，赏春游乐。

曲江池，在长安城东南角，朝廷凿黄渠引水，疏浚成湖，水流清澈，花木繁盛，远眺终南山，湖光山色相映；池水南岸，筑起亭台楼阁，因春夏交季时芙蓉花绽放，故号为芙蓉园。由此，曲江池遂成长安城中观光游览的胜地。风和日丽时，不啻有钱有势的显贵皆来游赏；每至科举之年，应举高中的新科进士，也都来此流觞饮酒，喝麒麟草茶。兴庆宫有夹城，与曲江景区连通，每年上巳节，皇帝后妃乘楼船，宴请百官，与民同乐。

李隆基与杨玉环，乘着披彩的楼船，由朝臣陪侍，在绮丽的曲江池畔，香薰药浴，临水举行祛除祸灾的仪式。那一日，碧水堤岸，结彩幕，张宫灯，与芳草鲜花翠柳明楼相映成趣，一派春意盎然。贵胄外戚，男宾女眷，身着华服，骑着高头大马，仆从开道，纷纷向着长安城东南的曲江池涌来。长安城中，富豪商贾沿途摆放名花异草、珍奇宝物，招揽游客，交易凑趣。自然也少不了斗鸡走狗之徒，排开场子蹭热闹。

皇上在曲江池畔芙蓉园设案开宴，大宴朝廷文武百官，昭示普天同庆，场面好不盛大。岸上，高楼入青云，金龙盘玉柱；水中，众多巍峨华丽的楼船，荡着碧绿的春水，纷至沓来，巡游观览。皇帝沉浸在明媚的春光里。华舟竞渡，波声荡漾，宫娥翩翩，献歌献舞，

第四章 侍驾

佳人临窗，拨弦鸣琴，亭台楼阁之间，柳岸彩船之上，钟声鼓声往复回荡，不绝于耳。

且说李白，随驾侍候，见如此丰盛的美酒佳肴，一时高兴，不免多喝了几杯。微醺中，他仿佛听到，朝野都在歌颂太平，阵阵春风，把《升天行》的仙曲吹到了君王的耳中；他仿佛看到，天庭的仙人们驾着云彩翩然而至，三十六位天帝前来迎接皇上到那快意无限的仙境，但圣明的皇上却留在西京与民同乐，不愿学黄帝轩辕独自飞升成仙。

此刻，李白眼前的一切都是那么新奇，那么祥和，那么艳丽，那么灿烂。他被春光景色的明媚所激荡，被歌声舞乐的欣喜所熏染，被君臣同乐的氛围所感动，被盛世升平的吉祥所鼓舞。他衷心期望当今圣上寿比南山不老松，真诚祝愿皇上鸿名万古流芳！

于是，诗人李白便借用乐府歌行体的形式，口吐莲花，吟诗一首，拟写君臣春日游园的欢娱，夸耀天下太平带来的繁华，献上对君王的歌颂与祝福。

春日行[7]

深宫高楼入紫清，金作蛟龙盘绣楹。
佳人当窗弄白日，弦将手语弹鸣筝。
春风吹落君王耳，此曲乃是《升天行》。
因出天池泛蓬瀛，楼船䗛沓波浪惊。
三千双蛾献歌笑，挝钟考鼓宫殿倾，
万姓聚舞歌太平。

我无为，人自宁。

三十六帝欲相迎，仙人飘翩下云軿。

帝不去，留镐京。

安能为轩辕，独往入窅冥。

小臣拜献南山寿，陛下万古垂鸿名。

  李白的这首诗肯定是侍驾时的作品无疑，但似乎不是应制，倒像是主动献作。然而也不是祝寿诗，玄宗生辰在九月，此为春时，结尾处只是颂辞而已。这首诗歌的形式自由灵活了许多。乐府歌行体是李白喜欢的形式，也是他最擅长的诗体。诗体的选择应该是诗人自己做的主。我们能够体会到，诗中除了明显的歌颂和祝福，还稍稍带有一点劝谕的口吻，不像是奉诏命题之作。曾国藩读此诗时题曰："太白此诗言泛舟而不愿学仙。"有人发微，李白之言似乎是说，帝王学道成仙，不如治世太平更可仰慕。可见，本诗含有规劝皇帝无为而治、与民休养生息、与民同乐的意味。

  看来，李白恰恰是在醉酒之时，保留了一份难得的清醒：他在拟写君王游乐之时，歌颂欢娱升平之际，倒也没有完全忘记辅佐皇帝延续太平盛世的政治抱负。

  长安城，兴庆宫，龙池的东边，有一处美妙的景致——沉香亭。

  天宝初年，宫中寻得红、紫、浅红、通白四种色彩的珍奇牡丹品种，右监门大将军高力士便安排宫内把这些牡丹栽种在沉香亭畔。待到每年暮春时节，沉香亭畔的四色牡丹一并绽放，花朵艳丽，香

第四章 侍驾

气四溢,那真是国色天香的品格。因此,每当牡丹花开景色绮丽时,这沉香亭畔便成了兴庆宫中游赏散心的绝佳去处。

高力士趁着皇上闲暇,便对沉香亭畔的牡丹花大大赞美一番,皇上正百无聊赖,即刻生出携佳人观赏牡丹的情趣。

李隆基骑着御马照夜白,杨玉环乘着步辇,二人相约,一同到沉香亭,观赏那珍奇的四色牡丹花。其时,李隆基已经不再顾忌杨玉环曾经的寿王妃身份,他借太真道姑之名,将这位前儿媳悄悄接进了兴庆宫中。

李隆基原本多才多艺,是音律高手,精通丝竹管弦和歌咏乐唱。开元年间,天下升平,皇上下诏,特选梨园弟子组成宫廷乐班,专司御前娱乐侍候,由擅长歌咏的音乐奇才李龟年担任班头,专门负责宫廷的歌舞演奏事宜。杨玉环本就是宦门出身,虽生在偏远的蜀中,但十岁父亲去世后便被寄养在洛阳做官的叔父家,自幼得到良好的调教,习歌舞,修音律,弄文墨,还有高超的舞蹈天赋和造诣,在公主的婚礼上与寿王李瑁一见钟情。而今,却被皇上以女冠名义召入宫中,雨露承恩,其聪慧婉顺的性情、文雅的气质、高超的才艺,深得李隆基赏识,三千宠爱聚于一身,风光无限。此时,李隆基携杨太真前来沉香亭观赏牡丹花,高力士便急召李龟年领着一班梨园弟子,赶到沉香亭前,手执檀板,脚踩节奏,演奏歌舞器乐以助兴。李隆基赏玩的兴致正浓,又觉得缺了点意趣,稍稍皱了皱眉头,说道:赏牡丹,对美人,恰是良辰美景,岂可唱这些旧词?

高力士明白皇上的心思,于是,急差李龟年出宫找寻李白的行踪,宣诗人进宫,赋新词,以待歌咏。

117

李白头天晚上与朋友饮酒大醉，此刻正在汝阳王府邸陪着王爷和朋友们赏新荷吃春酒。得到李龟年的传旨，虽然酒气未解，但知道皇上和杨太真在宫中观赏牡丹花，便欣然接旨，骑着飞龙马，借了近道，一路快跑，入得兴庆宫，直奔沉香亭而来。

李白于亭下遥拜皇上，听候谕旨。

知道李白已在亭下侍候，皇上顿时多了几分喜悦之色。

这次，李隆基亲自指定了曲调，命李白定要依调填词，而且吟咏的对象就是皇上眼前的美人杨玉环。

这杨玉环，天生丽质，姿容娇媚，体态丰艳。亭外的李白，只是从远处隐约望见亭中一道衣饰华丽的佳人倩影，知道那便是皇上藏在深宫的杨太真，但也惊为天仙下凡。

李白也是精通音律的行家，他按照皇上钦定的清平调，领得旨意，援笔赋词，金花笺上立成三首。

清平调词三首[8]

其一

云想衣裳花想容，春风拂槛露华浓。
若非群玉山头见，会向瑶台月下逢。

其二

一枝红艳露凝香，云雨巫山枉断肠。
借问汉宫谁得似，可怜飞燕倚新妆。

第四章 侍驾

其三

名花倾国两相欢，长得君王带笑看。
解释春风无限恨，沉香亭北倚阑干。

李白不愧诗仙，果然出手不俗。

第一首词，借花借仙表现美人之美。不说衣裳美如云彩、容颜艳如花朵，而是反过来说，云彩想变作美人的衣裳，花想成为美人的容颜。然后再作比喻，说美人之美，犹如春风拂煦下沉香亭畔带着浓浓露珠的娇艳牡丹；若不是在仙山上的一众仙女中才能寻到这样明丽的美人，便只有在西王母的瑶台月下，才能碰到如此风度翩翩的仙子。

第二首词，以古代美女烘托美人之美。仿佛清露凝结着花香的一支红艳牡丹，传说中飘逸俊俏的巫山仙女欲与其比美，却羞得枉断肠。借问汉家宫中谁的美貌，可与眼前美人天生的丽质相比拟？只是可怜了那汉宫之中容貌第一的成帝皇后赵飞燕，恐怕还得靠着化成新妆，才能够差可一比。

第三首词，从君王的感情变化表现美人之美。美艳华贵的牡丹与倾城倾国的美女两相欢欣倾慕，引得君王带着微笑凝神瞩目，欣然长看。君王只需在这沉香亭北边倚着栏杆，欣赏这花样的美人和美人样的花儿，春风带来却没有带走的无限春愁与烦恼，就会在一瞬间倏尔消散。

李龟年即刻将亭下李白金花笺上的新词呈送高力士，高力士即刻捧给皇上过目。

李白赋得的这三首清平调词,比喻与韵味甚合皇上此刻的心意。

李隆基对着李白奉上的三首清平调词,依调歌吟,品味不已,频频颔首称是,龙颜大展。

皇上遂命梨园弟子调丝竹,抚琴弦,起调伴奏,敕令李龟年开怀放歌,依调吟唱李白这三首清平调新词。沉香亭中,那杨太真欢欣快意,更愿意在皇上面前一展风采,便举起玻璃七宝杯,斟满了西凉州进贡来的葡萄美酒,献与皇上;又一边展开歌喉领唱,一边捧着酒杯,跳起霓裳羽衣舞,不时对着皇上回眸一笑,尽显百媚千娇之态。皇上心旌摇荡,拨弦弄竹的兴致顿时大增,亲手调了玉笛,和着太真的舞姿与歌声,依调吹奏,一时快意无限,如沐春风。

杨玉环趁着歌舞歇息,着高力士斟满一杯西凉州的葡萄酒,送到亭外,敬赐李白,以表谢意。

皇上借着好心情,干脆赏赐了诗人一壶葡萄美酒。

李白一时得意,又有些诚惶诚恐,只顾得向皇上遥遥跪拜谢恩,却稍稍冷落了侧立一旁的高力士。

李白沉香亭题清平调词的轶事,杂史多有记叙。

唐人李濬撰杂史《松窗杂录》[9],演绎了李白作《清平调词三首》的故事:开元中,禁中初重木芍药,即今牡丹也。得四本,红、紫、浅红、通白者,上移植于兴庆池东,沉香亭前。会花方繁开,上乘照夜白,太真妃以步辇从。诏特选梨园弟子中尤者,得乐十六部。李龟年以歌擅一时之名,手捧檀板,押众乐前,将歌之。上曰:"赏名花,对妃子,焉用旧乐词为!"遂命龟年持金花笺宣赐翰林

第四章 侍驾

供奉李白立进《清平调》辞三章。白欣然承旨,犹苦宿醒未解,因援笔赋之,其辞曰:……龟年遽以辞进,上命梨园弟子约略调抚丝竹,遂促龟年以歌。太真妃持玻璃七宝盏,酌西凉州蒲桃酒,笑领歌,意甚厚。上因调玉笛以倚曲,每曲遍将换,则迟其声以媚之。太真妃饮罢,敛绣巾重拜上。龟年常语于五王,独忆以歌得自胜者无出于此,抑亦一时之极致耳。"上自是顾李翰林尤异于他学士",北宋文学家乐史所作《李翰林别集序》[10]亦采用此说,所记相同。关于《清平调词三首》的本事,正史所载不详。《松窗杂录》所记,作故事看,大体没有什么可指摘的,其细节之详,不过是给李白应制赋诗添个趣闻而已。将诗歌称颂的主人公确定为杨玉环,应该是有据可依的,至于李白有没有亲眼见过杨氏,史无明确记载;但被皇帝召入宫中沉香亭畔,赞颂皇上所爱,《新唐书》有载;而李白《清平调词三首》存世,更是明证。小说家言,有几处需要稍作辨析:一是故事发生的时间,不是开元中,应为天宝初年;二是称杨氏为太真妃,不伦不类,太真为杨氏道号,不能以道号冠之以妃,且李隆基封杨玉环为贵妃,乃是此后一年的事,此时杨氏的身份依然是女冠。

作为诗歌,李白的《清平调词三首》,在描写人物上,于人物未得一笔实写,却又笔笔于人物形象上着力,似实而虚,虽虚却实,虚中有实,欲实还虚。这种虚实之间形成的张力,空灵玄妙,隐现有致,给人留下了无尽的想象空间。其人物描写上独特高超的艺术表现力,几近绝唱。清人黄生《唐诗摘钞》评论李白《清平调词三首》时说:"三首皆咏妃子,而以'花'旁映之,其命意自有宾主。

或谓衬首咏人，次首咏花，三首合咏，非知诗者也。太白七绝以自然为宗，语趣俱若天意为诗，偶然而已。后人极力用意，愈不可到，固当推为天才。"诚哉斯言，信哉斯言！

　　从盛赞皇朝天威，到歌咏宫廷生活，再到用诗歌为皇帝的私生活增添雅趣，李白由一个充满自由情怀和理想抱负的诗人，不知不觉间，逐步成为皇帝御用弄臣的角色，这也为李白的政治悲剧埋下了伏笔。这个过程和结果，尽管是被动和无奈的，但不能不说，诗人还是心存梦想，希望通过与皇帝这种亲近密切的个人关系，能够走上他期待的政治舞台。或许，这是李白自认为可靠和可行的入仕捷径。

　　当然，李白以翰林学士身份御前侍驾，除了应制赋诗，也还是应该有一些其他的作为。他为皇帝起草诏书，他替皇帝执掌密命，甚至参议国是，涉足朝政，这可以看作是他在长安时期的政治活动。因而，一时间，李白觉得自己几乎快要成为皇帝的心腹股肱。

　　在唐朝天宝年间，翰林学士还兼任皇帝在宫廷的私人秘书，起草的诏制，大多是代表皇帝个人的旨意，涉及将相任命、逢吉大赦、号令征伐、外交朝贡等国家大事，这些，当时称为"内制"。宫廷之外，朝廷里，则另有官员曰中书舍人，专司起草诏制的职守，但仅仅是事关朝政一般事务或一般臣僚的任命，这被称为"外制"。如此，实质上，宫廷内皇上身边的翰林学士由此分割了朝廷里中书舍人草制诏书的职权；而执掌密命，又介入了朝廷宰相的职权范畴。充任翰林学士，由翰林学士而成为中书舍人，再由中书舍人擢升为

第四章 侍驾

宰相，走这条升迁捷径，成功的可能性很大，这在唐代也有许多先例。玄宗朝，便有以翰林学士兼中书舍人的情况存在，更有几位，最终以中书舍人任相执宰。

李白是在天宝年间受皇帝征召入京成为翰林学士的，他并非通过科举制度进入王朝的权力中心。李白没有走科举的门径，也许是因为诗人有着那一份能够走通征召入仕捷径的自负，也许是不屑于进士及第而后通过考绩与依附，一步一步升迁。之前，李白也不曾任过朝廷任何官职。天宝年间，李白因为偶然的机缘受皇帝征召入京，得以成为翰林学士，这距离他期待的入朝理政，"兼济天下"[11]，已经近在咫尺。供奉学士院，除了御前侍驾、赋诗作词，李白大约也在竭力寻求着起草诏制、执掌密命的机会。

对于自己参政的能力，李白大约是非常自信的。而能够替皇上和朝廷草答番书，应答大唐王朝周边少数民族政权，恐怕是李白具有的特殊才干了。学者们普遍认为，他的先祖经历过西域流放，接触过众多边疆地区的其他民族，李白能够替皇上从容应对边疆民族事务，起草应答少数民族政权的诏书，与他曾经流寓西域的家世渊源有关。

李白起草诏书执掌密命，两唐书这样的正史均无记载。刘昫《旧唐书·文苑列传》[12]为李白作传，仅记"造乐府新词"事。宋祁《新唐书·文艺列传·李白传》[13]记曰"召见金銮殿，论当世事，奏颂一篇"，且沉香亭"授笔成文，婉丽精切"亦有载，如是而已。

然而有关李白的文集序言及碑传史料，其起草诏制、执掌密命的故事，倒是每每有所提及。

李白族叔李阳冰在《草堂集序》[14]中记述："置于金銮殿，出入翰林中，问以国政，潜草诏诰，人无知者。"

唐人魏颢在《李翰林集序》[15]中记载："上皇豫游，召白，白时为贵门邀饮。比至，半醉，令制出师诏，不草而成。许中书舍人……"

唐尚书膳部员外郎刘全白的《唐故翰林学士李君碣记》[16]记："天宝初，玄宗辟翰林待诏，因为和蕃书，并上《宣唐鸿猷》一篇。"

唐宣歙池等州观察使范传正在《唐左拾遗翰林学士李公新墓碑》[17]中记述："天宝初，召见于金銮殿，玄宗明皇帝降辇步迎，如见园、绮。论当世务，草答蕃书，辩如悬河，笔不停缀。""遂直翰林，专掌密命，将处司言之任，多陪侍从之游。"

以上文献中，李阳冰"潜草诏诰"，魏颢"制出师诏"，刘全白"为和蕃书"，范传正"草答蕃书"，作为李白为皇帝起草诏制的史证，应该是充分的；而且，李白曾经起草过涉及藩国贡属及与战事有关的国家军政大事的文书，应该也是可信的。

李白在自己的诗文中，也屡屡提及长安侍驾之际代草王言之事。李白辞京十年后的诗作《赠崔司户文昆季》[18]中就有"攀龙九天上，忝列岁星臣。布衣侍丹墀，密勿草丝纶"的诗句。"丝纶"者，王言也：王言初出如丝，渐大如纶。"草丝纶"，即草王言也。

李白晚年在流放夜郎前，替中丞宋若思写过一篇向肃宗推荐自己的文章，即《为宋中丞自荐表》[19]。李白拟宋中丞口气，写道："天宝初，五府交辟，不求闻达，亦由子真谷口，名动京师。上皇闻而悦之，召入禁掖。既润色于鸿业，或间草于王言，雍容揄扬，特见褒赏。"

第四章 侍驾

这既是诗人的自述,又是代朝廷官员草制的进呈给新登基皇帝的文书,其"既润色于鸿业,或间草于王言"之言,对于彼时正遭遇着囹圄与不测的李白,是绝不敢有一丝一毫虚言妄语的。

我们的诗人李白,在天宝初年做翰林学士时,御前侍驾,肯定是参与了国家文书的草制,也稍稍涉猎了朝廷官员诸如中书舍人甚至宰相的事权范畴,这些,表面上看来,似乎为他期待的入朝参政打通了一条可行的捷径。

尤其值得提及的是,魏颢所言上皇曾经对李白"许中书舍人"一事。魏颢在《李翰林集序》中记述:自己"不远命驾江东访白。游天台,还广陵,见之"。"……白相见泯合,有赠之作,谓余:'尔后必著大名于天下,无忘老夫与明月奴。'因尽出其文,命颢为集。"[20]李白将自己的诗文存稿交付魏颢,并托他为自己编辑文集,魏颢之上皇"许中书舍人"之言,亦当出自李白之亲口。宫禁密旨,皇帝私语,非可以托命之人,李白轻易不能言。所以,"许中书舍人"之事,他人皆未知,正史亦无载,只有李白可以放心托文托孤的魏颢记述了其事。

天宝三载的那个暮春,东风带走了兴庆宫龙池畔芳草的嫩绿和新莺的百啭,带走了大明宫太液池靓丽的舞影和袭人的花香,带走了曲江池芙蓉园的繁花似锦,也带走了沉香亭畔鲜艳的牡丹花上的清露。

李白御前侍驾,他期待的入朝参政,皇上许诺的中书舍人,是一个既近又远的春梦。

【注释】

［1］（清）王琦注：《李太白全集》中册，中华书局1977年9月第1版，第932页。

［2］（清）王琦注：《李太白全集》上册，中华书局1977年9月第1版，第468页。

［3］（清）王琦注：《李太白全集》上册，中华书局1977年9月第1版，第485页。

［4］（清）王琦注：《李太白全集》下册，中华书局1977年9月第1版，第1464页。

［5］（清）王琦注：《李太白全集》上册，中华书局1977年9月第1版，第376页。

［6］（清）王琦注：《李太白全集》上册，中华书局1977年9月第1版，第296～303页。

［7］（清）王琦注：《李太白全集》上册，中华书局1977年9月第1版，第197页。

［8］（清）王琦注：《李太白全集》上册，中华书局1977年9月第1版，第304～306页。

［9］《松窗杂录》引文见（清）王琦注：《李太白全集》下册，中华书局1977年9月第1版，第1588页。

［10］（清）王琦注：《李太白全集》下册，中华书局1977年9月第1版，第1455页。

［11］李白《代寿山答孟少府移文书》："吾与尔，达则兼济天下，穷则独善一身。"见（清）王琦注：《李太白全集》下册，中华书局1977年9月第1版，第1225页。

［12］（后晋）刘昫等撰：《旧唐书》，中华书局1975年5月第1版，第5053页。

［13］（宋）欧阳修、宋祁撰：《新唐书》，中华书局1975年2月第1版，第5762～5763页。

［14］（清）王琦注：《李太白全集》下册，中华书局1977年9月第1版，第1446页。

［15］（清）王琦注：《李太白全集》下册，中华书局1977年9月第1版，第1449页。

［16］（清）王琦注：《李太白全集》下册，中华书局1977年9月第1版，第1460页。

［17］（清）王琦注：《李太白全集》下册，中华书局1977年9月第1版，第1461页。

［18］（清）王琦注：《李太白全集》上册，中华书局1977年9月第1版，第538页。

［19］（清）王琦注：《李太白全集》下册，中华书局1977年9月第1版，第1217页。

［20］（清）王琦注：《李太白全集》下册，中华书局1977年9月第1版，第1450～1452页。

第五章 春咏

骏马骄行踏落花

春天的夜晚，清风徐徐，明月朗朗。

在寂静冷落的庭院里，得朋友引导，李白见到了一位特殊的女性，她是被逐的宫女。在朋友的陪伴下，李白静静地听着，听这位不幸的宫娥述说自己独特的遭遇。

芳华已逝，老大待嫁。这位被迫出宫的女性，弹着瑶琴，向李白倾诉着心中的忧伤。

月华流泻如水，琴弦颤着凄婉的清音。

李白听得满眼湿热，清泪沾襟。诗人举首，仰望着夜空高悬的明月，思绪万千，惆怅满怀，诗心涌动，诗意绵长。

春天，长安，李白，在大唐帝国的历史上，注定这是一次神奇的聚合，一场辉煌的盛遇。

的确，长安真有诗运；

其实，诗人早已放歌；

只是，春天尚需等待。

李白来了，在天宝二年的那个秋天，来到长安城。

他从唐王朝幽深的历史褶皱里走了出来，走进大唐王朝的中兴盛世；他从隐蔽在天际的名山大川里走了出来，走进京师长安的高贵与厚重。

开放多元的大唐王朝，繁荣昌盛的京师长安，为李白的诗歌吟咏提供了丰富的生活养料和广阔的表现空间。

长安是新颖的，长安是神奇的，长安是独特的，长安更是富有魅力的。曾经虚幻的想象，与而今梦境般的真实场景，交织成多姿多彩的心灵体验，撞击着李白的精神世界，激荡着他豪迈的情怀，触发了诗人无限的创作灵感。诗人用他的诗歌才华，为赏识他的圣主申威助兴，与朋友交往唱和，抒写胸中的豪情，记述所见所闻所思所感。长安城中，诗人敏锐地捕捉着从他眼前闪过的每一个精彩

第五章 春咏

的历史瞬间,用优美的诗句,让那些瞬间成为诗的永恒、艺术的永恒。

初入长安,李白便喜欢上了这座充满活力的神圣城市。

长安城,作为大唐王朝的政治、文化和经济中心,到了天宝初年,拥有一百多万人口,成为世界级的大都市。其城市建设规模宏大,建筑布局讲究,宫殿华丽,城垣坚固,街坊齐整,加之文化之昌隆,仕民之文明,物产流通之广大,引得四海景仰,万邦来朝。

李白把自己的身心融入了这座城市。他欣赏这座城池所展现的大唐王朝的威严与强盛,赞叹其宏伟与富庶,以诗人敏锐和出众的才华,以丰富的想象和高超的诗歌造诣,在他的诗歌创作中,生动地呈现了他感知的真实而形象的长安城。

且看他的《君子有所思行》[1]:

> 紫阁连终南,青冥天倪色。
> 凭崖望咸阳,宫阙罗北极。
> 万井惊画出,九衢如弦直。
> 渭水银河清,横天流不息。
> 朝野盛文物,衣冠何翕赩,
> 厩马散连山,军容威绝域。
> 伊皋运元化,卫霍输筋力。
> 歌钟乐未休,荣去老还逼。
> 圆光过满缺,太阳移中昃。
> 不散东海金,何争西辉匿?

　　　　无作牛山悲，恻怆泪沾臆。

　　这首《君子有所思行》是乐府古题的翻新之作。
　　诗歌开篇，李白选择了长安城南数十里外的终南山紫阁峰作为想象中的观察点，心灵之目从高远处着眼，登临高峰，凭崖远眺，只见渭河平原上，皇家宫阙如同北辰星斗一般，威严地排列于长安城中；京师的街坊里巷工整如画，城中通衢大道平直如同琴弦；城北的渭水波光粼粼，于莽原天际间横流不息。诗人俨然描绘出一幅高点透视精美绝伦的立体山水画，那座呈现着盛唐气象的雄伟壮丽的大唐王朝京师长安城，巍然矗立在画卷的中央，终南奇峰，渭河清波，南山北水遥相呼应，云水浩然，气势恢宏。
　　接着，诗人铺叙京师长安的繁华昌盛与威严升平：朝野文物阜胜，臣民衣冠华丽；宫中厩马如若散放，定会绵延以至连山接岭；皇家军队阵容威武，宏大的气势必然震慑边疆绝域；良臣运筹天下大局，猛将勠力靖安边塞。
　　于是，诗人发出深沉的人生感叹：钟鸣与歌声不歇，荣华与岁月易逝，月圆月缺岂能尽遂人意，日升日落皆是天道自然。倘若不能够像东海兰陵的高士疏广那样散尽恩主赏赐的黄金，如何赢得安逸欢娱的夕照晚年？切莫因时光易逝而学齐景公作牛山之悲，更不必为岁月难留而哀伤涕泣。
　　李白的这首诗，辞简而意曲，典多而幽僻，仔细品味，其蕴含的感情大约是：盛世难逢，繁华正在眼前，人生易老，光阴尚有可为；黄金不足惜，往事无须哀；且享天下太平，珍重当下光阴。

第五章 春咏

　　这首诗以精妙的诗句展现了长安城的雄奇与昌盛，描绘了盛世长安的恢宏气势。尽管诗人寄寓了幽深曲折的感情，但他为了抒发感情而铺叙长安的诗章，却为我们今天仰望大唐王朝京师的历史风貌提供了珍贵的文学形象和艺术经典。

　　天宝二年深秋，李白觐见皇帝。召见之初，皇上对李白的诗才充满兴趣，不但欣赏有加，而且还把李白的诗歌当作调节宫廷生活的独特方式。于是，初入京师长安，李白便日日待诏学士院，时时听候皇帝使唤，朋友唱和时或有所耽搁，个人心绪常常无暇梳理，长安城的风光多是走马观花，百姓的市井生活也无暇体会，就连喜好的美酒，也只能抽空得便才举杯消遣。

　　春天来了，春天终于来了。

　　天宝三载，春天来临，皇上的宫廷生活丰富起来，有杨玉环陪伴着，召诗人进宫的诏令反倒稍稍少了些。于是，李白有了些许闲暇的时光，能够把个人的生活尽量安排得丰富适意一些。他放开歌喉，畅怀吟唱，让自己的诗歌创作变得丰富多彩，与春天的花蕾一同灿烂绽放。

　　早春时节，在长安做了翰林学士的李白，展望前程，踌躇满志，作古风诗书写自己豪迈乐观的情怀。

古风五十九首·其三十三 [2]

　　北溟有巨鱼，身长数千里。
　　仰喷三山雪，横吞百川水。

凭陵随海运，焯赫因风起。

吾观摩天飞，九万方未已。

诗人借庄子《逍遥游》的寓言，以鲲鹏自喻，"仰喷三山雪，横吞百川水"，艺术地再现了鲲化为鹏、横空出海、扶摇直上九万里的浩荡气势和壮阔意境。诗人用自己的歌吟，接续着抒情主人公的自我塑造。这首诗烛照出有唐一代读书士子身居盛世的精神世界，映射出作为诗人的李白长安时期的心路历程，让我们能够窥见，天子脚下的一介书生，面对人生机遇时的那种兴奋与欢欣、进取与期待。李白用豪放深沉的吟咏，直抒胸臆，袒露心绪，表达了自己得遇明主、由布衣而成为翰林学士时的激奋昂扬和乐观豪迈。

对于李白，建功立业与归隐江湖是其人生交响乐的两大主题。金门明堂得志时，他意气风发，向往入仕的政治生活，希冀施展胸中抱负，治世报国，佐明主，安黎民，抚远邦，济苍生；琴剑飘零失意时，则于高岩深谷求仙问道，于清泉幽溪餐风饮露，忘情于歌楼酒肆，浪迹于山水江湖。诗人长安时期的抒怀诗作，就是"建功立业"与"归隐江湖"的心灵交响曲；只不过，入职翰林的初期，"建功立业"是诗人得志时人生乐章的主旋律。

长安多壮志，春风助诗兴。春天里，长安城中，李白满怀憧憬，向往着理想的生活，向往着锦绣前程。

吟咏长安，放歌春天，李白用他美妙的诗歌描述自己生活的时代，镌刻长安独特的历史风物，在诗中留存了长安都市丰富的历史烙印。

第五章 春咏

诗人用好奇的眼光,打量着大唐王朝京师长安的世态风情,将诗意的触角伸向长安城中不同的角落。诗人以精妙的诗句,记录了大唐京师长安丰富多彩的历史生活场景,描绘了生动形象的社会风俗画面,记述了形形色色的奇人异事。李白书写长安的诗歌,是诗人行走的工具,是诗人生活的印记,是诗人心灵的折射。

御前供奉期间,李白利用闲暇时光,借着对遇到的不同身世的长安人物的考察审视,关注身边的社会生活和人情世故,体察丰富多彩的人生百态,领悟世间的美好与遗憾。

李白结识了一位姓郭的禁卫将军,二人情谊深厚,引为知交。诗人与之对座饮酒,听这位暮年将军谈论往昔的辉煌岁月。这位将军,由少年到暮年,从陇右武威的边关要塞走到京师长安的紫薇银台,由驰骋沙场而入卫宫禁,落脚于大唐王朝的统治中心,置家安居,曾经的雄豪威武成为梦中的辉煌回忆。诗人从这位老将军的自述中领悟人生豪迈的荣光,品味岁月时光的流淌。诗人对将军的奇特经历感叹不已,题诗相赠。

赠郭将军 [3]

将军少年出武威,入掌银台护紫微。
平明拂剑朝天去,薄暮垂鞭醉酒归。
爱子临风吹玉笛,美人向月舞罗衣。
畴昔雄豪如梦里,相逢且欲醉春晖。

银台者,大明宫左右银台门也,可直入内朝。唐代天宝年间,金銮殿、学士院和翰林院，皆在大明宫右银台门内。此刻，李白与郭将军，一个是出入银台门的翰林学士，一个是掌控银台门的侍卫将军，二人原本一文一武，几无关涉，却相知相惜，沉浸在春晖里，对饮欲醉。壮年的诗人面对暮年将军，虽然感叹芳华易失人生如梦，但诗中呈现的大多是生活中的温馨与和谐。郭将军忆及"爱子临风吹玉笛，美人向月舞罗衣"时，没有英雄迟暮的感伤，更没有世态炎凉的悲愤。相逢沉醉在春光里，各自享受着生活的愉悦和时光的美好，那是二人都有的盛世体验，是得志时的自豪与梦想。只有在长安，才有可能遇见郭将军这等有阅历的人物，将军的勇毅刚强和豪迈乐观令李白眼界大开，对人生有了新的领悟。

时序在春，万物向荣，好鸟迎新绿，飞花送幽香。

李白纵马，游览杜陵原。

杜陵原，在长安城东南二十里，是一片隆起的丘陵台地，因汉宣帝刘询的墓葬杜陵筑于原上而名之。杜陵近长安，唐代，便成为城外一处风景名胜。

游览中，李白发现了隐藏在幽谷深处清溪水畔的一处幽居，宅近青山，门垂碧柳。李白为其清丽环境所吸引，便去探询访问。原来，这里居住着一位年长的隐者。这位在长安郊外杜陵原的隐者号称"东溪公"，通达人情，颇具修养。隐者好客，邀请李白饮酒一醉。令诗人诧异的是，这位长安市郊的隐者，其生活清贫至极，竟至盘中无果无蔬，居然以盐巴下酒。李白深沉感叹，长安，居然还有如此人物！

第五章 春咏

酒后,诗人便为其幽居题诗一首。

题东溪公幽居[4]

杜陵贤人清且廉,东溪卜筑岁将淹。
宅近青山同谢朓,门垂碧柳似陶潜。
好鸟迎春歌后院,飞花送酒舞前檐。
客到但知留一醉,盘中只有水精盐。

从诗中的描述仔细揣度,这位居住在长安郊外杜陵原的东溪公,似乎曾经有过官场沉浮的经历,如今退隐乡野。诗人称赞其为贤人,在于其清且廉:官场归隐,积蓄无多,生活虽然清贫,却乐居山水之间;留客一醉,待客的餐桌上,虽无常蔬,盐晶亦坦然。诗人仰慕这位贤者,被其清廉高洁的品格所折服,他用诗歌表达了对东溪公的敬仰,表达了对清新脱俗、淡泊质朴的人生境界的向往。通过赞赏东溪公的高洁品格,诗人也对政治清明和为官廉洁的价值取向作出了充分的肯定。

嫩柳才绿芙蓉园,新桃又红玄都观。
明媚的春光激发着李白浓浓的山水游兴。
在长安城西,有个叫作"五陵"的繁华去处。五陵,指汉代高、惠、景、武、昭五帝的陵寝。西汉时期,朝廷为守护皇家陵阙曾迁豪门贵族居于五陵地区,后世遂以"五陵"代指豪门富贵人家。
闲暇时节,李白骑马散心,游五陵,赏美景,观世风。在这里,他结识了一位出身贵族富家的长安人物。这位粗犷放达的五陵豪客，虽然少年时斗鸡走狗，任性不羁，但后来发愤从军，身经百战，而今功成不居，隐退逍遥。李白钦佩这位朋友豪迈的性情和清高的节操。李白与之相交，很是情投意合。诗人与这位朋友倾杯交欢，推心置腹，诉说各自的身世遭遇，纵论今昔流变的人情世风，感受着与这位朋友精神世界的息息相通、心心相印。

于是，诗人作《白马篇》一诗，着意刻画了这位被称为"五陵豪"的光彩照人的艺术形象；同时，也借着诗歌中的形象，寄托了诗人自己的胸襟志向。

白马篇[5]

龙马花雪毛，金鞍五陵豪。
秋霜切玉剑，落日明珠袍。
斗鸡事万乘，轩盖一何高。
弓摧南山虎，手接太行猱。
酒后竞风采，三杯弄宝刀。
杀人如剪草，剧孟同游遨。
发愤去函谷，从军向临洮。
叱咤经百战，匈奴尽奔逃。
归来使酒气，未肯拜萧曹。
羞入原宪室，荒径隐蓬蒿。

《白马篇》乃古乐府诗题，前人曹植、鲍照等都曾作《白马篇》，

第五章 春咏

皆书写边塞征战之事。李白此篇则另辟蹊径，以刻画长安"五陵豪"的人物形象为主，兼及边塞征战。诗人吟咏的主人公，龙马金雕鞍、玉剑明珠袍者，言其身世高贵也；弓摧南山虎、杀人如剪草者，言其本领高强也；斗鸡事万乘、从军向临洮者，言其经历非凡也；归来使酒气、未肯拜萧曹者，言其个性孤傲也；羞入原宪室、荒径隐蓬蒿者，言其结局奇特也。

这位五陵豪客，恐怕是唯有在长安才可能遇见的人物。他曾经是京城的斗鸡之徒，武艺高强，性情豪迈，好酒侠义，高傲自尊，守节不屈，功成不居。独特的人物形象寄寓了诗人李白的人格理想与人生价值取向，寄托了诗人建功立业的抱负与功成身退的心志，鲜明地体现了诗人的个性追求和时代烙印。李白在《与韩荆州书》中自白道"十五好剑术"[6]；在《上安州裴长史书》中自述道："曩昔东游维扬，不逾一年，散金三十余万，有落魄公子，悉皆济之。"[7]由此可知，诗人少年时节便崇尚剑侠之道，青年时代更是任侠仗义。诗人塑造的长安五陵豪形象，虽然与诗人自己的遭遇迥然有异，但其豪迈不羁高傲不俗的性格、任侠仗义借酒使性的气魄，却与诗人的自我期许暗中重合。难怪诗人竟会为一个长安偶遇的侠义朋友不吝诗才，精心结撰，吟诗为其颂德誉美。

李白的《白马篇》俨然是一篇生动形象的长安人物志。李白的记述，使五陵豪客的奇人异事成为长安风物中的独特景观。

如果说，抒怀之作是诗人自我情感的表达，是抒情主人公的自我塑造，那么，人物题赠诗往往暗寓褒贬，通过臧否西京长安各色人物，记录长安都市社会百态，品评长安人生浮世况味，寄寓着诗人的政治情怀，映射出他的社会理想，包含了他的人生态度，体现着他的价值追求，也反映出诗人个人的好恶，勾勒出了诗人精神世界的大致轮廓。

李白在长安，其诗歌创作不只寄托着深沉的人生思考和费神的仕途考量，也有着轻松的生活记述和灵动的心理波澜。

天宝三载的那个春天，一日，诗人骑马踏春归来，在长安道上，偶遇一对少男少女。诗人欣赏他们的直爽与开朗，歆羡他们蓬勃的青春活力，用诗歌记录了这一人世间美好的瞬间，便有了《陌上赠美人》一诗。

陌上赠美人 [8]

骏马骄行踏落花，垂鞭直拂五云车。
美人一笑褰珠箔，遥指红楼是妾家。

这首小诗又名《小放歌行》，也是乐府体的诗作。特别需要说明的是，诗中乘马的人并不是李白自己。骑着骏马挺身健行者，似乎是个轻狂鲁莽而直率大胆的长安少年。他郊游踏花归来，路遇乘着华美香车的美少女，便垂下马鞭轻轻敲击美少女的车架，借此搭讪；那美少女也是大方直爽，掀起珠帘，见是一个英俊后生，明眸一笑，遥指前方说道，那不远处的红楼就是我家。诗人通过"垂鞭直拂"和"掀帘一笑"的细节描写，使俊少年的大胆直率和美少女的妩媚大方活灵活现，两个性格鲜明的人物形象宛在眼前。诗人生

第五章 春咏

动地再现了长安城中少男少女一见钟情式的爱情发生的瞬间,为他们美妙的爱情故事的发展留足了丰富的想象空间。一首小诗,浸透着浓浓的生活情趣,俨然一幅灵动鲜活的反映长安社会生活百态的风俗画。诗中所流露的感情色彩,也是积极乐观的。

春天里,李白心情愉悦。他喜欢美酒,喜好歌舞,便常常到长安城中的胡肆品尝西域美酒,观赏胡姬歌舞。

据史料记载,唐代长安城中,驻有七十多个异域邦国派遣的外交使团,有三万余名各国的留学生徒;观光、旅行、经商的异邦人士,更是络绎不绝。波斯、大食等各国商客旅人,大多聚集在长安城的西市,那里胡肆密布,胡俗盛行,以歌舞侍酒为生的胡姬笑靥蛮腰,招摇揽客,各色生意十分红火。五代人王仁裕在其笔记小说《开元天宝遗事》中记载了长安少年饮酒寻乐的事迹:长安侠少,每至春时,结朋联党,各置矮马,饰以锦鞯金络,并辔于花树下往来,使仆从执酒皿而随之,遇好囿则驻马而饮。

李白好奇地观察着长安城中的都市时尚,时或亲身体验,进而用自己擅长的诗歌艺术,反映那个特定历史时代唯有长安城中才有的独特风俗人情,生动地记述了长安城中胡肆饮酒的真实情境,为唐代西京长安丰富的社会生活摄取了许多的细节影像,使之流芳于后世。且看这首《少年行·其二》[9]:

少年行·其二

五陵年少金市东,银鞍白马度春风。

> 落花踏尽游何处，笑入胡姬酒肆中。

《少年行》也是乐府旧题。李白刻画了唐代长安城中一个风流年少的五陵子弟，他于春风细雨中落花踏尽，骑着银鞍白马，挎着雕柄宝刀，飘然而至，于城中热闹的集市，寻个中意的胡家酒肆，笑入其中；有胡姬伴舞，少年感受着宾至如归的亲切，便敲击着响板与铃鼓，纵酒放歌；他侠义豪爽，乐观奔放，个性鲜明，浑身充满了青春的活力。五陵少年，胡姬酒肆，人物与风情，是唐代的，是长安的，是唐代长安才独有的。诗人以他的歌吟，为我们提供了认知唐王朝京师长安微观历史细节的形象证据。诗人形象地展现了唐代长安独特的都市风情：胡风胡韵、胡歌胡舞、胡装胡食，与儒、释、道各家文化，相互包容，和谐共存。诗人以欣赏的目光刻画那个独具特色的侠义少年，以开放宽容的心态描述酒肆胡姬的歌舞欢娱，这也反映了诗人对激情人生的向往，展现了诗人胸襟的宽广。

不止于此。李白诗歌的价值还在于反映了在汉民族统治区域的政治文化中心，不同民族和睦相处、异域文化交流融合的历史真实，显示了中华文明在大唐王朝的盛世历史中开放包容融合交流的恢宏气度和文化自信。

也许，醉酒的李白被长安奇异美妙的风物熏染着，他心情愉悦，心态放松，倚着长安城中胡肆酒楼的坐榻开怀大笑，笑着入了春天的酣梦。

当然，长安时期，李白感受到的并非都是生活中的美好。

第五章 春咏

在长安，在明艳旖旎的春光里，歌舞升平与鲜花美酒没有遮挡住诗人李白敏锐的眼睛。他时刻捕捉着有意味的诗歌素材，萃取其非凡的价值，赋予其深邃的意境，凭借天生的禀赋履行着诗人的使命，用诗镌刻历史，用诗凝望社会，用诗观照人生。

春天的夜晚，清风徐徐，明月朗朗。

在寂静冷落的庭院里，得朋友引导，李白见到了一位特殊的女性，她是被逐的宫女。在朋友的陪伴下，李白静静地听着，听这位不幸的宫娥述说自己独特的遭遇。

芳华已逝，老大待嫁。这位被迫出宫的女性，弹着瑶琴，向李白倾诉着心中的忧伤。

月华流泻如水，琴弦颤着凄婉的清音。

李白听得满眼湿热，清泪沾襟。诗人举首，仰望着夜空高悬的明月，思绪万千，惆怅满怀，诗心涌动，诗意绵长。

应朋友的请求，李白作诗以记其事。这首诗就是诗人吟咏后宫女性不幸遭遇的《怨歌行》。

怨歌行 [10]

十五入汉宫，花颜笑春红。

君王选玉色，侍寝金屏中。

荐枕娇夕月，卷衣恋春风。

宁知赵飞燕，夺宠恨无穷。

沉忧能伤人，绿鬓成霜蓬。

一朝不得意，世事徒为空。

鹔鹴换美酒，舞衣罢雕龙。

寒苦不忍言，为君奏丝桐。

肠断弦亦绝，悲心夜忡忡。

这首诗，李白自注：长安见内人出嫁，友人令予代为《怨歌行》。内人，指宫女，可知这首诗并非咏古之作，而是基于现实，而且是应友人之请而作。只是不知道友人所请源于何故，究竟这位宫女是友人的亲属，还是这友人是宫女出嫁的对象，抑或宫女是友人曾经的恋人，无可探究，只能任凭想象去进行判断了。《文选》有汉代才女班婕妤《怨歌行》一诗，据说《怨歌行》为乐府古曲，是班婕妤的拟作。李白这首诗同样也是拟作，复拟班婕妤的口气而作。诗人不是直接叙述这位待嫁"内人"的身世，而是借着班婕妤的口吻，拟写得宠与失意的故事，婉转表达现实中"内人"的不幸遭遇。诗中所记，十五入宫，花颜玉色，侍寝荐枕，夕月春风，这是得宠之时的情境。然而，岁月易逝，人世无情。赵飞燕得宠之日，便是班婕妤失意之时，他人夺之，己所失之，宠辱转迁，遗恨无穷。忧深伤心亦伤身，绿鬓终成霜，舞衣失色，世事为空，这是失意之日的情境。苦寒往事不忍言说，唯有丝桐一曲，肠断弦绝！

帝王之都，宫女似乎是一个绕不开的话题。但是，也只有来到长安，李白才能够近距离地接触到后宫女性这类特殊的群体，才有机会直接面对她们的不幸，听她们的故事，切身感受她们真实的情感世界，更深切地体会她们的悲哀与痛楚。宫女幽怨是历代文人墨客经常吟咏的题材，但大多只是借着宫女的失宠与落寞寄托自己不

第五章 春咏

得志的惆怅与失意时的悲情，往往并非真心表达对宫女们自身的同情，更不是探究这个女性群体悲剧背后的深层原因。但是，在长安，李白面对的不再是历史传说，不再是故事听闻，而是现实中活生生的真人真事。李白的这首诗，有别于传统的宫怨诗，也有别于同时代其他诗人的宫怨诗；李白并没有把自己代入幽怨的情境，也没有所谓的隐喻；李白对这位被逐出深宫老大待嫁的宫女的同情，是真诚的，是纯粹的，是实在的，是深沉的。这种对女性的悲悯，是基于对弱者普遍哀怜的诗人情怀。这里，诗人着重于对宫女遭遇的记述和感情的描绘，似乎没有直接表露自己的主观倾向，但是，他的客观和冷静其实恰恰超越了狭隘的个人情感，他用沉痛深远的目光，凝视着悲戚无助的待嫁宫女，也极其认真地追索着造成这种女性悲剧的社会根源。

夜色降临，月上枝头，千门万户的捣衣声此起彼伏，搅得诗人久久难以入眠。谁家高楼上，女子一声长长的叹息，不知藏着多少深深的忧伤。也许是戍边将士的妻子，独望明月，思念起远在玉门关外云海天山的夫君。离人之苦，痛彻入骨，关山重重，万里阻隔，一轮明月，两处别愁。李白诗心萌动。

关山月[11]

明月出天山，苍茫云海间。

长风几万里，吹度玉门关。

汉下白登道，胡窥青海湾。

由来征战地，不见有人还。

戍客望边色，思归多苦颜。

高楼当此夜，叹息未应闲。

明月，天山，云海，边关，构成一幅辽阔的边塞风景图。开疆扩土，卫国守边，都躲不过战争。战争从来就是残酷的，自古沙场多悲壮，谁知征夫几人还？战端开启，便是万家哀愁。一边是戍客难归故园，一边是思妇不见夫君，可惜岁月易逝，便只有苦颜叹息。

在长安，在这个春天，李白心头牵挂的还有边关战事。

李白入长安，他胸怀济苍生安社稷的抱负，对盛世的衰荣，对天下的治乱，常怀一丝抹不去的忧虑。因此，他时刻关注着国家的安宁，关注着边疆的稳固，悉心探寻着征战与和平的世治韬略。

大凡太平盛世，都是有雄才大略的帝王，俯瞰天下，怀柔四方，守疆固土，稳定边关。唐帝国，由于异域部族的生息，特别是西部吐蕃与北部突厥的崛起，他们时或强索利益、犯边侵扰，时或联姻和亲、朝贡往来，与中央政权的关系和平与冲突交替，深刻地影响着国家的根基稳固与边境安宁。大唐立国之初，于战争与和平两端，因势而为，通过经略西域，设置安西都护府，开拓丝绸之路，公主应聘出塞和亲，开设边疆贸易，接纳使节拜会，委派高僧取经，方才有了贞观之治，有了开元天宝盛世的承接相继，赢得昭仪六合，徕朝八荒。

《旧唐书·突厥列传（上）》[12]记载，突厥颉利可汗嗣位，言辞悖傲，求请无厌。传说，唐高祖武德九年（626年）七月，颉

第五章 春咏

利可汗亲自统率十万余骑兵，进犯武功，遂使京师戒严。九月，颉利率骑兵抵达咸阳西渭水便桥之北。刚刚继皇位的李世民，与侍中高士廉、中书令房玄龄等，驰六骑前往，隔河指责颉利可汗负约。颉利可汗与左右大惊失色，下马列拜。俄而朝廷大军继至，军威势盛。李世民临水，独与颉利谈判，身后诸军列阵，作御敌准备，于是颉利请和。十一月，李世民亲临长安城西，斩白马，与颉利在便桥上歃血为盟，于是颉利可汗引突厥十万大军退去。比至贞观三年（629年），突厥诸部叛乱，朝廷委派李靖率三千骁骑，出其不意，趁乱进击，次年破突厥大军，颉利可汗只身逃遁。颉利可汗畏惧，遣使入朝请罪，乞请举国内附。李靖前去迎接颉利，颉利内心恐惧，犹豫不前。于是李靖发精骑一万，师至阴山，一路有突厥所属斥候近千帐归降。大军进至颉利可汗牙帐十五里处，可汗方才觉察，畏于朝廷威势，骑着千里马落荒投奔吐谷浑部，半道为西道行军总管张宝相擒获。继而新任的突利可汗归顺朝廷，连阴山以北的大漠草原，都一同并入了大唐帝国的版图。自此，天下河清海晏，宇内清明太平。

世治，则百姓安居乐业；战乱，黎民必流离失所。李白深知这个道理。匈奴为害所来久矣，历代征伐，未有上策。周代视匈奴为蚊蠓，驱逐出境，尽境而还，此为中策；秦行霸道，不忍小耻，轻贱民力，筑长城万里，耗竭国力，以丧社稷，则为无策；汉武帝精兵进击，轻粮远戍，兵连祸接，致使举国消耗疲惫，匈奴虽然领罚受创，却是两败俱伤，是为下策。李白或许认为，唯有太宗皇帝，以威伐心，以势抚远，休兵罢战，结盟倡和，以达于盛世，方为上策。他依乐府旧题作《塞上曲》一诗，盛赞太宗皇帝的仁德武功，表达自己对治世策略的思考。

塞上曲[13]

大汉无中策,匈奴犯渭桥。
五原秋草绿,胡马一何骄。
命将征西极,横行阴山侧。
燕支落汉家,妇女无花色。
转战渡黄河,休兵乐事多。
萧条清万里,瀚海寂无波。

到了玄宗一朝,虽然躬逢盛世,但边疆时有摩擦。有时,无良边将贪图一时之功,导致军事进退失据,战事随之发生。加之突厥内部的离合与动荡,战与和的态势变幻莫测,边关压力陡增。但李隆基在处理与少数民族政权的关系上,大体上还是以怀柔安抚为主,赏赐之外,多次以宗室女赐公主称号行和亲之策。李白既渴望着驰骋沙场建功立业,为国家强盛尽一份绵薄之力,又渴望着战事早日平息,世间长享盛世太平。

他作《塞下曲六首》表达了自己的愿望。

塞下曲六首[14]

其一

五月天山雪,无花只有寒。
笛中闻《折柳》,春色未曾看。

第五章 春咏

晓战随金鼓,宵眠抱玉鞍。
愿将腰下剑,直为斩楼兰。

其二
天兵下北荒,胡马欲南饮。
横戈从百战,直为衔恩甚。
握雪海上餐,拂沙陇头寝。
何当破月氏,然后方高枕。

其三
骏马似风飙,鸣鞭出渭桥。
弯弓辞汉月,插羽破天骄。
阵解星芒尽,营空海雾消。
功成画麟阁,独有霍嫖姚。

其四
白马黄金塞,云砂绕梦思。
那堪愁苦节,远忆边城儿。
萤飞秋窗满,月度霜闺迟。
摧残梧桐叶,萧飒沙棠枝。
无时独不见,泪流空自知。

其五

塞虏乘秋下,天兵出汉家。
将军分虎竹,战士卧龙沙。
边月随弓影,胡霜拂剑花。
玉关殊未入,少妇莫长嗟。

其六

烽火动沙漠,连照甘泉云。
汉皇按剑起,还召李将军。
兵气天上合,鼓声陇底闻。
横行负勇气,一战静妖氛。

　　《塞下曲六首》是诗人李白以唐代边塞军旅生活为主题创作的组歌,是盛唐时期边塞诗的杰作,以其丰富的想象和生动的描写刻画将士形象,寄托雄心壮志,表达对战争与和平的思考,既充满了乐观豪迈的激情,又饱含着深切的关怀和殷殷的期盼。在这组苍凉雄壮深婉明快的诗中,诗人李白形象地描绘了艰苦的征战生活和严酷的戍边环境:"晓战随金鼓,宵眠抱玉鞍","五月天山雪,无花只有寒","握雪海上餐,拂沙陇头寝","边月随弓影,胡霜拂剑花","将军分虎竹,战士卧龙沙"。诗人李白想象着自己跨马出征驰骋沙场的勇武豪迈:"愿将腰下剑,直为斩楼兰","横戈从百战,直为衔恩甚","弯弓辞汉月,插羽破天骄","横行负勇气,一战静妖氛"。诗人李白渲染出征的急迫和军威气势:"天

第五章 春咏

兵下北荒,胡马欲南饮","骏马似风飙,鸣鞭出渭桥","塞虏乘秋下,天兵出汉家","烽火动沙漠,连照甘泉云","汉皇按剑起,还召李将军","兵气天上合,鼓声陇底闻"。诗人李白同情戍边将士的离苦,给予深切的安慰:"那堪愁苦节,远忆边城儿","萤飞秋窗满,月度霜闺迟","摧残梧桐叶,萧飒沙棠枝","无时独不见,泪流空自知","玉关殊未入,少妇莫长嗟"。诗人李白期盼着战事尽快结束,换来社稷安泰:"何当破月氏,然后方高枕","阵解星芒尽,营空海雾消","功成画麟阁,独有霍嫖姚"。

戍边、征战,虽然是国家必需,但毕竟会造成无数百姓家庭的亲人离散,夫妇远隔。诗人李白,一边盛赞戍边征战建功立业的英雄壮举,却又深切地体会到亲人的相思之苦,哀怜着百姓的骨肉分离之痛。诗人用他的诗歌,触摸百姓的疾苦,表达自己的同情。

其实,并非今春时节,还在去岁刚入京的秋冬,李白便已情牵征妇之怨,心系边关安宁,依吴音作《子夜吴歌四首》。在这组四季歌中,三、四两首诗,即秋歌和冬歌,诗人以长安征妇的视角,借她们的口吻,尽写怀远盼归的思念之痛,反衬出戍边将士的衣食寒苦。

子夜吴歌四首[15]

其三

长安一片月,万户捣衣声。

秋风吹不尽,总是玉关情。

何日平胡虏,良人罢远征。

其四

明朝驿使发,一夜絮征袍。

素手抽针冷,那堪把剪刀。

裁缝寄远道,几日到临洮。

"秋歌"写盼归,祈祷战事早日结束,夫君完成远征的使命,能够早日回家。"冬歌"写怀远,连夜裁缝征衣寄给远方的戍客,担心亲人天寒受冻。哀婉凄切的感情基调,生动形象的心理和神态描写,寄托着诗人对离人们深深的同情,也充满了对人间团圆与天下和平的美好期待。

对非战的呼唤是李白长安边塞诗歌的主旋律,诗中表达了他衷心期盼和平的美好愿望。如果再结合李白为皇上"草和蕃书"[16]的从政记载,我们可以推测,他关注天下安危,关注边疆战事,其基本的出发点是止战倡和,是抚远安邦。

李白在长安,伴驾赋诗,歌咏升平,有宴乐,有美酒,但他依然保持着诗人的清醒。他常常把目光投向更加深广的社会空间,即使在明丽的春天里,在大唐盛世的阳光下,在大唐王朝的统治中心,他的诗人之眼始终是睁着的,而且有时还如同鹰隼一般敏锐。诗人能够洞悉到生活中的冷酷,发现阴云遮蔽处的暗影,发现雨后的泥泞,发现似锦繁花旁边的杂草荒坡。这个春天,诗人五言古风力作层出,这些作品关照当下的社会现实,贴近京师生活,继承了古风诗作讥时醒世的传统,借亲见亲闻,发愤直言。当冷眼观世时,他的这些诗,便透着鞭挞阴暗时的冷峻。

春暖花开，李白出行，路遇一个冶游的富贵人家子弟，那人衣饰华贵，骑着高头白马，醉酒撒野，纵马狂奔，横冲直撞，骄横霸道。对此，诗人愤慨不已。他追古思今，有感而发，作诗以鸣不平，寄寓自己深广的怨怒。

古风五十九首·其八 [17]

咸阳二三月，宫柳黄金枝。
绿帻谁家子，卖珠轻薄儿，
日暮醉酒归，白马骄且驰。
意气人所仰，冶游方及时。
子云不晓事，晚献《长杨》辞，
赋达身已老，草《玄》鬓若丝。
投阁良可叹，但为此辈嗤。

这首诗分为前后两个部分，引用了《汉书》中的两个故事。"绿帻谁家子，卖珠轻薄儿"的故事，说的是无德之辈却有缘得宠的情境："绿帻"为汉代平民男子的头巾，汉武帝时，与母亲以卖珠为生的百姓子弟董偃，得到武帝姑母窦太公主宠幸，俨然位列贵戚，结交公卿豪门，用度豪奢，逢迎武帝所好，竟得皇帝封赏。"子云不晓事，晚献《长杨》辞"的故事，说的是有才之士却无辜取祸的情境：汉代辞赋家扬雄，字子云，书生意气，不谙世故，四十岁以后献《长杨赋》，仕途机遇太迟；晚年，因学生刘棻被王莽治罪而受株连，遭到狱吏惊吓，从校书的天禄阁跳下，几死。

此诗并非简单地论古感怀，如明代学者唐仲言所论："所谓绿帻，必有所指。"此诗塑造的"轻薄儿"形象，"日暮醉酒归，白马骄且驰"，与汉代董偃的行状尚有区别，应为诗人所处的唐代长安城里现实中的某类人物，所指或许就是唐玄宗时得宠的外戚之子弟。诗中将"轻薄儿"与"杨子云"的命运相比较，前者虽然不学无术却因依附贵胄而得宠，竟平步青云，后者有真才实学却因不擅钻营而失意，竟仕途坎坷，二者才德悬殊，但境遇相反。古今对比，时代迥异，情境相似，寄寓深广，令人怅叹。而诗歌结句，子云"投阁良可叹"，却为此辈轻薄儿所嗤笑，两类人物如此"交集"，更令人有乾坤颠倒之感。值此大唐盛世，讥锋所指，足以警时醒世。从整首诗看，无论是诗歌的内在立意，还是诗人的角度，此诗中，身在翰林而又性情高傲的李白，绝非以"子云"自况，作自我哀怜之状。步入京师，在唐帝国统治中心，身为翰林学士，涉猎朝政，李白，他的诗寄寓着深刻的政治意义，其喻指之深广，实在是为才俊申公道，为世道鸣不平，为天下谋久长。

为才俊申公道，为世道鸣不平，为天下谋久长，几乎是中国历史上每个有良知的诗人普遍的文化自觉，李白亦是如此。

一日，李白随皇上到禁苑观蹴鞠竞技，罢归。他独自过城北芳林门还城，路遇斗鸡徒当道。豪车华服的斗鸡徒们，驱赶行人，圈地斗鸡，连声呵斥，气势汹汹。路人惧怕，纷纷躲闪避让。李白骑着天龙马，略无惧色，却冲撞了斗鸡的场子。这帮骄横惯了的恶徒，

第五章 春咏

没想到长安城中竟有人敢于冒犯他们。于是，斗鸡徒们傲啸群聚，见李白有些身手，便又呼来一帮游手好闲的五陵恶少，拦住李白去路，恐吓围攻李白。刚好，有位年轻朋友陆调，闻知后，便驰马仗剑，冲开重围，护住李白，旋即又使人告知京城纠察犯罪的御史台，斗鸡徒和五陵恶少们方才避让退去。

数年后，陆调做了江阳县令，李白专程前去看望这位朋友，拜谢当年解救北门之厄的恩情，并写下了《叙旧赠江阳宰陆调》[18]一诗，诗中称赞朋友年少风流勇武侠义，也记述了这次遇险的经历。

在天子脚下的大唐西京，在长安城，李白还目睹了"中贵人"的"大车扬飞尘"，加之又亲身领教了斗鸡徒们"鼻息干虹霓"的嚣张气焰和飞扬跋扈。这些内宫宠宦、外戚新贵与市井恶徒的仗势欺人，让诗人无比愤怒。他毫不犹豫，以诗针砭，奋起揭露，呐喊讽刺，直指世风时弊，略无避讳。

古风五十九首·其二十四 [19]

大车扬飞尘，亭午暗阡陌。
中贵多黄金，连云开甲宅。
路逢斗鸡者，冠盖何辉赫。
鼻息干虹蜺，行人皆怵惕。
世无洗耳翁，谁知尧与跖。

据《新唐书·宦者传》[20]记载，开元天宝年间，玄宗宠信宦官，宦官着贵服黄衣者三千人之多，衣朱紫官袍者千余；传达圣旨的，授三品将军，执掌宫门；执节传命的，威势震动四方，至郡县，则有奔走送礼的，其所得以万金计；朝廷任命的监军节度，反而受制其下；京畿的甲第、名园、良田、美产，中贵宠宦竟居有过半。中贵人中最著名者，便是被授予正三品右监门将军之衔的高力士。

唐人陈鸿祖的传奇小说《东城老父传》记述，玄宗在藩王官邸时，就喜爱清明节的民间斗鸡游戏；登基后，便设立鸡坊，搜寻长安雄鸡高冠昂尾者以千数，斗鸡身上饰以金毫铁距，又选六军中的五百少儿，专使饲养训练这些斗鸡，衣食供给于右龙武军。上所好之，民必效之，王公贵戚也都以斗鸡为乐，长安城中风气愈甚。有个叫贾昌的，据说懂鸟语，能使斗鸡如人一般听令，斗鸡畏惧其威而愈加驯顺，便被皇帝召试于殿堂，喜爱宠幸之，授官，为五百少儿之长，金帛之赐，日至其家。随驾祭祀东岳，竟笼鸡三百只以往；又穿斗鸡服，伴驾于骊山温泉宫，侍奉皇上玩乐，天下称呼其为"鸡神童"。

在诗中，李白以独特的写意手法，生动地勾勒出唯大唐京师独有的"中贵人"与"斗鸡徒"的形象：恃宠骄横之辈，追名逐利之徒，得势张狂，到处显示威风，其人物特征刻画得入木三分。称宦官为"中贵人"，因在中而贵幸，非德望也，却"多黄金"，"开甲第"连云般绵延不绝，车仗马队扬起的飞尘把正午阳光下的阡陌通衢都遮盖得一片灰暗。那些斗鸡徒们，没有任何文治武功，更是缺少经纶韬略，单凭着游戏技艺便赢得声名显赫，既富且贵；他们衣冠鲜亮，车盖华丽，出行游玩的排场煊赫无比，其骄横的神态似乎都到了鼻息都能够吹动天上的云霞的程度，使得过路的行人惶恐忧惧，唯恐躲避不及。诗歌结句中的"洗耳翁"指上古尧时的高洁之士许

第五章 春咏

由，据说许由得知尧欲让天下于己，认为这件事玷污了自己的耳朵，便于清水中洗耳自洁。

诗人用自己独特的歌吟，痛快淋漓地鞭挞了宠狎邪佞之辈的丑态，深刻揭露了歪腐侈靡的世风，对大唐盛世发出了深沉的警示：世间如若没有了许由这样具有高洁品德的老头儿，谁还能够辨识出尧君的谦恭高尚与盗跖的贪得逐利啊！

当然，李白在诗中只是列举了"中贵人"与"斗鸡徒"，以两个典型的场景反映朝政弊端与世风败坏；而玄宗时期权贵阶层普遍的奢靡之风，如驸马王铦以折玉簪为乐者，比比皆是。相信我们的诗人，肯定能够洞察到这些时弊恶俗。

李白来到京师长安，目睹了大唐王朝的繁华与强盛，也看到了盛世辉煌遮蔽下的灰暗与腐朽。这些在名山大川之间游赏时不曾经验过的现实存在，强烈地冲击着李白的心灵世界。这时，诗人忧虑与惊诧交织，无奈与不平缠绕，哀叹与讥讽齐发，于是，他长安时期的古风诗中，便有了对"卖珠轻薄儿"的犀利讥讽，有了对"子云不晓事"的幽深哀叹，有了对"大风扬飞尘"的强烈抨击，有了对"世无洗耳翁"的深沉警示。

春景迷人，春酒醉人，但诗人李白的心灵并没有彻底迷失在长安的春光里。即使在最为得意的时候，李白依然保留了那一份难得的清醒。李白长安时期的诗，在表现形式上的激情浪漫与想象夸张，并没有冲淡他对长安社会现实的严肃审视和深刻评判。而且，在御前侍驾参知枢密时，李白的诗歌仍然能够显现出某种程度的理性思考，实在难能可贵。

在天宝三载的春天里，李白御前伴驾，待诏赋诗，他目睹了君王的日日笙歌夜夜宴乐，不禁为这太平盛世的前景生出几分忧虑。他用忧虑的眼光，打量着当今皇上灯红酒绿的宫廷生活；在与历史的对比沉思中，寻觅着隐藏在浮华与安逸中的危机。他用低沉曲折的调子，吟诵出一首拟乐府的《阳春歌》，明颂升平，隐含忧思，咏唱之间，表现出诗人的独立思考、敏感警觉和天下情怀。这首诗，既不是奉命之作，也不是唱和之作，看似通俗易懂，实则意味深长，含蓄隽永。

阳春歌[21]

长安白日照春空，绿杨结烟桑袅风。
披香殿前花始红，流芳发色绣户中。
绣户中，相经过。
飞燕皇后轻身舞，紫宫夫人绝世歌。
圣君三万六千日，岁岁年年奈乐何。

是的，明媚的春天，御前侍驾，李白本该是带着几分得意的，应诏制诗，便可获得天大的诗名。但诗人的眼光还是望穿浮云，洞察了明艳繁花和绿烟杨柳掩映着的并不遥远的那一重枯朽。"圣君三万六千日，岁岁年年奈乐何。"他退后一步，把审视的目光对准了皇帝。是啊，即使明主圣君，如若费尽心思宠幸后宫佳丽，日复一日过度沉溺于无尽的歌舞宴乐之中，那可能的代价，必然是政事

第五章 春咏

荒废，邦国不宁。这首诗让我们明确地感受到，尽管宫中侍驾，用诗歌伺候皇上，但是，作为御前文学弄臣的那个李白，在自己的诗歌创作和精神世界里，并没有完全驱逐作为盛唐伟大诗人的这个李白。李白，没有一味地歌功颂德；御用之外，他思古及今，忧时虑世。他并没有丧失对社会现实严肃的思考，也没有丧失对天下安危的充分警惕。

诗人摇晃了一下，又岿然站定，守住了盛唐诗坛的良知。

清爽的春风，吹尽长安桃花；蒙蒙杏花雨，淋湿了诗人的春梦。李白的诗歌，是他的心灵在那个历史时空里被撞击、被激荡、被触发的强烈回声。对长安的吟咏，是他在王朝京师生存的舟楫，是他翰林生活的履痕，是他艺术生命的潮汐。

在长安，李白的诗歌创作进入了新的艺术高峰，吟咏的内容主题更加丰富，反映的生活领域更加广阔，表达的思想感情更加深刻，涉猎的体裁形式也更加丰富多样。

在长安，在天宝三载的那个春天里，李白激情澎湃，把能够自由支配的全部精力投入到诗歌创作中，热忱地吟唱着自己的所见所闻。今天，我们从诗歌数量看，李白长安时期创作的诗歌，现存的计有一百二十余首之多，接近李白流传于世的诗歌总量的八分之一。

天宝三载的那个春天，是如此短暂，又是如此漫长。

李白御前侍驾之余，独自看着长安城花开花落，听着长安大慈恩寺的暮鼓晨钟，忧虑时局安危，关心黎民百姓，期盼疆治和平，讥讽贵戚霸道。他见识了勇武的骁将，清高的隐者，妩媚的胡姬，豪爽的侠少，哀伤的宫娥，幽怨的征妇，寒苦的戍卒，傲慢的贵戚，骄横的中贵，跋扈的鸡童。他身居长安，心系天下，思接千古，心忧六合。为自己，为苍生，为他心目中的明主，为大唐王朝的命运，诗人在春天里吟唱不辍。他的吟唱，有时高亢，有时低沉，有时欢乐，有时忧伤。他是孤独的，是清醒的，是高贵的，是慈悲的。在那个春天，在长安，他睁着鹰一般的眼睛，辨识清浊，独自担起唤醒世人的重任；他泪眼涟涟，凝视着远去宫女的身影；他醉眼蒙眬，却看清了隐藏在浮云繁华背后的历史本相。在大唐王朝的京师，在那个春天，他尽享一位读书人能够企及的赫然显贵，也徘徊在欣喜与惆怅之中。

花正落，雁北翔。
留不住的春水，挽不住的残阳。
长安城中的李白，从沉思中睁开了醉眼。
酒易醉，心难醉。
此时，长安城的牡丹，花香渐浓。
欢娱中的皇上突然就想起了翰林学士李白。
正在汝阳王府中赏新荷饮美酒的李白，接到了圣旨。他骑着飞龙马，由李龟年陪着，走进兴庆宫，走向沉香亭。

【注释】

[1]（清）王琦注：《李太白全集》上册，中华书局1977年9月第1版，第272页。

[2]（清）王琦注：《李太白全集》上册，中华书局1977年9月第1版，

第 129 页。

[3]（清）王琦注：《李太白全集》上册，中华书局 1977 年 9 月第 1 版，第 484 页。

[4]（清）王琦注：《李太白全集》下册，中华书局 1977 年 9 月第 1 版，第 1156 页。

[5]（清）王琦注：《李太白全集》上册，中华书局 1977 年 9 月第 1 版，第 279 页。

[6]（清）王琦注：《李太白全集》下册，中华书局 1977 年 9 月第 1 版，第 1420 页。

[7]（清）王琦注：《李太白全集》下册，中华书局 1977 年 9 月第 1 版，第 1245 页。

[8]（清）王琦注：《李太白全集》下册，中华书局 1977 年 9 月第 1 版，第 1177 页。

[9]（清）王琦注：《李太白全集》上册，中华书局 1977 年 9 月第 1 版，第 341 页。

[10]（清）王琦注：《李太白全集》上册，中华书局 1977 年 9 月第 1 版，第 283 页。

[11]（清）王琦注：《李太白全集》上册，中华书局 1977 年 9 月第 1 版，第 219 页。

[12]（后晋）刘昫等撰：《旧唐书》，中华书局 1975 年 5 月第 1 版，第 5153 页。

[13]（清）王琦注：《李太白全集》上册，中华书局 1977 年 9 月第 1 版，第 291 页。

［14］（清）王琦注：《李太白全集》上册，中华书局1977年9月第1版，第284页。

［15］（清）王琦注：《李太白全集》上册，中华书局1977年9月第1版，第351～352页。

［16］（宋）乐史《李翰林别集序》。（清）王琦注：《李太白全集》下册，中华书局1977年9月第1版，第1454页。

［17］（清）王琦注：《李太白全集》上册，中华书局1977年9月第1版，第99页。

［18］（清）王琦注：《李太白全集》上册，中华书局1977年9月第1版，第530页。李白的《叙旧赠江阳宰陆调》，有两个版本。王琦《李太白全集》，此诗的另一版本不同部分作为附注列于诗中。第一个版本："太伯让天下，仲雍扬波涛。清风荡万古，迹与星辰高。开吴食东溟，陆氏世英髦。多君秉古节，岳立冠人曹。风流少年时，京洛事游遨。腰间延陵剑，玉带明珠袍。我昔斗鸡徒，连延五陵豪。邂逅相组织，呵吓来煎熬。君开万丛人，鞍马皆辟易。告急清宪台，脱余北门厄。间宰江阳邑，翦棘树兰芳。城门何肃穆，五月飞秋霜。好鸟集珍木，高才列华堂。时从府中归，丝管俨成行。但苦隔远道，无由共衔觞。江北荷花开，江南杨梅鲜。挂席候海色，乘风下长川。多酷新丰酿，满载剡溪船。中途不遇人，直到尔门前。大笑同一醉，取乐平生年。"第二个版本的不同处从"风流少年时，京洛事游遨"后开始：骖騑红阳燕，玉剑明珠袍。一诺许他人，千金双错刀。满堂青云士，望美期丹霄。我昔北门厄，摧如一枝蒿。有虎挟鸡徒，连延五陵豪。邂逅来组织，呵吓相煎熬。君披万人丛，脱我如狴牢。

此耻竟未刷，且食绥山桃。非天雨文章，所祖托《风》《骚》。苍蓬老壮发，长策未逢遭。别君几何时，君无相思否？鸣琴坐高楼，渌水净窗牖。政成闻《雅》《颂》，人吏皆拱手。投刃有余地，回车摄江阳。错杂非易理，先威挫豪强。"此后同上一个版本。有人只依前一个版本，以为"风流少年时，京洛事游遨"是李白自述，以支持开元十八年李白入京的说法。又以"我昔斗鸡徒，连延五陵豪"，杜撰李白少年荒唐，混迹斗鸡徒与五陵豪中，由此发生冲突，才有北门之厄。此说非是。从第二个版本看，从"风流少年时，京洛事游遨"一句到"满堂青云士，望美期丹霄"，依然是对青年陆调的描写，而非李白自述；从"我昔北门厄，摧如一枝蒿"开始，才是叙旧，记叙自己的北门之厄。"斗鸡徒"句，原来是"有虎挟鸡徒，连延五陵豪"，并非前面版本中李白自认的"我昔斗鸡徒"。显然，后面的版本才是原诗。大可不必为了支持异说，而无视原诗，曲解诗意，甚至给李白戴个"斗鸡徒"的帽子。

[19]（清）王琦注：《李太白全集》上册，中华书局1977年9月第1版，第120页。

[20]（宋）欧阳修、宋祁撰：《新唐书》，中华书局1975年2月第1版，第5856页。

[21]（清）王琦注：《李太白全集》上册，中华书局1977年9月第1版，第224页。

第六章 交游

紫阙落日浮云生

那是春天的一个傍晚。

长安城外，灞水浩浩汤汤，古道长亭，杨柳依依，春花凋零处，芳草萋萋。

诗人置酒为朋友送行，不忍分离，已经耽搁几个时辰了。眼看着到了落日黄昏时刻，浮云映着紫色的晚霞。诗人折柳相赠，几番挽留，不得不与朋友执手告别。

沉沉暮色里，突然传来凄切愁绝的骊歌，令人不忍卒听。

古道连绵，远接天际，关山重重，歧路茫然。朋友的车马，沿着关中大道出发，渐行渐远。望着朋友远逝的背影，李白心中充满依依惜别之情，当此时刻，想到朋友从此孤身飘零，他也不免感到一阵无以排遣的孤独与惆怅。

李白受皇帝召见，做了翰林学士，御前侍驾，恩宠有加，一时名动京师，可谓荣耀盛极。

刹那间，李白便成了长安城中各色人等争相交际的贵人。

李白在自己的诗里，对长安显贵们追逐逢迎的情景，作了形象的描述。在《驾去温泉宫后赠杨山人》[1]中，诗人道："幸陪鸾辇出鸿都，身骑飞龙天马驹。王公大人借颜色，金章紫绶来相趋。当时结交何纷纷，片言道合唯有君。"同时代的伟大诗人杜甫在《寄李十二白二十韵》[2]中，对李白进京交际的盛况，也作了生动精彩的描述："昔年有狂客，号尔谪仙人。笔落惊风雨，诗成泣鬼神。声名从此大，汩没一朝伸。文采承殊渥，流传必绝伦。龙舟移棹晚，兽锦夺袍新。白日来深殿，青云满后尘。"杜诗大致的意思是：狂客贺知章称李白为谪仙人，夸赞其诗能够惊风雨泣鬼神，李白的名声从此大振，淹没草野的屈辱一朝得以洗雪；李白的文采承蒙皇恩特别厚待，精妙绝伦的诗篇必定天下流传；皇上的楼船因为诗人的醉酒而延迟移动，身着的宫锦官袍是皇上新近赐予的；白天来到深宫大殿御前待诏，侍驾归来时，在他马后扬起的尘土中，跟满了那些纷纷欲与其结交的达官贵人。

第六章 交游

李白初任翰林学士，成为当朝皇上的宠臣，似乎是炙手可热，达官显宦纷纷簇拥鞍前马后。尽管不排除有他的崇拜者，但恐怕大多并非欣赏他的诗歌才华。这些人交好李白，有的是为了迎合皇上讨好圣意，有的是欲借李白的荣耀显示自己的尊贵，有的是期待李白在皇上跟前美言关照，有的则是期望李白青云直上或许能够为其带来回报。对于这些趋势逢迎的达官贵人，李白只是虚与委蛇。有时，对那些热切追逐功利者，即使他们身世显赫，诗人的态度也会是轻蔑的。

在长安，李白真正看重的，是志同道合的诗界挚友，心心相印的酒中知己。他与这些真朋友，或者相互慰藉，或者呵护关照，或者诗酒切磋，或者应答酬赠。我们从李白长安时期的诗歌中可以明显地感受到这样的事实：李白记述长安交游往来的诗歌，所表现的，几乎都是与这些真心朋友倾心相聚深情惜别的情境，绝少那种花天酒地单纯应酬式的交际场景。

李白结交朋友，尤其期望能够平等相待。对于布衣出身曾经遭遇冷眼的诗人，他这种心理需求很是强烈。他曾经在《冬夜于随州紫阳先生餐霞楼送烟子元演隐仙城山序》中说"出则以平交王侯，遁则以俯视巢、许"[3]。他所秉持的理想的交往原则是"平交"，布衣如此，王侯亦然。但在唐代前期这样一个等级森严的社会，氏族与寒门有着天壤云泥之别，对一个布衣诗人而言，这不过是一厢情愿的理想罢了，即使李白常常以李唐世家同宗而自居。在《代寿山答孟少府移文书》[4]中，李白曾自诩"不屈己，不干人"，在《为宋中丞自荐表》[5]中也表白"五府交辟，不求闻达"。这些，也只不过都是他的晚年豪言而已，因为，这时的李白已经有了皇帝征召名扬天下的底气。但在翰林待诏之前，所谓"平交王侯"，真的是很难如愿。特别是青年时代的李白，一介布衣书生行走之时，反倒是另一番表现。李白在栖憩云梦滞留安陆之际拜谒韩朝宗，在所作《与韩荆州书》[6]中亲口自言，曾经"遍干诸侯"，并在文中表白道："愿君侯不以富贵而骄之，寒贱而忽之，则三千宾中有毛遂，使白得颖脱而出，即其人焉。……白每观其衔恩抚躬，忠义奋发，以此感激，知君侯推赤心于诸贤腹中，所以不归他人，而愿委身国士。倘急难有用，敢效微躯。"此时，李白希望结交韩荆州并得到荐举，其间言辞又是何其谦恭，何其恳切！他在期待着"不以富贵而骄之，寒贱而忽之"的同时，却以卑微的姿态仰望着荆州刺史，"愿委身国士""敢效微躯"，用急切的口吻表达着真诚的渴望，祈求能够得到奔走驱使的机会，其乞怜讨好之态，至今令人辛酸、心痛。

入长安，李白做了翰林学士，侍驾皇帝，名动京师。此时，也只有此时，他"平交王侯"的理想才有了现实基础和达成的条件，他的交游才真正进入了一种自由选择从容应对的状态。

太子宾客贺知章，是李白以翰林学士身份交往的第一个朋友。贺知章之于李白，是有知遇之恩的。二人可谓师友知交。只是可惜，长安城中，他们相聚相处的时间并不很长。

天宝二年年末，担任秘书监的贺知章向皇帝请辞，告老还乡修道。贺知章为吴越名士，武周朝的状元，集贤院学士，几朝老臣，清谈风雅，资位闲重。皇帝答应了贺知章的请求。天宝三载，贺知章离

第六章 交游

京还乡。正月初五日，皇帝特下诏令，让职司以朝廷名义在长安城东门外专设营帐，于长乐坡为贺知章举行隆重的送行仪式，并敕令太子及以下文武百官皆须亲临，翰林学士均奉旨作诗。李隆基亲自制诗并作序，其御制诗并序云："天宝三年，太子宾客贺知章，鉴止足之分，抗归老之疏，解组辞荣，志期入道。"关于贺知章告老还乡这件事，宋代王钦若等所修《册府元龟》记述："贺知章为秘书监，授银青光禄大夫。天宝三载，因老疾，恍惚不醒，若神游洞天三清上，数日方觉，遂有志入道，乃上疏请度为道士，归舍本乡宅为观。玄宗许之。"李白作为翰林学士奉诏作诗一首。

送贺监归四明应制[7]

久辞荣禄遂初衣，曾向长生说息机。
真诀自从茅氏得，恩波宁阻洞庭归。
瑶台含雾星辰满，仙峤浮空岛屿微。
借问欲栖珠树鹤，何年却向帝城飞？

当时贺知章已经八十五岁。李白诗中"借问欲栖珠树鹤，何年却向帝城飞"，直是应制之言，是写给皇上看的。李白心下明白，八旬老翁，此去越地会稽，恐怕是不能再回京师了。其年寿之高，便是仙鹤，何以飞还西京？

只是，对于贺知章的离京，李白心中有着太多的不舍。于是，在应制诗外，李白另作一诗，送别亦师亦友的贺知章，在致意祝福、轻松豁达的后面，却藏着无尽的难以割舍。

169

送贺宾客归越 [8]

镜湖流水漾清波，狂客归舟逸兴多。
山阴道士如相见，应写《黄庭》换白鹅。

这首诗，李白以会稽著名的镜湖的清波碧水，点明贺知章归乡之地，想象这位四明狂客乘舟归来定是逸兴勃发。又借王羲之当年会稽用黄庭经换白鹅的故事，表达了诗人对老朋友还乡顺遂而心境乐观的美好祝愿。与前面的应制之作不同，两首诗虽为同一话题，但后一首诗是李白个人的行为。贺知章对诗人有知遇之恩，更有引荐之情，因此诗中表达的情感也就更加真挚，其感情率真、意趣丰富，传神地再现了四明狂客贺知章的气质与风度，内中暗寓的依依惜别之情表达得婉转而深切、含蓄而自然。这种轻松与深沉形成的张力，使这首小诗意蕴丰富，更具美感。诗句干干净净，没有虚言，看似白话，却字字含情。这种诗人与诗人之间的心灵默契，想必贺知章能够深切体会到此诗与奉诏之作的不同情感，也一定更喜欢这首诗。其实，李白何尝不是贺知章的知音！

后来，天宝六载（747 年），李白重游会稽，拜访贺知章故居，忆及与贺知章的相遇相知，作诗《对酒忆贺监二首》，真情怀念这位已故的知己。我们从诗并序中，可以体会出李白对贺知章情谊之深厚。

第六章 交游

对酒忆贺监二首[9]

太子宾客贺公,于长安紫极宫一见余,呼余为"谪仙人",因解金龟,换酒为乐。怅然有怀,而作是诗。

其一

四明有狂客,风流贺季真。
长安一相见,呼我"谪仙人"。
昔好杯中物,今为松下尘。
金龟换酒处,却忆泪沾巾。

其二

狂客归四明,山阴道士迎。
敕赐镜湖水,为君台沼荣。
人亡余故宅,空有荷花生。
念此杳如梦,凄然伤我情。

诗人仿佛又回到了当初与贺公相遇时用金龟换美酒的情境,回到了长安送别时的情境。

只是,长安作别,一个留下侍驾,一个却离京还乡。两位知音,千山万水,从此天各一方。

这里,关于李白在长安的交游,有个绕不开的公案,那便是著名的"八仙游"。

李阳冰在《草堂集序》中说："丑正同列，害能成谤，格言不入，帝用疏之。公乃浪迹纵酒，以自昏秽。咏歌之际，屡称东山。又与贺知章、崔宗之等自为八仙之游……"[10]这段话里包含两条信息：一是李白在长安，与数位朋友有"八仙之游"的故事；二是八仙之游在李白遭皇帝疏远之后。大约，李白"八仙之游"的故事就肇始于此。若是如此，就有个问题，贺知章于天宝三载正月离开京师，而此时李白正受皇帝厚待，皇帝并没有对李白有疏远的意思；若是真有"八仙之游"，则必在贺知章离开京师之前，须知一年之后，贺知章便仙逝于会稽。于是，有人认定李白在长安与朋友作"八仙之游"，应该是在皇帝对其疏远之前，即贺知章在京之时。比如，范传正《唐左拾遗翰林学士李公新墓碑》[11]中说："在长安时，秘书监贺知章号公为谪仙人，吟公《乌栖曲》云：'此诗可以哭鬼神矣！'时人又以公及贺监、汝阳王、崔宗之、裴周南等八人为酒中八仙，朝列赋谪仙歌百余首。"范说如是。

那么，八仙之游，八仙都是何人？《新唐书·李白传》记载：李白"与知章、李适之、汝阳王琎、崔宗之、苏晋、张旭、焦遂，为'酒八仙人'"[12]。这似乎给出了答案。可是，问题又来了。据《旧唐书》记载，苏晋卒于开元二十二年[13]，李白不可能与之在天宝初年同游。于是，清代王琦《李太白全集》中李白年谱便记载："公在长安与贺知章、汝阳王琎、崔宗之、裴周南为酒中八仙之游。"[14]王琦避开苏晋不言，只列没有异议的贺知章等三人，外加裴周南，与范传正说一致。其实，细究《新唐书》，并没有确凿言及八仙之游，而是只列出八仙之中的数人，如此而已。

第六章 交游

原来,所谓"八仙之游"的说法,大约源自杜甫的一首名诗,即《饮中八仙歌》[15]。此诗咏道:"知章骑马似乘船,眼花落井水底眠。汝阳三斗始朝天,道逢麹车口流涎,恨不移封向酒泉。左相日兴费万钱,饮如长鲸吸百川,衔杯乐圣称避贤。宗之潇洒美少年,举觞白眼望青天,皎如玉树临风前。苏晋长斋绣佛前,醉中往往爱逃禅。李白一斗诗百篇,长安市上酒家眠,天子呼来不上船,自称臣是酒中仙。张旭三杯草圣传,脱帽露顶王公前,挥毫落纸如云烟。焦遂五斗方卓然,高谈雄辩惊四筵。"杜甫《饮中八仙歌》中列出了八位嗜酒的文士,即《新唐书》中提及的八位,李白被举为饮中八仙之一。但是,杜甫的这首诗,是为唐代开元天宝年间的八位酒仙作诗画像,并不是说李白与其他七位酒仙在长安聚会交游,与他们一起有过"八仙之游"。因为八人根本没有同时在长安的可能,有的已早逝,有的其时并不在长安。

虽说"八仙之游"或为误传,但有关"八仙之游"的史料,特别是在那些了解李白的唐人的序、传、碑、记中的记载,也还是透露了许多有关李白在长安交游的历史信息:在长安,李白喜欢与朋友饮酒为乐;李白所交朋友,有许多为当世名流;与朋友交游,是李白长安生活的重要内容;李白的长安交游,在当时,便是人们关注的话题。

诗酒,自古就是中国文人交游的凭藉。诗仙酒仙者李白,自然更是拿着诗酒,与志同道合的朋友,平等相待,交游唱和。

李白虽然时时要应付宫中召唤,但依然和朝外山野的朋友保持着频繁的诗歌唱和。一位隐居终南山紫阁峰的朋友有新诗赠李白。身居繁华京师长安城，忙碌的侍驾之余，李白还是没有忘记与这位隐者保持交往，并作诗以赠，借机稍稍吐露了一下自己此刻的境遇与友人作心灵沟通。

望终南山寄紫阁隐者[16]

出门见南山，引领意无限。
秀色难为名，苍翠日在眼。
有时白云起，天际自舒卷。
心中与之然，托兴每不浅。
何当造幽人，灭迹栖绝巘。

终南山紫阁峰距长安城七十里，旭日照射，灿烂而呈紫色，奇峰耸立，远观像楼阁，故名之。李白这首诗的意思是：出门翘望城外终南山景色，引领出无限的遐思与怀想；秀美的景色难以用语言名状，苍翠的山峰日日呈现在眼前；山谷不时飘浮起朵朵白云，在天地之间悠然自得有卷有舒；此时心中的思绪与远山秀美的风景一样安适飘逸，每每寄情于山色风光，因之意兴盎然心旷神怡；何时得以造访隐居山中的仙客高士朋友们，一同遁迹，栖身于断崖绝壁的紫阁峰巅。

从长安城到终南山，李白与朋友用诗歌架起的精神桥梁，不但让两处截然不同的空间消弭了巨大的物理差异，也使两位立身取向迥异的歌者的心灵世界融合在了一起。有意味的是，在这首诗中，

第六章 交游

入仕与隐居之间，朝廷与山水之间，诗人似乎找到了某种心理上的平衡：长安城与终南山，不再是对峙，而是相望；翰林学士与紫阁隐者，不再是殊途，而是共鸣。诗人用从容平和的诗句，把本该对立的人生价值和人格理想轻松自然地统一了起来并互为镜像，仿佛一个硬币的两面，很好地诠释了"达则兼济天下，穷则独善一身"[17]的哲理意蕴。翰林学士与终南隐者，虽身处人生两端，但心却是通的。

在长安，李白虽身居朝中，却依然喜欢结交那些隐居的高士逸人。李白肯定留恋入京之前山水相伴的自由，也向往着日后功成拂衣去的自在。他骨子里已然浸透了超脱世俗的飘逸与闲适、潇洒与浪漫。

天宝三载的那个春天，李白在闲暇的长安郊游中结识了卢氏兄弟。兄弟二人不慕利禄，淡泊明志，这恰恰符合诗人自己的人格理想。诗人深感庆幸，认为卢氏兄弟是值得崇敬的贤者，也值得来往，值得交心。诗人题诗以赠，表达对卢氏兄弟由衷的敬意。

赠卢征君昆弟[18]

明主访贤逸，云泉今已空。
二卢竟不起，万乘高其风。
河上喜相得，壶中趣每同。
沧洲即此地，观化游无穷。
木落海水清，鳌背睹方蓬。
与君弄倒影，携手凌星虹。

清代王琦怀疑此诗中的这位卢征君与隐者东溪公为同一人，但无实证，我们且不细究。诗中，"河上"与"壶中"两个典故很有意味。东晋葛洪所著志怪小说集《神仙传》记述了这两个故事。"河上公"的故事，大意是：河上公，不知姓名，在黄河之滨结草为庵。汉孝文帝喜好老子之道，但对老子的经典有许多疑惑与不解，问询朝臣，无人能通。侍郎裴楷上表奏曰：陕州有个河上公，通晓老子之道。于是文帝遣使询问之，河上公说："道尊德贵，非可遥问也。"河上公居于河滨的草庵中，不出面见文帝。文帝派使者告诉河上公："普天之下，莫非王土，率土之滨，莫非王民，域中四大，而王居其一，子虽有道，犹朕民也，不能自屈，何乃高乎？朕能使民富贵贫贱。"须臾，就见河上公拊掌跃起，冉冉升到半空中，悬停端坐，离开地面百余尺。良久，他俯视着来使回答说："余上不至天，中不累人，下不居地，何民之有焉？君宜能令余富贵贫贱乎？"汉文帝大惊，猛然意识到河上公的不凡，他或许就是个得道神人。文帝于是立刻下辇，稽首行礼致歉："朕以不能，忝承先业，才小任大，忧于不堪，而志奉道德，直以暗昧，多所不了，惟愿道君垂愍，有以教之。"河上公便授予文帝以老子道德章句二卷，并告诉文帝："熟研究之，所疑自解。余著此经以来，千七百余年，凡传三人，连子四矣，勿视非人！"帝即拜跪接受，言毕，失公所在。另一个故事"壶中"，大意是：有壶公者，不知其姓名。时汝南有费长房者，为市掾，忽见壶公从远方来，入市卖药，人莫识之。壶公卖药，口不二价，治病皆愈，告知买药者说，服此药必吐某物，某日当愈，所言之事无不应验。其日收钱数万，施与市中贫乏饥冻者，给自己

第六章 交游

只留三五十吊。壶公常悬一空壶于屋上,日落之后,壶公跳入壶中,人莫能见,唯费长房居于楼上,偶可见之,便知其不是凡人。于是,费长房天天亲自打扫壶公座前地面,供奉食品,壶公受而不辞,如此积久,费长房毫无懈怠,亦不敢有所希求。壶公知费长房笃信,谓费长房曰:"至暮无人时来。"费长房如其言即往。壶公告诉费长房:"见我跳入壶中时,卿便可效我跳,自当得入。"费长房依言,果不觉已入壶中。入后不复是壶,唯见仙宫世界,观庭楼台,重门阁道,壶公左右侍者数十人。壶公告诉费长房:"我仙人也,昔处天曹,以公事不勤见责,因谪人间耳。卿可教,故得见我。"这也是"悬壶济世"的出处。

  河上公与壶公,都是传说中的化外仙人,不受世俗约束,不为官场所累。诗人将这两个典故引入诗中,其意非常明白,就是借神仙故事褒扬卢氏兄弟坚守节操超脱世俗的高洁风骨。李白赠诗的对象卢征君兄弟,明主征而不应,竟得盛赞,是因为其品格清高,才能出众,不慕名利,不屈权势,不求闻达,不避尊卑,怀安邦之策以闲侍明主,行济世之道而独享真乐。诗人感叹,世间竟有如此同道之人!卢氏兄弟悠然自得的仙居生活,令李白羡慕不已。李白与之相遇,即刻引为同好,并且相约日后一同作神仙之游。

  现实中的卢氏兄弟,居长安而不事朝廷,近天子而不慕利禄,与朝廷朋友来往却隐居郊野,征而不仕。如此行径,也许还有其他的未知原因,与李白向往和仰慕的完美的理想人物还有一定的差别。但这不重要,重要的是,诗人与之交往,是志同道合者的意趣相投和心灵契合,寄托着自己的人生追求与向往。这首诗透露出李白内心深处暂时隐藏起来的愿望,那就是,远离官场的纷争与世俗的烦扰,追求无拘无束的自由生活。

杨山人是李白的布衣朋友,诗人不弃不离,以心相交,真诚以待。在长安,他们多有诗酒往还,因此杨山人成为诗人酒后可以无拘无束诉说心事的挚友。可惜朋友即将离开长安,李白特意置酒送行。

送杨山人归嵩山 [19]

我有万古宅,嵩阳玉女峰。
长留一片月,挂在东溪松。
尔去掇仙草,菖蒲花紫茸。
岁晚或相访,青天骑白龙。

诗人告诉老友,当年访道的栖身处神奇的玉女峰,便是我的万古家宅;峰下,溪流潺潺,明月应该依旧挂在松柏之上;服之让人长生的仙草菖蒲紫英正在开放,等着仙君复归旧山采摘;岁晚时节,我或许会去拜访老友,一同骑着白龙飞升云端,直达仙境。诗中句句都透着浓浓的惜别之情,只是没有半点感伤。诗人的那一份潇洒与豪迈,寄托着功成拂衣去的人生理想。

刚刚充任翰林学士的时节,朱紫盈门,高朋满座,显贵接踵,应酬无暇,李白大约不会感到寂寥。因此,有些陪伴自己饮酒赋诗的布衣老友离开长安时,诗人的送别诗中依然洋溢着旷达与浪漫。在《白云歌送刘十六归山》一诗中,诗的格调是明快的,情感是乐观的。

第六章 交游

白云歌送刘十六归山[20]

楚山秦山皆白云,

白云处处长随君。

长随君,君入楚山里,

云亦随君渡湘水。

湘水上,女萝衣,

白云堪卧君早归。

布衣老友杨山人离开长安,去了嵩山;朋友刘十六也归隐楚地江湖去了。秦山、嵩山、楚山,皆有明月挂松枝,皆有白云悠悠。布衣朋友走了,带走了向往,留下了牵挂。然而诗人并没有感到格外孤独和寂寞,他心中怀有更大的期待。

唐王朝是李氏天下,西京长安,聚集了众多的李氏宗亲,大家都期待着能够得到皇家的恩荫。李白也常自称同宗,并且是凉武昭王九代孙,只不过其祖上在隋朝末年因罪流放西域,隐姓易名,寄寓碎叶,即今吉尔吉斯斯坦的托克马克,后于唐中宗神龙元年(705年)李白五岁时潜回内地,客居巴蜀广汉间,所以皇家族谱无籍。凡遇李姓皇族的朋友,李白往往以本家宗族相认,或称叔侄,或称兄弟。长安时期,李氏宗亲是李白交往的重要群体。其实,孤傲的诗人,也需要有归属感;何况,对于期望入朝从政的李白,自认皇族宗亲,也是一项便宜的策略。

有族弟将要远赴安西从军，出行之际，李白赠之以诗，抚臂相送，鼓励其出征边关，报捷凯旋。

送族弟绾从军安西[21]

汉家兵马乘北风，鼓行而西破犬戎。
尔随汉将出门去，剪虏若草收奇功。
君王按剑望边色，旄头已落胡天空。
匈奴系颈数应尽，明年应入蒲桃宫。

唐开元二十五年（737年），朝廷把府兵制改为募兵制后，当时的文人士子纷纷投笔从戎，掀起了一波新的从军热潮，以求戍边破敌，建立功业。这也是盛唐时期书生群体呈现的蓬勃气象。大约李白的这位本宗族弟李绾，也是个希冀有所作为的从军西征者。在这首送别诗中，李白希望李绾追随将军出征安西，沙场勇武，破戎剪虏，建立奇功，报效家国。这里，完全是自家兄长对晚生小弟殷殷期待衷心勉励的口吻。

盛唐时期，门阀风尚依旧，虽有科举制度为寒门布衣开辟出了一条晋升的路子，但士族的影响仍然无处不在。不能否认，与皇族结交，主动向李氏宗亲靠近，互认本家，既是李白"平交"的实践，也不无同兴共荣和衷共济的现实考量。

文人交友，既是自身的精神需求，也是一种生存策略，不同的人在不同的生活时空，两者的轻重与取舍会各不相同。做了翰林学

第六章 交游

士之后,生活上无忧无虑,李白结交朋友,则是精神需求更多一些。因此,李白交游广泛,往往不论身份,看重的是友情。不仅限于诗友文士,凡行伍之辈,仙道之属,侠义之流,李白皆有朋友。

有朋友名白利,是一位勇武的军官,要从军西征。李白置酒送别,特意赋诗一首,以励其志。

送白利从金吾董将军西征[22]

西羌延国讨,白起佐军威。
剑决浮云气,弓弯明月辉。
马行边草绿,旆卷曙霜飞。
抗手凛相顾,寒风生铁衣。

"马行边草绿,旆卷曙霜飞",这应该是在早春时节。这首诗先交代朋友白利从军的背景,西羌叛乱,大唐征讨,奔赴沙场以佐将军;接着通过想象,展现从军者高强的剑技与弓术;最后,写告别的相顾和征衣的凛然,表达了诗人对这位出征朋友的关切和惜别之情。诗的格调是激越悲壮的,虽有告别的相惜,却无离散的哀伤,寄寓了诗人对这位将军朋友戎马征战建功立业的期待和鼓励。

世传,李白与后来平定安史之乱的功臣郭子仪互有救命的恩义,正史无可考,但李白有行伍中的朋友,肯定不虚。

李白交往的朋友中,有一位年轻的后生叫张遥,是个行伍中人。张子要去寿州幕府任职,李白为之赠诗,充满了对晚辈的深切勉励。

送张遥之寿阳幕府[23]

寿阳信天险，天险横荆关。
苻坚百万众，遥阻八公山。
不假筑长城，大贤在其间。
战夫若熊虎，破敌有余闲。
张子勇且英，少轻卫霍屏。
投躯紫髯将，千里望风颜。
勖尔效才略，功成衣锦还。

诗中，李白告诉年轻的朋友，其即将赴任之地是历史上危重险要的兵家重镇；他称赞张子的年少勇武和潇洒气概，鼓励其施展才略，成就功名。诗人用自己乐观豪迈的情感，去感染年轻的后生朋友。

李白交友，不问年序，不计较身份，待人真诚，注重志趣。在长安，与不同朋友的交往中，李白扩展并丰富着自己的精神世界，借他们的豪情滋养自己的心志，也以自己的热情与豪迈，激荡着朋友的心怀。李白诗中的真诚情谊，肯定是这些西行将军、东征后生告别长安时最暖心的送别赠礼了。

唐王朝极盛时期的开疆扩土，特别是打通西域的丝绸之路后，守护边疆安宁，维持中央政权的有效统治，需要大批文臣武将出征，驻守边关。因此，这种带有悲壮而又乐观意味的告别，在长安频频发生。李白的许多长安朋友都被外派西域；凡遇朋友离别西征，李白往往不吝作诗，为之壮行。有朋友侍御程某、刘眺和判官独孤峻，

第六章 交游

他们将结伴同行,远赴西域边塞的安西幕府去任职,参与边疆治理。李白不作客套式的虚意挽留,他作诗以赠,送友人出征,盼望他们功成名就,早日凯旋。

送程刘二侍御兼独孤判官赴安西幕府[24]

安西幕府多才雄,喧喧唯道三数公。
绣衣貂裘明积雪,飞书走檄如飘风。
朝辞明主出紫宫,银鞍送别金城空。
天外飞霜下葱海,火旗云马生光彩。
胡塞尘清计日归,汉家草绿遥相待。

诗人依然是满怀期待,期望朋友们到边关执旌旗,骑云马,静胡沙,报捷归朝。虽写送别,却不伤感,有着旌旗猎猎军威震撼的气势,透着乐观与豪迈,寄托着深切的勉励与期望,也捎带着自己对从戎守边的一份渴望。

做了翰林学士,入宫侍驾,李白怀报宏图大志,憧憬着似锦的前程,心态也是积极乐观的。所以,即使亲友远行赋诗送别,李白也是情绪激昂,激励其建功立业,绝少传统送别诗的离愁别绪。李白多首送别亲朋好友从军出征的诗,均透露出诗人自己渴望驰骋沙场、开拓疆域的豪迈情怀,而李白的这种情怀,与盛唐时期文人学士投笔从戎驰骋沙场渴望建功立业的普遍心态是息息相通的。

入长安,做着翰林学士的李白,从精神上自觉地把自己融入了盛唐时期书生士子的群体。这种自我认同,体现在李白多姿多彩的送别诗中,是志趣相投的默契,是心心相印的共鸣。其充满豪情的送别诗作,不仅折射出盛唐时期长安诗坛恢宏的精神气象,也抒发了国家强盛时期读书人的满腔报国情怀,反映了那段辉煌的历史岁月一代文人群体积极进取的精神风貌。虽身处不同的现实空间,但李白与他的朋友们,在精神世界里结伴同行。

李白有个陈姓官员朋友,被任命为地方要员,将要离开京师长安。这位朋友即将任职的地方是江南西道的长沙郡,去做太守。朋友似乎是由京官外放到地方,赴任之所,距离西京长安千里迢迢。尽管是去主政一方,镇守一域,但远离皇上,离开京华,毕竟是件令人惆怅的事。设身处地,远在天边时,"西北望长安,可怜无数山"的怅然,不只是南宋词人辛弃疾独有的情感体验,也是中国历代外臣流官的普遍心态。于是,李白与之话别,有安慰,有劝解,既称赏又鼓励,深情满怀,不吝言辞。诗人与这位朋友关系非同一般,竟然写了两首诗送别。

送长沙陈太守二首 [25]

其一

长沙陈太守,逸气凌青松。

英主赐五马,本是天池龙。

湘水回九曲,衡山望五峰。

荣君按节去,不及远相从。

第六章 交游

其二

七郡长沙国，南连湘水滨。
定王垂舞袖，地窄不回身。
莫小二千石，当安远俗人。
洞庭乡路远，遥羡锦衣春。

在唐代，江南尚未充分开发，而且距离中央政权的所在地也比较遥远，大约到长沙这样的地方任职，总有些飘零之感。于是，李白既表达不能从行的遗憾，又佐以对朋友荣升的歆慕，对异地风光的向往，对外放洒脱的想象，以玩笑的口吻鼓励其莫嫌俸禄少，嘱咐其要尽力安抚偏远异俗之地的百姓，当好父母官，保一方平安，以报答君赐之恩，并预言其终有锦衣春归重还京师的时刻。这一番说辞，变换不同角度，百般劝慰勖勉，总是要让朋友心态平和、无忧无虑，要让朋友心情愉悦地去赴任。这里可以见出李白对朋友的真诚。

古代不同王朝时期，官员的迁徙和贬谪都是常态。一个入仕者，往往很难把握自己的命运，正所谓江湖恶浪高，宦海风波险，唐王朝亦不例外。有个窦姓朋友，因犯了一些事，被贬官秩，要出京到宜春，降任地方官职。这样的离京，当事人大约是有些忧伤悲痛的。李白折柳送别，以诗相赠，给予热忱的安慰与鼓励，悉心化解朋友的苦痛。

送窦司马贬宜春[26]

天马白银鞍，亲承明主欢。

斗鸡金宫里，射雁碧云端。

堂上罗中贵，歌钟清夜阑。

何言谪南国，拂剑坐长叹。

赵璧为谁点？隋珠枉被弹。

圣朝多雨露，莫厌此行难。

这首诗包含的意味很值得品评。李白这位朋友曾经承蒙明主欢心，往昔骑着配有白银鞍的天龙马在皇宫奉职，而今他尊贵的生活因故发生了巨大变化。李白劝慰他，切莫拂剑长叹，只要还是珠玉之才，圣朝雨露多多，还会有升迁的机会，千万不要厌惧此行的艰难。送别一位被贬了官的朋友，安慰之外，依然充满了鼓励，希冀朋友相信，明主圣朝，是才必用。这里，"圣朝多雨露"，既是对朋友的宽慰，也间接反映出李白对当今皇帝重用人才的坚信不疑，也折射出诗人对自己仕途前景的无比自信。当然，诗中主要还是对离京的朋友给予慰藉和希望，表达别情。

李白这些送别诗，不将自己带入离愁别绪的情境，看似轻松淡然，其实饱含着浓浓的情谊。诗人为这些出行的朋友，提供了宝贵的精神支撑和温暖的心灵安抚。这般真心交友的李白，肯定也会赢得真心朋友，赢得朋友真心。

李白好仙道，结交的朋友，如道家中人元丹丘、胡紫阳、吴筠、

玉真公主等，都能够相处长久。在长安，李白遇到了一个特殊的道友。这位被称为"于十八"的朋友，应该是道教中的熟人，很可能是李白当年与元丹丘偕隐嵩山时的隐修旧友。这位道友是到长安参加朝廷专为道教经典设立的科举考试的，结果不幸落第了。科考落第的朋友即将离开长安城，自然不免情绪低落，有些悻悻然。李白作诗相赠，在轻松的禅意中，以幽默豁达的机趣劝慰朋友不必纠结世间功名。想必这位朋友一定会见诗释怀，解开心结。

送于十八应四子举落第还嵩山 [27]

吾祖吹橐籥，天人信森罗。
归根复太素，群动熙元和。
炎炎四真人，摛辩若涛波。
交流无时寂，杨墨日成科。
夫子闻洛诵，夸才才故多。
为金好踊跃，久客方蹉跎。
道可束卖之，五宝溢山河。
劝君还嵩丘，开酌盼庭柯。
三花如未落，乘兴一来过。

这首诗中包含的历史信息，让我们能够了解唐代社会鲜为人知的另一个侧面。崇道修玄，有唐一代，成了一门显学，竟被官方列为纳才取士的科举考试。四子者，老子、庄子、列子、文子也，是道家学派尊崇的始祖与列宗。唐代杜佑《通典》记载："开元二十九年,始于京师置崇玄馆,诸州置道学生徒有差,谓之道举。举送课试,与明经同。京都各百人,诸州无常员,习老、庄、文、列,谓之四子。荫第与国子监同。"道家原本倡导无为而治,鼓励弟子远离世俗生活,隐居修行。唐代尊道崇玄,官方置学馆,收生徒,立科举,于是,除崇玄馆的生徒之外,各地好道之徒纷纷出山应举,一时竟成大观。开元二十九年后,京师设举场,每年二月开场。

李白的朋友于十八应举落第,应该是春天的事。道举落第,诗人相送,肯定是别具情调的另一番安慰。果然,李白在"吾祖真人归根太素"的道家玄说之后,以"三花如未落,乘兴一来过"劝朋友归隐嵩山,潜心修行,不必累于世俗虚名,权当是趁闲出了趟山。李白以轻松幽默真诚地化解道家朋友的烦忧。

唐代徐坚撰《初学记》,记了一件奇事:"汉世有道士,从外国将贝多子来,于嵩高西脚下种之,有四树,与众木有异,一年三花,白色,香异。"李白在诗中借用的就是这个故事。此时的李白正在得意之时,他绝对不会产生这样的错觉——"三花如未落,乘兴一来过",可能就是自己将来命运的镜像。所以,李白只是拿这位特殊朋友的特殊遭遇,去作了轻轻松松的调侃。"三花如未落,乘兴一来过",殊不知,这对李白后来的命运而言,真像是一句谶语!

此时的李白依旧充满自信与豪迈。他与诗友唱和赠答,与酒友推杯换盏,拜侠客,访道友,求同好,寻知己。当然,不免与长安城中仕途通达者周旋应酬,齐座平交;更在迎来送往之间,真情实意,尤其热忱地安慰和鼓励那些离别长安城的各路朋友。

第六章 交游

唐代是中国古代诗歌的黄金时期,留下不朽诗篇的诗人层出不穷,可谓群星璀璨。但由于交通不便,信息不畅,生存奔波,世海沉浮,诗人之间在某个特定时空的相遇相知,往往是个偶然的事件。

李白在长安城,以翰林学士身份侍驾,其间,他与同时代著名诗人的交往,在他的诗里,除了贺知章,能够找到内证的真的不多;细细考察,王昌龄算是其中的一位。

王昌龄是唐代边塞诗的先驱,他的边塞诗早已闻名天下。"秦时明月汉时关,万里长征人未还。但使龙城飞将在,不教胡马度阴山。"这首《出塞》[28],更是脍炙人口。

李白和王昌龄也算是老朋友了。他们第一次相遇,是在开元二十七年(739年)秋天,当时王昌龄因事贬谪岭南,遇赦后北归至巴陵,而李白正巧也在巴陵。王昌龄与李白早已互相倾慕,二人相见恨晚,结伴游赏,诗酒聚会,约为知己。当年分别时,王昌龄有诗赠别李白,即《巴陵送李十二》[29]:"摇曳巴陵洲渚分,清江传语便风闻。山长不见秋城色,日暮兼葭空水云。"李十二即李白,因其在近族子弟中的排行为第十二。日后,李白告别长安城,游梁园,返东鲁,下会稽,归金陵,到了天宝七载(748年),听说王昌龄再次遇贬,心系知己,便作诗寄赠,表达诚挚的安慰与深切的思念。

闻王昌龄左迁龙标,遥有此寄 [30]

杨花落尽子规啼,闻道龙标过五溪。

我寄愁心与明月,随风直到夜郎西。

此时在长安，李白做着翰林学士，王昌龄则是以江宁丞身份暂赴京师长安署理他事，二人由此再次相遇。知己重逢，不免亲近热闹一番。只是十分可惜，李白与王昌龄，长安的双星之会，竟没有唱和的诗词作品流传于今世。倒是李白邀约王昌龄，一同送自己的族弟李襄出京去桂阳隐逸，每人各作了两首诗送别。这也让我们知道，二人必定相聚甚欢，甚至彼此还携亲朋好友与对方相识相处，互迎互送，并且有诗词相赠。

以下是与王昌龄一同送别族弟时，李白写给族弟的赠诗。

同王昌龄送族弟襄归桂阳二首[31]

其一

秦地见碧草，楚谣对清樽。

把酒尔何思？鹧鸪啼南园。

予欲罗浮隐，犹怀明主恩。

踌躇紫宫恋，孤负沧洲言。

终然无心云，海上同飞翻。

相期乃不浅，幽桂有芳根。

其二

尔家何在潇湘川，青莎白石长江边。

昨梦江花照江日，几枝正发东窗前。

觉来欲往心悠然，魂随越鸟飞南天。

秦云连山海相接，桂水横烟不可涉。

第六章 交游

> 送君此去令人愁,风帆茫茫隔河洲。
> 春潭琼草绿可折,西寄长安明月楼。

李白族弟李襄归隐的桂阳郡属江南西道。第一首诗,诗人借送别族弟的机会,表达了自己欲隐不能的心思:犹怀明主之恩,君恩未报,故恋紫宫而踌躇,辜负了沧洲归隐之约。紫宫,天子所居,以天子乃紫微垣作比,故名。沧洲,滨水之处,常指隐士归隐之所。第二首诗,"魂随越鸟飞南天",表达了诗人对故地的思念,嘱咐族弟此去江南,别忘了折春潭绿草,寄给在长安明月楼遥相思念的诗人自己。这两首诗,作为抒情主人公,诗人向自己的族弟和知己王昌龄吐露的肯定是真实的想法。"春潭琼草""长安明月楼",诗中语言轻松幽默,鲜亮明快。此时的李白,正值御前侍驾春风得意之际,可见诗人的思乡归隐之意并不十分急迫。当然,这也从另一个侧面反映出,诗人常怀归隐之心,希望功成拂衣去的志向毋庸置疑。

关键是,这两首诗的存在有着极为独特的意义。它证明,盛唐时期,李白与王昌龄,两位诗坛巨星,曾经在长安,在那个珍贵的历史瞬间,共同闪耀在同一个历史时空,完成了一次难得的辉煌遇合。而且,两位诗人是偶遇京师,重逢他乡;他们相偕同伴,会心知己,形迹重叠,心心相印。

天宝三载的春天,盛唐时期两位著名诗人在长安的偶然聚会,这个闪烁着独特光芒的历史亮点,让我们多了几分庆幸:李白毕竟没有孤悬在长安诗坛,长安诗坛也不再寂寞到只有李白。

长安侍驾，春将归去，李白忽然从玉真公主处得了个音讯，知道仙友元丹丘正在西岳漫游。他立刻向有司一番告假，纵马跃出长安城，一路飞驰，赶往华山，与之相会。

　　李白交友向来十分重情，尤其是志同道合者，一日相知，终生为友。这个元丹丘，是李白一生相处时间最长的知己，也是李白相遇次数最多的朋友。李白学道，或是元丹丘引路，或与元丹丘结伴。李白题诗赠予，元丹丘为最。元丹丘，不单是李白的仙道之友，还是他的诗友，旅友，酒友。至迟在开元二十二年，李白三十四岁时，便拜访元丹丘于中原颍川，结为道友，并作《元丹丘歌》。结交之后，李白与元丹丘偕隐嵩山，问道修行。

元丹丘歌 [32]

　　元丹丘，爱神仙，
　　朝饮颍川之清流，暮还嵩岑之紫烟，
　　三十六峰常周旋。
　　长周旋，蹑星虹，身骑飞龙耳生风，
　　横河跨海与天通，我知尔游心无穷。

　　开元二十七年冬天，李白又陪元丹丘与元参军，结伴前往随州汉东郡，一同向道家大师胡紫阳学道修行。天宝二年，李白能够入京供奉翰林，也还有赖于元丹丘从中助力，是他向玄宗九妹玉真公主荐举了诗人。

第六章 交游

此时，元丹丘在西岳华山仙游，之后将欲东行赴中原。李白赶往华山，拜会元丹丘。而后，他们一同登上西岳云台峰，凭高瞩望，观览河岳山川，携手尽享仙游之乐。

目睹山河壮丽，天地浩荡，李白诗意澎湃，激情不能自已。他歌以抒怀，赋长诗一首，赠予元丹丘。

西岳云台歌送丹丘子[33]

西岳峥嵘何壮哉！黄河如丝天际来。
黄河万里触山动，盘涡毂转秦地雷。
荣光休气纷五彩，千年一清圣人在。
巨灵咆哮擘两山，洪波喷流射东海。
三峰却立如欲摧，翠崖丹谷高掌开。
白帝金精运元气，石作莲花云作台。
云台阁道连窈冥，中有不死丹丘生。
明星玉女备洒扫，麻姑搔背指爪轻。
我皇手把天地户，丹丘谈天与天语。
九重出入生光辉，东求蓬莱复西归。
玉浆倘惠故人饮，骑二茅龙上天飞。

李白为元丹丘送行的这首歌行体，几无送别诗的意味。全诗主要吟颂的是黄河奔腾至晋陕峡谷时的山河壮观景色。这首诗，以形象瑰丽的神话故事，烘托雄奇壮丽的山川河岳，想象丰富多彩，景色气象万千，华岳群峰对峙俯仰天地，长河万里奔腾喷涌入海，西

193

岳之形，长河之势，开阔的胸怀，激越的豪情，构成宏阔奇异的诗歌意境。恍若登临天界的飘飘升仙之感，增加了诗歌的浪漫色彩。当此时节，诗人正处于诗歌创作的巅峰时期，踌躇满志，意气风发，故书写华岳黄河，激情奔放，气势磅礴，诗歌的高昂格调恰与诗人的胸襟怀抱正相契合。

在长安，交游赠答，欢聚送别，鉴人省己，见景感物，皆成为触发李白诗歌创作灵感的契机。因与丹丘生的交游，才有西岳送别；有西岳送别，诗人李白才为我们留下了这首歌咏华岳长河的千古绝唱。李白的精神世界，因交游而丰富多彩，因交游而天宽地阔。

李白送元丹丘往东去了中原。一年之后的夏天，二人将在中岳嵩山聚会，纵酒狂歌。这是后话。这个春天，李白继续留在长安，伴驾待诏。

长安时期，李白的朋友，许多都没有留下姓名。这些没有留名的朋友，可能恰恰是李白长安时期平日间最常往来之人。诗人对身世卑微的挚友之情谊，往往更加真诚。出蜀之初，有蜀中挚友吴指南者，李白与之同游荆楚。吴指南不幸去世，李白伏尸恸哭，猛虎驱前而坚守不动。数年后，年轻的李白又掘出草草葬于洞庭湖畔的朋友遗骨，洗削包裹好，徒步负行，迁葬于鄂州城东[34]。这是何等的朋友义气！

在长安，诗人有一首送别诗，没有点明送别朋友的姓名。但正是这位没有留名的朋友，让李白充满着一种别样的情感。

那是春天的一个傍晚。长安城外，灞水浩浩汤汤，古道长亭，

第六章 交游

杨柳依依,春花凋零处,芳草萋萋。诗人置酒为朋友送行,不忍分离,已经耽搁几个时辰了。眼看着到了落日黄昏时刻,浮云映着紫色的晚霞。诗人折柳相赠,几番挽留,不得不与朋友执手告别。沉沉暮色里,突然传来凄切愁绝的骊歌,令人不忍卒听。古道连绵,远接天际,关山重重,歧路茫然。朋友的车马,沿着关中大道出发,渐行渐远。望着朋友远逝的背影,李白心中充满依依惜别之情,当此时刻,想到朋友从此孤身飘零,他也不免感到一阵无以排遣的孤独与惆怅。

灞陵行送别 [35]

送君灞陵亭,灞水流浩浩。
上有无花之古树,下有伤心之春草。
我向秦人问路歧,云是王粲南登之古道。
古道连绵走西京,紫阙落日浮云生。
正当今夕断肠处,骊歌愁绝不忍听。

灞陵,汉文帝陵寝,在长安往东南三十里的白鹿原崖头,有灞河流过,此为李白送别朋友的地点。春草者,时令在春,与朋友作别,正是诗人供奉翰林之时。西京紫阙者,知其朋友辞别的是京城长安,乃别离之地。从诗中的内容推断,辞京的朋友似乎曾经是朝中之人。诗中提及王粲避乱南登的古道,说明送别的对象将作东南之行。不忍听那令人愁绝的骊歌,拟写出了这位辞京朋友孤独落寞悲怆忧伤的心境,于是,送行的诗人竟也生出了世事浩茫之感。

这首诗的感情颇具悲凉色彩。估计送别的对象，是个仕途遭遇了较大挫折的朋友。而且诗人与这位朋友感情很深，所以才触发了诗人源自内心的深切同情。

这个朋友，虽未留名于后世，但李白这份因朋友的忧伤而忧伤的独特感情，足令后人怦然心动。李白深情的歌咏，让这个无名朋友有幸为今人所记起，所挂念，并且也让今天的人们，为李白这位无名朋友的忧伤而生出一份莫名的忧伤来。李白以自己诗歌独特的艺术魅力，让诗人的无名朋友留下了永世流传的"无名"。

春尽时节，一位隐居山中的苏姓秀才，寄诗给身在京师长安的李白。这种诗歌往来唱和，是李白与朋友交往的重要方式。李白以诗回赠。李白与苏秀才的诗歌唱和，似乎有点神交的味道。唱和诗，如果彼此情投意合，抒情主人公往往能够无所忌讳，直抒胸臆。李白的这首赠诗，相当于一封用诗歌写成的私人书信，诗人自由地向远方的朋友倾诉心中的所感所受、所思所想。苏秀才的出现，引得诗人应答，可以见出诗人交际的广泛和交流方式的独特，为我们提供了一次难得的机会，提供了另一个视角，让我们通过诗人的应答诗，能够窥见身在金门的诗人，此刻内心世界情感的细微波澜。

金门答苏秀才 [36]

君还石门日，朱火始改木。
春草如有情，山中尚含绿。
折芳愧遥忆，永路当自勖。

第六章 交游

远见故人心，平生以此足。
巨海纳百川，麟阁多才贤。
献书入金阙，酌醴奉琼筵。
屡忝白云唱，恭闻《黄竹篇》。
恩光照拙薄，云汉希腾迁。
铭鼎倘云遂，扁舟方渺然。
我留在金门，君去卧丹壑。
未果三山期，遥欣一丘乐。
玄珠寄罔象，赤水非寥廓。
愿狎东海鸥，共营西山药。
栖岩君寂灭，处世余龙蠖。
良辰不同赏，永日应闲居。
鸟吟檐间树，花落窗下书。
缘溪见绿筱，隔岫窥红蕖。
采薇行笑歌，眷我情何已。
月出石镜间，松鸣风琴里。
得心自虚妙，外物空颓靡。
身世如两忘，从君老烟水。

李白的这首应答诗总共二十一韵，算是一首较长的五言诗了。"春草如有情，山中尚含绿"，"缘溪见绿筱，隔岫窥红蕖"，表明李白作诗答赠的时令，应是在暮春将入夏的时节。"远见故人心，平生以此足"，远方朋友对自己的牵挂，让诗人感到非常欣慰。"献书入金阙,酌醴奉琼筵",李白向朋友交代自己在金马门的翰林学士生活,无非是御前侍驾献书奉筵而已。"恩光照拙薄,云汉希腾迁",吐露自己的心迹,期待承蒙皇恩,实现远大抱负。"鸟吟檐间树,花落窗下书","月出石镜间,松鸣风琴里",诗人想象朋友隐居的环境造化天然,清幽玄静。"得心自虚妙,外物空颓靡","身世如两忘,从君老烟水",诗人表达了内心的向往之志,期待与朋友一同终老于烟波浩渺的山水之间。

诗人答赠朋友苏秀才的这封诗笺私信,表达了对隐居生活的向往和期盼,与诗人身处金马门的御前待诏生涯,在现实谋划和心灵呼唤、功名考量与精神自在之间,形成了巨大的心理张力。这种隐秘的心理状态,李白似乎未尝自觉。其实,尽管身处庙堂,但李白的内心深处始终潜藏着一处自由自在的江湖,他放不下对潇洒飘逸生活的向往,掩不住寄情山水的心绪,于是,便时时与隐居山野的朋友保持着心灵的沟通,虽身在紫阙,却向往云水自在。

天宝三载,那个春天,李白在大唐京师长安城,送知己老诗人贺知章回了越中故乡,与诗友王昌龄匆匆相聚便又告别,道友元丹丘辞别去了嵩山,诗人曾经追随了多时的吴筠也只偶尔遇面,常常不知所踪。而那个叫杜甫的年轻知音,要在一年后的夏天才能在洛阳见面。其他朋友,有的去边关寻求建功立业的机会,有的从京师外放地方为官主政去了,有的去游历天下的名山大川。在长安,李白与朋友们诗酒聚散,山水交游,得便,他就鼓励朋友们建功立业,而他则以辅佐明主济苍生安社稷为己任。他依然对皇上充满期待,

第六章 交游

自信而乐观，怀着锦绣前程的春梦。他觉得，朋友虽然聚散无常，却都是自己心灵的旅伴。

说到交游，李白在长安城的朋友中，还有一位特殊的历史人物，他叫晁衡，日本人士，本名阿倍仲麻吕。

据《旧唐书》记载："日本国，开元初遣使来朝，因请儒士授经，诏四门助教赵元默就鸿胪寺教之……所得锡赍尽市文籍，泛海而还。其偏使朝臣仲满，慕中国之风，因留不去，改姓名为朝衡。"[37] 文中"仲满"者，即姓阿倍名仲麻吕的日本使臣；朝衡，即晁衡，是阿倍的汉名。仲满，阿倍，仲麻吕，朝衡，晁衡，实为一人。晁衡出身日本奈良时代的贵族家庭，十九岁被选入日本第八次遣唐使团，随船渡海，来到大唐京师长安城。晁衡仰慕大唐，从开元初留京，任职于朝廷，在大唐王朝京师长安为官从政居住生活近五十年，最后官至大唐左散骑常侍、镇南都护。

李白在长安时，晁衡时任卫尉卿。他慧眼独具，在金銮殿上送给李白一件从母国带来的扶桑裘皮斗篷。李白万分感动，二人真心交好，情谊非同寻常。在长安的日子里，李白和晁衡，从天宝二年到天宝三载，秋霜化作春雨，诗酒往来，酬唱不辍，二人在密切的交往中结下了深厚的友谊。

后来，至天宝十二载（753年）冬，晁衡思念故园，请求归国。李隆基便命令朝廷以大唐王朝使节的身份返聘晁衡，让其随第十一批遣唐使团泛舟东渡，回访日本。不久，日本遣唐使团遭遇海上风暴，传闻晁衡海上遇难。李白得知消息后悲痛不已，挥泪写下《哭晁卿衡》一诗。

哭晁卿衡[38]

日本晁卿辞帝都,征帆一片绕蓬壶。
明月不归沉碧海,白云愁色满苍梧。

诗中,李白把晁衡比作明月,明月沉碧海,何其悲伤,东海的水天之间,满是带着愁色的白云。

庆幸的是,晁衡的渡船遇到风暴触礁失事后漂流到了越南。随后,晁衡又遭遇土著劫杀之祸,但侥幸脱险。历尽艰辛,两年之后,晁衡才又回到长安。

晁衡回到长安,看到李白哭他的诗后百感交集。晁衡吟成著名诗篇《望乡》[39]:"卅年长安住,归不到蓬壶。一片望乡情,尽付水天处。魂兮归来了,感君痛苦吾。我更为君哭,不得长安住。"

晁衡亦哭李白,哭其"不得长安住"。

其时,已是天宝十四载(755年)。

其时,李白离开长安,已经十年。

时间回到天宝三载,回到李白和晁衡同在长安的那一年。

李白依然待诏奉旨,御前侍驾。

那时,夏将至而春意未尽,诗人是乐观的,诗人坚信,"功成拂衣去",这个统合现实与理想的完美结局,也许能够承恩如愿。

这位翰林供奉,一边与朋友诗酒唱和,尽兴交游,一边心中仍

第六章 交游

以"金门"之事为系,胸有奇志,不曾感到时光悄然流逝。

杨柳飘絮,和风送暖。

近夏,兴庆宫沉香亭畔的牡丹香气四溢。

李龟年找到在汝阳王府与朋友赏荷饮酒聚会的李白,传达了皇帝的御令。

李白与朋友们匆匆揖别,带着几分醉意,直奔兴庆宫去了。

【注释】

[1](清)王琦注:《李太白全集》上册,中华书局1977年9月第1版,第485页。

[2]见(清)王琦注:《李太白全集》下册,中华书局1977年9月第1版,第1486~1487页。

[3](清)王琦注:《李太白全集》下册,中华书局1977年9月第1版,第1294页。

[4](清)王琦注:《李太白全集》下册,中华书局1977年9月第1版,第1220页。

[5](清)王琦注:《李太白全集》下册,中华书局1977年9月第1版,第1217页。

[6](清)王琦注:《李太白全集》下册,中华书局1977年9月第1版,第1239页。

[7](清)王琦注:《李太白全集》中册,中华书局1977年9月第1版,第797页。

[8](清)王琦注:《李太白全集》中册,中华书局1977年9月第1版,

第 802 页。

[9]（清）王琦注：《李太白全集》中册，中华书局 1977 年 9 月第 1 版，第 1085 页。

[10]（清）王琦注：《李太白全集》下册，中华书局 1977 年 9 月第 1 版，第 1446 页。

[11]（清）王琦注：《李太白全集》下册，中华书局 1977 年 9 月第 1 版，第 1465 页。

[12]（宋）欧阳修、宋祁撰：《新唐书》，中华书局 1975 年 2 月第 1 版，第 5763 页。

[13]（后晋）刘昫等撰：《旧唐书》，中华书局 1975 年 5 月第 1 版，第 3117 页。

[14]（清）王琦注：《李太白全集》下册，中华书局 1977 年 9 月第 1 版，第 1487 页。

[15]（清）王琦注：《李太白全集》下册，中华书局 1977 年 9 月第 1 版，第 1483 页。

[16]（清）王琦注：《李太白全集》中册，中华书局 1977 年 9 月第 1 版，第 652 页。

[17] 李白《代寿山答孟少府移文书》："吾与尔，达则兼济天下，穷则独善一身。"（清）王琦注：《李太白全集》下册，中华书局 1977 年 9 月第 1 版，第 1225 页。

[18]（清）王琦注：《李太白全集》上册，中华书局 1977 年 9 月第 1 版，第 502 页。

[19]（清）王琦注：《李太白全集》中册，中华书局 1977 年 9 月第 1 版，

第 829 页。

[20]（清）王琦注：《李太白全集》中册，中华书局 1977 年 9 月第 1 版，第 408 页。

[21]（清）王琦注：《李太白全集》中册，中华书局 1977 年 9 月第 1 版，第 814 页。

[22]（清）王琦注：《李太白全集》中册，中华书局 1977 年 9 月第 1 版，第 816 页。

[23]（清）王琦注：《李太白全集》中册，中华书局 1977 年 9 月第 1 版，第 806 页。

[24]（清）王琦注：《李太白全集》中册，中华书局 1977 年 9 月第 1 版，第 800 页。

[25]（清）王琦注：《李太白全集》中册，中华书局 1977 年 9 月第 1 版，第 824 页。

[26]（清）王琦注：《李太白全集》中册，中华书局 1977 年 9 月第 1 版，第 799 页。

[27]（清）王琦注：《李太白全集》中册，中华书局 1977 年 9 月第 1 版，第 812 页。

[28]王昌龄《出塞》。中国社会科学院文学研究所编：《唐诗选》上册，人民文学出版社 1978 年 4 月第 1 版，第 91 页。

[29]李云逸注：《王昌龄诗集》，中华书局 2020 年 4 月第 1 版，第 188 页。

[30]（清）王琦注：《李太白全集》中册，中华书局 1977 年 9 月第 1 版，第 661 页。

[31]（清）王琦注：《李太白全集》中册，中华书局 1977 年 9 月第 1 版，

第 809 页。

[32]（清）王琦注：《李太白全集》上册，中华书局 1977 年 9 月第 1 版，第 384 页。

[33]（清）王琦注：《李太白全集》上册，中华书局 1977 年 9 月第 1 版，第 381 页。

[34] 李白《上安州裴长史书》自述其事。见（清）王琦注：《李太白全集》下册，中华书局 1977 年 9 月第 1 版，第 1245 页。

[35]（清）王琦注：《李太白全集》中册，中华书局 1977 年 9 月第 1 版，第 796 页。此诗，有人疑为送王昌龄，惜无据可稽。

[36]（清）王琦注：《李太白全集》中册，中华书局 1977 年 9 月第 1 版，第 882 页。

[37]（后晋）刘昫等撰：《旧唐书》，中华书局 1975 年 5 月第 1 版，第 5341 页。

[38]（清）王琦注：《李太白全集》下册，中华书局 1977 年 9 月第 1 版，第 1198 页。

[39] 晁衡《望乡》。见王重民、孙望、童养年辑录：《全唐诗外编》下册，中华书局 1982 年 7 月第 1 版，第 708 页。

第七章 酒歌

莫使金樽空对月

长安三月，乳燕啼巢，清风徐来，碧柳摆枝，新桐展叶。

正当春夜，朗月初照，天宇澄澈，诗人李白侍驾归来，带着宫中歌舞宴乐的兴奋，酒趣未尽，诗兴再起。

于是，他置案于寓所的天井之中梧桐树下，玉壶美酒，对月独酌。

花摇影移，酒微醺，诗已成。

骊山脚下，渭水之滨，有座新丰故城，东临鸿门，西望长安。当年汉高祖刘邦为解老父思念故乡丰邑的乡愁，仿丰邑建成此城，故名新丰。自汉朝以来，新丰就以酿造美酒享誉天下。至唐朝，好酒之风愈盛，新丰美酒便与兰陵美酒、金陵春酒齐名于天下。在长安，新丰美酒更被王府贵邸奉为宴享筵饮的珍品琼浆。

　　长安城中，有常乐坊，毗邻东市，聚集着大大小小众多的酒坊。这里，窖藏陈麹，泉流新醴，缸收坛纳，清浊两宜，酒瓢一荡，醇香四溢，车载斗量，汗牛醉马，为城中遍布的胡店酒肆，为来往的商贾旅客，为聚酒好饮的文人墨客，提供着不竭的美酒佳酿。

　　大唐天宝二年的秋天，在长安，新丰美酒幸遇了一位高贵的知音，常乐酒坊也接引到一位极品的饮者。

　　他，仙姿飘然，以诗歌闻名朝野，尤其喜好美酒。从秋冬到春夏，他品着美酒，激情飞扬，诗酒相偕，纵情放歌。他酒助诗兴，他以酒会友，他饮酒作乐，他借酒浇愁。当朝皇上赐给他佳酿，王侯公卿邀请他宴饮，宗亲好友相逢必醉，山野隐士为他陪酒。他待诏伴驾，诗韵俊逸，享有诗仙的盛名；他豪饮雅酌，醉卧长安，又赢得了酒仙的美誉。

第七章 酒歌

杜甫在其名诗《饮中八仙歌》[1]中,生动形象地为李白饮酒作了画像:"李白一斗诗百篇,长安市上酒家眠,天子呼来不上船,自称臣是酒中仙。"在长安,李白酒助诗兴,诗酒成趣;李白好饮,往往逢酒必醉;李白醉卧,时或怠慢了皇上的召唤。

诗仙亦酒仙,西京长安,李白飘然而来。

长安三月,乳燕啼巢,清风徐来,碧柳摆枝,新桐展叶。正当春夜,朗月初照,天宇澄澈,诗人李白侍驾归来,带着宫中歌舞宴乐的兴奋,酒趣未尽,诗兴再起。于是,他置案于寓所的天井之中梧桐树下,玉壶美酒,对月独酌。花摇影移,酒微醺,诗已成。

月下独酌四首[2]

其一

花间一壶酒,独酌无相亲。
举杯邀明月,对影成三人。
月既不解饮,影徒随我身。
暂伴月将影,行乐须及春。
我歌月徘徊,我舞影零乱。
醒时同交欢,醉后各分散。
永结无情游,相期邈云汉。

其二

天若不爱酒,酒星不在天。

地若不爱酒，地应无酒泉。
天地既爱酒，爱酒不愧天。
已闻清比圣，复道浊如贤。
贤圣既已饮，何必求神仙？
三杯通大道，一斗合自然。
但得酒中趣，勿为醒者传。

其三

三月咸阳城，千花昼如锦。
谁能春独愁？对此径须饮。
穷通与修短，造化夙所禀。
一樽齐死生，万事固难审。
醉后失天地，兀然就孤枕。
不知有吾身，此乐最为甚。

其四

穷愁千万端，美酒三百杯。
愁多酒虽少，酒倾愁不来。
所以知酒圣，酒酣心自开。
辞粟卧首阳，屡空饥颜回。
当代不乐饮，虚名安用哉？
蟹螯即金液，糟丘是蓬莱。
且须饮美酒，乘月醉高台。

第七章 酒歌

天宝三载春天，一组堪称千古绝唱的"酒歌"，浸润着大唐长安的酒文化，渗透着新丰美酒的馨香，挟着热血书生把酒明志的豪气，在长安，在清夜，在月下，在诗人李白激情奔放的吟诵中，流光溢彩，骇俗惊艳，穿云破雾一般，横空出世！

李白的这四首酒诗，思路贯通，格调一致，立意明确，各有倚重，却都意象瑰丽，意境奇美，妙趣横生，自然纯粹，畅发人生好饮的情怀，尽写杯盏之恋的乐趣，充分体现了李白的酒仙精神。

诗其一，以酒寻乐：诗人举杯邀月对饮，怨月不解酒趣，且歌且舞，似醉似醒，月在天上徘徊，人在月下独酌，醒时人月交欢为伴，醉后各自独眠。

诗其二，酒中得乐：酒为自然所赐，天地所爱，清为圣，浊亦贤，饮酒即圣贤，何必求仙道，三杯一斗皆无妨，但得酒中真趣。

诗其三，乐在忘忧：春愁难遣，唯酒可解，穷通修短皆造化，人间万事本难理，一樽无虑生与死，醉后孤枕无天地；物我两忘，乃酒中至乐。

诗其四，且饮为乐：人世穷愁万端，幸有美酒千杯，愁多酒少，酒来愁去，与其自寻饥愁，不若酒酣心悦，佳肴伴琼浆玉液，酒中有蓬莱仙境，乘月色，饮美酒，且卧高台，先做酒仙。

《月下独酌四首》是诗人吟唱给自己的劝酒歌，也是诗人自斟自饮自我倾听的祝酒歌。美酒助诗兴，诗心发酒趣，诗酒无间，志趣超凡，高歌畅吟，痛快淋漓，参透了古今独饮之乐，悟出了人世酒中滋味。也许，唯有诗仙兼酒仙，方能达到这般至高至纯的境界。

诗人用自我吟唱的方式，要为自己描绘一幅月下独酌图，要向朗月春华呈现自己旷达高迈自由孤傲的情怀，要向凡尘世间传达饮酒独乐者内心深处奇特微妙的情感体验。

此时此刻，阳春三月，风光无限。李白供奉翰林，侍驾候旨，身着皇上赏赐的锦袍，脚蹬踏云履波的朝靴，骑着天龙马，出入银台门，意气昂扬，最是春风得意时。可知，这千古绝唱的酒歌所寄之愁，并不关身世沉浮、仕途荣辱；或许，愁则春愁闲愁，或许，愁亦生死大愁！

天宝三载的那个春天，李白在长安供奉翰林，凭着侍驾御前的宠幸，仗着翰林学士的威风，公卿贵戚争相结交，新朋旧友更是愿意聚会往来。李白与人交游的媒介，除了诗，便是长安的美酒佳酿。

宫廷侍驾，陪筵行乐，为皇上赋诗作词，这是李白的公务。西京长安城，春意正浓时，李白的业余生活也是丰富多彩的。其中，少不了的就是筵宴做客，饮酒为乐。诗人李白，出入王公府邸，滞留豪门贵宅，登临歌楼酒肆，驻足客舍长亭，酒作媒介花相伴，人在乐中不知醉。或许，大多时刻，好饮的诗人，品着美酒，醉态可掬，在热闹与喧嚣中，在杯光盏影中，也会享受恭维，接受献媚，安心于讨好，得意于艳羡，甚至免不了陶醉在金门悬籍的兴奋与自豪之中，常常高傲地忘记了自己那布衣学士的身份。

在这年秋天，当忆及春天时节那些风光的日子，诗人在所作的《玉壶吟》[3]一诗中如是描述道：" 凤凰初下紫泥诏，谒帝称觞登御筵。揄扬九重万乘主，谑浪赤墀青琐贤。朝天数换飞龙马，敕赐珊瑚白

第七章 酒歌

玉鞭。世人不识东方朔，大隐金门是谪仙。"被皇上下诏拜为翰林学士之初，登临皇上的御筵，举着珍奇的酒杯；歌颂金殿龙座上万乘明主的恩遇，戏弄着丹墀下的达官显贵；入宫觐见数次换乘天龙厩的宝马，皇上赐予珍贵的珊瑚白玉鞭；世人不知是何处狂生入宫侍驾，自称是大隐金门的神仙下凡。且看诗人，于秋来遭妒遇谗之际，依然忘不了春日宫中的称觞畅饮酌酒取乐，甚至还不免流露出恩宠有加的炫耀意味。可以想见，春天里真正得意的欢宴时刻，他更是何等的酒气冲天醉不知谁了。

那一天，李白侍驾归来，已经是晚霞落日的时节。汝阳王李琎邀约诗人赴王府聚会。这汝阳王是睿宗皇帝嫡长孙，玄宗亲侄。其人雅好音乐，资质明莹，容光焕发，深得当朝皇上喜爱；又惜花好酒，人戏称为花奴和酿王，擅长击打羯鼓。听说王府有西京三绝：昆仑奴侍候左右，新罗婢斟酒添趣，菩萨蛮舞姿妖娆，并且汝阳王要亲自以羯鼓助兴。李白顾不得歇息，更衣去冠，骏马雄风，便又匆匆赴宴应酬去了。

李白用诗歌记录了那天列座饮酒时的盛况。

效古二首·其一 [4]

朝入天苑中，谒帝蓬莱宫。
青山映辇道，碧树摇烟空。
谬题金闺籍，得与银台通。
待诏奉明主，抽毫颂清风。
归时落日晚，蹀躞浮云骢。

人马本无意，飞驰自豪雄。
入门紫鸳鸯，金井双梧桐。
清歌弦古曲，美酒沽新丰。
快意且为乐，列筵坐群公。
光景不可留，生世如转蓬。
早达胜晚遇，羞比垂钓翁。

　　诗中，抒情主人公李白，早晨骑着骏马入宫，天苑侍驾候旨，辇道青山远影，晴空碧树招摇，悬籍金门之上，与银台门内学士院的同僚唱和交欢，奉旨挥毫赋诗，赞颂天下升平。待到落日归来，歌舞宴饮，杯盏交欢，那便是聚朋会友美酒畅饮的时光了。筵宴的环境清幽雅致，华丽的天井里，枝疏叶肥的两棵梧桐树并立着，一池碧水，鸳鸯嬉戏。当然，酒是好酒，新丰美酒。列座的酒友，也都身份尊贵，儒雅风流。排场是要讲究的，有清歌古曲、丝竹助着酒兴，那红袖翩翩，更是少不了的节目。那就快快乐乐地喝起来吧，人生在世，恰如飘蓬流转无定，长绳难系日，光阴不可留，欢娱须趁早，开怀正当时，有酒能饮即饮，有酒欲醉且醉。诗人玉山即倒未必心醉，他一边畅饮着新丰美酒，一边思接千载度量人生：跟随明主早日实现兼济天下的宏图大志，远胜于晚年遇见明主辅佐其安邦治世，羞于与那垂钓渭水之滨年迈八十方才见用的老翁姜子牙相比附，更哪堪垂垂老矣，暮年空自嗟叹！

　　击节邀杯的诗人，此刻心志高远，醉酒之中依然感悟着世间的时运机遇：时不我待，机不可失，执宰天下，须趁盛年。饮中欲仙

第七章 酒歌

的李白，也许心下暗自想着：辅佐明主兴邦济世的国宰相位，眨眼之间便唾手可得了。

往往，快意春风的时节，真的是酒不醉人人自醉啊。

觥筹交错之中，王公贵戚之间，李白醉眼蒙眬。

天宝三载的春天，注定是李白一生中最快乐的时光，在那个难得的人生瞬间，诗人纵酒放歌，无限欢爽。长安的美酒佳酿，任诗人畅饮；长安的胡姬美女，为诗人歌舞；长安的诗歌时尚，让诗人尽兴；长安的开放包容，给诗人自由。

诗人自己开怀畅饮，更是以酒赋诗，以诗劝酒，劝朋友们酒中觅趣，酒中寻乐，酒中得意，酒中忘忧。

前有樽酒行二首[5]

其一

春风东来忽相过，金樽渌酒生微波。
落花纷纷稍觉多，美人欲醉朱颜酡。
青轩桃李能几何，流光欺人忽蹉跎。
君起舞，日西夕。
当年意气不肯倾，白发如丝叹何益。

其二

琴奏龙门之绿桐，玉壶美酒清若空。
催弦拂柱与君饮，看朱成碧颜始红。

胡姬貌如花，当垆笑春风。

笑春风，舞罗衣，君今不醉将安归？

这两首诗拟乐府古题，古题是以酒祝寿，李白变之为劝酒行乐。李白古题赋新意，简直就是一首经典的劝酒词。前一首诗，借景喻理以劝酒：春风匆匆，落花纷纷，杯酒生波，美人醉颜，桃李几何，夕阳西坠，时光常蹉跎，请君且起舞，青丝成霜时，空叹已无计！后一首诗，则是触景生情以劝酒：龙门琴曲，玉壶美酒，弦催对饮，目迷朱碧，胡姬貌美如花，笑面如沐春风。喜遇春风，且舞罗衣，君今不醉，将归何处！

李白不但是饮酒的豪客，也是劝酒的高手，而且是以诗劝酒：春光易逝，芳华不再，美酒盈杯，美人起舞，春风拂面，弦歌助兴，即时为乐，不醉何归！

历代诗人好饮者，把酒赋诗，多有寄托，或凭酒为誓以壮志，或借酒浇愁以忘忧，或醉酒佯狂以避祸。曹孟德"何以解忧，唯有杜康"，醉酒以忘忧，忧在天下一统之艰难。陶渊明"采菊东篱下，悠然见南山"，饮酒以自适，安于隐居以避宦海之烦扰。嵇康"酒中念幽人，守故弥终始"，醉中思友，念其身处危境也。有唐一代，国家强盛，疆域辽阔，盛世王朝气度恢宏，充满生机活力，外邦景仰，四方来朝，民族融合，朝野上下形成了一种开放包容的社会风尚，为文化的多元繁荣奠定了良好的发展基础，也为李白这样特立独行的诗人提供了宽松的创作氛围。李白名扬天下，春风初度，此时此刻没有太重的精神压抑，没有太多的官场烦恼，天马行空，无拘无束，

第七章 酒歌

情不为尘缘所系，心不为俗事所累。所以，李白这首劝酒诗，纯为劝酒，劝人也自劝，早寻酒中趣，尽享醉中乐，充满乐观与浪漫情怀。只有酒仙李白，才有如此的旷达奔放，才有如此的自由洒脱，才有如此的无所羁绊。

李白的这首诗，劝酒不过是皮相而已，骨子里透着与众不同，追求自由才是这首诗真正的精神内核。李白诗歌中这种积极的人生态度和追求自由的精神，是对汉魏以降知识分子精神压抑萎靡颓废的一种超越，是对传统儒家士阶层保守固化思想疆域的一次突围，诗歌意境深处蕴积的张力潜藏着唐宋文化巨变的先兆。也许，这才是李白作为酒仙的文化价值所在，是李白酒仙精神的真正伟大之处。

天宝三载的那个春天，阳光明媚，正是踏花赏春时。李白骑着御赐飞龙马，挥着珊瑚白玉鞭，优哉游哉，到邻近东市的常乐坊酒肆里品酒，寻找酌酒之趣，享受醉酒之乐。

白鼻䯄[6]

银鞍白鼻䯄，绿地障泥锦。

细雨春风花落时，挥鞭直就胡姬饮。

白鼻黑唇黄鬃，矫健的骏骑配着闪亮的银饰雕鞍，披着绿底五色彩锦的障泥，在细雨春风落花中奋蹄腾飞。细雨春风，落花时节，踏春赏景，翩然归来，马蹄溅起的花泥，香气四溢。是谁，骑着白鼻䯄，挥着玉鞭，直奔酒肆，勒缰驻马？这里，能歌善舞的胡姬，正热情地等待着尊贵的客人。有新酿的美酒清香四溢，有貌美如花的姑娘献歌献舞，还亲切地奉酒助兴。良辰美景，赏心乐事，何不纵酒放歌，何不一醉方休！

这首诗中，骑着骏马到胡肆寻酒的，究竟是谁？有人说，李白在诗中塑造的是一位游侠少年的豪放形象。其实，宝马锦障，玉鞭胡肆，英气豪爽，风流飘逸，踏春观花，寻酒行乐，雅趣诗心，酒胆侠行——这分明就是诗人自己的生动写照！

与李白同时代的诗人王维，也有相类似的诗《少年行》[7]，其中之一首："新丰美酒斗十千，咸阳游侠多少年。相逢意气为君饮，系马高楼垂柳边。"王维诗是客观视角，诗中刻画的人物形象，的确是一位游侠少年。而李白的《白鼻䯄》，却是一种带有主观色彩的情境再现，具有明显的愉悦欢快的情感表达。有意思的是，若将王维诗中的咸阳少年游侠置换成诗仙兼酒仙的李白，其时其地，其情其境，与《白鼻䯄》的情感表达加以互补，主客合一，那便是一幅情景交融完美无比的《骏马诗仙寻饮图》了。

长安美酒，酒香迷人。

长安酒仙，醉态仙魄。

银台紫阙的日子里，御前侍驾，是荣耀的，是风光的，但并非自在洒脱，更无理想中的自由；宫廷宴乐，杯光盏影，必有无聊乏味的时候。贵门宴乐，胡肆豪饮，欢场应酬，是快乐的，是轻松的，但缺乏真诚。佳酿与美人，终是留不住的春梦。

执着于豪饮的快意潇洒，执着于独酌的自我陶醉，执着于举杯

第七章 酒歌

的飘飘欲仙，执着于微醺的自由自在，方为酒仙。酒仙李白，果然不凡。醉卧长安，终究，酒作了他的安魂剂，酒成了他的醒神汤。清醇的长安美酒，非但没有灌醉李白的济世之志，反倒浇醒了他的山水之思，勾起了他的云游之念。

李白身在繁华热闹的长安，心底依然藏着对山水田园的依恋。

其实，他十分想念的，倒是那一杯山野浊酒。

于是，在明艳的春好时节，乘着和煦的清风，抽个空，带着仆童，李白便登临终南山，寻访他曾经短暂隐居过几日的松龙坡，让身心远离喧闹的京师，回归云林，在青山绿水之间，伴着溪流，就着山月，去品尝那带着乡野泥土味的浊酒。诗人这是要找回那一份久违的安宁与闲适，默默地，细细地，慢慢地，静静地，体味山间独酌的野趣。

春归终南山松龙旧隐[8]

我来南山阳，事事不异昔。
却寻溪中水，还望岩下石。
蔷薇缘东窗，女萝绕北壁。
别来能几日，草木长数尺。
且复命酒樽，独酌陶永夕。

冬去春来，时序瞬转，草木葳蕤，溪水漱石，东窗蔷薇，北壁女萝，山色不易，景物依旧。昔有悲秋苦雨之慨，今无伤春寂寥之怨。归来故地重游，却是今非昔比，莫要辜负了这大好的春光。山石当玉案，蓝天作伞盖，清歌听鸟鸣，柳丝舞山风。有仆童捧壶，无美人劝酒。

置泥樽，备浊酒，且静心，还独酌。

山阳故地，拾闲重游，山水之间，浊酒清神。山水与浊酒，李白皆得尽兴。

待到傍晚时分，山岚松涛中，暮色渐重，诗人借微明的月光，依着山间石道徘徊下山。知心识趣的山月，相随相伴，不离不弃。回看下山的路径，唯余青翠的险峰，映着晚霞，横亘在苍茫的暮云之上。携着山月同行，下山归途中，李白顺路去拜访一位复姓斛斯的山人老友。来到山野人家，主人非要热情留宿，家里的孩子们打开了荆门，引着诗人穿过绿竹幽径，青萝拂着衣襟，诚朴令人感动。山人老友用家酿的新酒设席，诚心款待。李白便与这安居乡间的老友，各吐心曲，共品村醴。夜阑人寂，明月为伴，快快乐乐地谈天说地，悠闲自在，无拘无束，恍如身处尘世之外，便觉得心如止水。

下终南山过斛斯山人宿置酒[9]

暮从碧山下，山月随人归。
却顾所来径，苍苍横翠微。
相携及田家，童稚开荆扉。
绿竹入幽径，青萝拂行衣。
欢言得所憩，美酒聊共挥。
长歌吟松风，曲尽河星稀。
我醉君复乐，陶然共忘机。

诗人偕山友，邀明月，姑且举杯，乐以忘忧。有松风伴奏，诗

第七章 酒歌

人与山友高歌长啸，彻夜放怀，纵酒欢娱，怕是酒酣之间一番梦中化蝶，或者知鱼之乐去了。梦断酒醒时，已是晨曦初现，银汉星稀。且看那山月尚在，山月似乎和诗人早已结为挚友，下山时山月相伴，饮酒时山月奉陪，诗人醉了，山月朦胧，诗人入梦，山月静候。诗人邀山月共饮，便忘却了世间烦忧；山月伴诗人同醉，不忌惮还会有圆有缺有升有落。

浊酒三杯入梦里，山月一轮慰寂寥。

这会儿，酒仙醉卧终南山去了。

比至天宝三载春尽时节，西京长安，龙池荷花含苞吐蕊，牡丹花娇艳绽放，馨香袭人。

一日，李白与诸位本家兄弟在一位将军族叔的府邸相聚饮宴，为准备启程赴江南的朋友傅八饯行。将军府，深门阔院，便是欢聚宴乐的极佳场所。借着饯行，诗人与叔伯兄弟欢聚一堂，歌舞美酒，通宵达旦。其间，或谈玄论道，或叙说家事，有拉扯亲戚者，有赋诗作文者，迎新叙旧，作别辞行，场面好不热闹。酒酣情浓时，兄弟朋友留恋不舍，于是，"清酌连晓，玄谈入微"，"会言高乐，晓饯金门"，宴饮又从傍晚延续至拂晓，再拖到了次日午后。即至"征帆空悬，落日相逼"，时间之晚已到了朋友不得不出发的时刻，大家方才罢酒尽兴，席终人散。

早夏于将军叔宅与诸昆季送傅八之江南序 [10]

《易》曰："观乎人文，以化成天下。"穷此道者，其惟傅侯耶？侯篇章惊新，海内称善，五言之作，妙绝当时。陶公愧田园之能，谢客惭山水之美。佳句籍籍，人为美谈。

前许州司马宋公，蕴冰清之姿，重傅侯玉润之德，妻以其子。凤凰于飞，潘、杨之好，斯为睦矣。

仆不佞也，忝于芳尘，宴同一筵，心契千古。清酌连晓，玄谈入微。欢携无何，旋告暌拆。将军叔，雄略盖古，英明洞神。天王贵宗，诞育贤子。八龙增秀以列次，五色相辉而有文。会言高乐，晓饯金门。洗德弦觞怡颜。

朱明草木已盛。且江嶂若画，赏盈前途，自然屏间坐游，镜里行到，霞月千里，足供文章之用哉！征帆空悬，落日相逼。二季挥翰，诗其赠焉。

李白的序文真实地记录了诗人在长安这次聚酒饮宴的具体情境。这样的世俗应酬虽也有诗有酒，却是庸常交际，作为诗人的李白，大约是想躲也躲不过去。

唐乃李氏天下，京师长安自然是皇族集居之地。李白在长安，遇李姓皇亲，多认为同宗。与同宗兄弟欢聚饮酒，便没有了罅隙，没有了客套，饮到痛快处，甚至以诗赌酒，尽情欢娱。

春日，桃花盛开，李白倾慕古人秉烛夜游，便借着明月，在花园中，宴请从弟。得遇良辰美景，兄弟们一边畅饮美酒，一边阔论人事。感叹人生苦短，欢叙天伦乐事，以人才俊秀而自豪，沉浸于坐花醉月之中。兴致正浓，便提议吟诗以抒怀，诗不成则罚酒。

第七章 酒歌

诗人以隽秀明快的文字,记述了宴请从弟的那个春夜。

春夜宴从弟桃花园序[11]

夫天地者,万物之逆旅也;光阴者,百代之过客也。而浮生若梦,为欢几何?古人秉烛夜游,良有以也。况阳春召我以烟景,大块假我以文章。会桃花之芳园,序天伦之乐事。群季俊秀,皆为惠连;吾人咏歌,独惭康乐。幽赏未已,高谈转清。开琼筵以坐花,飞羽觞而醉月。不有佳咏,何伸雅怀。如诗不成,罚依金谷酒数。

酒之于李白,常常是交际应酬的凭借,是聚亲会友的机缘,是表情达意的手段。这样的时刻,怕是酒仙的仙气少了许多,酒徒的豪气涨了不少。酒能提神助兴,亦可活跃气氛。如此饮酒,在长安,则是诗人参与宫廷之外社会生活的独特方式,也是诗人立足长安上流社会的必需选择。

酒仙未尝非酒徒。

长安春夜,清风拂翠柳,明月照丹阙。李白沽得一坛新丰美酒,邀约一众朋友,当庭置案,复请梨园班头李龟年助兴,放歌纵酒。酒至微醺,有故友曰贾淳者,手指悬在空中的朗月,请李白拟问之,以增添酒趣。李白应故人之请,把酒望月,作对谈状,问月以成篇。

把酒问月 [12]

青天有月来几时？我今停杯一问之。
人攀明月不可得，月行却与人相随。
皎如飞镜临丹阙，绿烟灭尽清辉发。
但见宵从海上来，宁知晓向云间没。
白兔捣药秋复春，嫦娥孤栖与谁邻？
今人不见古时月，今月曾经照古人。
古人今人若流水，共看明月皆如此。
唯愿当歌对酒时，月光长照金樽里。

这首诗，李白以问月助酒兴，借醉心发月问，兴从酒意起，问自诗心发，诗心、酒兴、月问融为一境，人世、自然、仙界浑然无间，过往、此刻、将来纵横贯通，是虚幻的真实，是缥缈的存在，是无形的触摸，是遥远的眼前，呈现出奇幻、飘逸、瑰丽、幽深的意境。

全诗以把酒问月开篇，到举樽邀月作结，中间数问，翻层出新，因诗心而问，潜哲思于问，诗中酒意飘荡，明月楚楚动人。"青天有月来几时？"此一问，是对悄然而至的眼前明月的问候，是对明月光临人间的惊叹，拟月为人，立时形成了人与月交流的情境，人醉月醒两相宜；此一问，又是对悠悠万世明月常驻的探询，诗人的深思飞扬在无限时空，充盈着对大自然神秘奇迹的心驰神往。"人攀明月不可得，月行却与人相随。"人与月的关系竟是如此妙不可言，近在眼前又远在云端，可望而不可即，却是相伴相随不弃不离，有情还似无情，无情却又有情。"但见宵从海上来，宁知晓向云间

第七章 酒歌

没。"这两句表面上是在解答月自何处来月往何处去的问题，但是，"从海上来""向云间没"，虚幻缥缈无实处，不过是人的感觉描述，恰恰强调了明月来无踪去无影的特征，强化了月自何处来月往何处去的疑问，将刚刚拉近了的明月又推向了渺远。"白兔捣药秋复春，嫦娥孤栖与谁邻？"借嫦娥奔月的神话传说，问以与谁为邻，其略带挑逗又很是怜惜同情的口吻，突出仙界永恒的孤苦寂寞，衬托人间诗酒相谐的团聚和友情。"今人不见古时月，今月曾经照古人。"对句互文：今人不见古时月，古人所见即今月？今月曾经照古人，照今人者古时月？古今明月同一轮，却是换了人间，这便有了无边的浩叹："古人今人若流水，共看明月皆如此。"既然人生如白驹过隙，而明月亘古高悬，不若举杯邀明月，追慕魏武帝的情怀。"唯愿当歌对酒时，月光长照金樽里。"让月影落入金樽吧，这是何等美好奇妙的诗酒意境！

　　长安美酒，或许滋润了诗人的心智哲思；人生跌宕，必定推高诗人的精神境界。这里，酒仙李白，效屈原天问，携道家灵气，把酒问月，问出了一首富有哲理意味的明月赞歌，问出了一首独具神奇特色的即兴酒歌。明月之相，尽显天上人间之玄妙。

　　碧云蓝天下，晴日照耀的太白峰巅，积雪闪着银光，更显其巍峨。征鸿北归，雁阵次第，绵延八百里的秦川愈见出开阔。

　　即将入夏，雄伟的长安城，晨沐渭水烟岚，暮映骊山夕照。

　　长安城外，灞河流水潺潺，岸边杨柳成荫。

　　李白在灞河岸边，借胡肆置酒，为朋友饯行。诗人的朋友裴图南，将要辞别长安，东归嵩山隐居。诗人对知心的朋友，往往用情极深。当与这样的朋友分别时，唯有酒，才能暂时消解深深的离愁别绪，才能传达对知心朋友的依依不舍。这个裴图南就是李白知心的朋友。在长安，与朋友裴图南，这便是最后的相聚了。人生无常，他日能否重逢，无人知晓。他置酒饯别，饮酒赋诗，以酒致意，以诗寄情。饮酒赠诗，在诗人，或许这就是对朋友最隆重的送别仪式了。

送裴十八图南归嵩山二首[13]

其一

何处可为别？长安青绮门。
胡姬招素手，延客醉金樽。
临当上马时，我独与君言。
风吹芳兰折，日没鸟雀喧。
举手指飞鸿，此情难具论。
同归无早晚，颍水有清源。

其二

君思颍水绿，忽复归嵩岑。
归时莫洗耳，为我洗其心。
洗心得真情，洗耳徒买名。
谢公终一起，相与济苍生。

朋友东归嵩山，东出长安城。长安城东有青绮门，偏南，近灞河，

第七章 酒歌

原称灞城门，据说因有青雀飞临，便改名青雀门，后于城门刻木成绮纹，故又称青绮门。出了青绮门，便是灞水柳岸了。唐人长安送别，十里长亭，多折灞河柳枝赠予即将远行之人，因"柳"谐音"留"字，以此表达惜别挽留之意。远行的朋友出了长安城，关山重重，大家便是各自在世间奔波，从此只能遥遥相望了。想必，李白中意青绮门，认为这里是长安最富有诗意的送别之处了。幽静处，李白寻到一处胡肆酒家，还有侍酒的姑娘素手笑面，招揽延客。杨柳岸边，驿路酒家，新酿开壶，歌舞劝醉，这里，便是以酒叙别的绝佳场所了。李白与裴图南，举杯对望，欲语还罢，相顾一笑，便开怀痛饮。唯有尽兴一醉，方可暂时忘了别意，解了离愁。

李白《送裴十八图南归嵩山二首》，如果把诗中的"风吹芳兰折""日没鸟雀喧""举手指飞鸿"几句，作表面意思解读，似乎诗人是在寓情于景：晚风吹折了孤零零的香草；黄昏时节，鸟雀作一日中最后的鸣啼，庆贺归巢的欢聚；落日晚霞中，恰有鸿雁孤飞，诗人举首望着西京长安上空的飞鸿，想着朋友就要离别而去，依依惜别之情难以排遣。如此理解，富有诗意，也未尝不可。其实，李白诗中"风吹芳兰折""日没鸟雀喧""举手指飞鸿"皆是用典，别有深意。"风吹芳兰折"，比喻有德才的人被狭邪的势力压制，不得施展才能；"日没鸟雀喧"，喻皇帝受蒙蔽而谗言竞起，一时喧嚣；"举手指飞鸿"，其意是飞鸿原本就不是笼中之鸟，其志更在自由自在地飞翔。这里不妨作虚实遇合来理解，即离别时的情境恰合了典故中的意象，既是情景交融，又于情景交融中植入了深层意韵。而诗中"此情难具论"，欲言又止，究竟是指朋友的遭遇，还是暗发自己心中的隐忧，实在是值得推敲一番。莫非，诗人凭着酒后的敏感，觉察到了即将来临的风波？若说李白此刻产生了因遭谗而决计归隐之志，似乎为时尚早。春夏之交，诗人对皇上的圣明依然是坚信不疑的，也没有明确感受到谗言的现实威胁，他的胸襟与抱负，仍旧是宏大的、高远的。从这首诗后面有关"洗耳"与"洗心"的口吻揣摩，诗人似乎并非"忧己"，其意还是重在"安友"，是在殷切地安慰着朋友裴图南，让他怀抱东山再起的希望。可以明显地感受到，李白对朋友的安慰中，蕴含着鼓励与期待，洋溢着积极进取的精神，显露着乐观的心态。且看，朋友上马临行之时，李白嘱托朋友不要"洗耳"以图虚名，而是要发乎真情，看在朋友的情分上，看在共同的志向上，"洗心"以明志才好。诗人也于此发下了宏愿，相约裴图南，效仿东晋谢安，隐居东山而不弃宏志，有朝一日，该出山时且出山，届时，共同安天下，共同济苍生。置酒别友的时刻，诗人依然是乐观豪迈的样子。这是在天宝三载入夏之际，李白酒后吐露真言，既安慰朋友，也激励自己。

灞河岸边，暮色苍茫，诗人折一枝嫩柳递给裴图南，扶着这位醉意浓浓的朋友上了马。

长安美酒醇千古，千古豪杰醉长安。宽厚沉稳的长安城，托举着厚重的历史，见证朝代更替，承载王朝兴衰，看惯了荣辱沉浮，看惯了醉生梦死。无论显达名流，还是草民百姓，无论醒者，还是醉客，来者自来，归者自归，长安城，对芸芸众生的悲欢离合沉默不语。春天的这个傍晚，长安青绮门外酒家的胡姬，素手斟着长安美酒，浇透了一对朋友的离愁别绪。

第七章 酒歌

  长安城外，春尽时节，酒仙李白抚须伫立，醉眼望尽天涯路。

  天宝三载，春尽关中。酒仙李白，依然醉卧长安。

  在长安，饮酒行乐是李白生活的常态。酒中寻趣，为诗人孤寂的个人生活增添了欢乐的色彩。孤身独酌的忘忧改善了诗人的心境。以酒会友，诗人拥有了交际的机缘，有了人前欢娱的风光，多了朋友，广了见识。醉卧长安，是诗人不得不如此的样子，也许还隐藏着诗人的生存策略。

  在长安，美酒，满足了李白畅饮新丰佳酿的愿望，成就了诗人的醉仙之名。酒，成了诗词之外的另一种感情表达样式；酒，激活了诗人对人生的思考与叩问；酒，丰盈了诗人的精神世界，涵养了诗人豪迈的心志和浪漫的情怀。

  在长安，酒是李白歌咏的重要主题，既助了诗兴，又丰富了诗歌的内涵。有酒，有酒兴的激荡，诗人蕴积心中幽微深邃的诗情，才能够带着浓浓的酒香喷薄而出，化作不朽的诗篇，名动京师，流传天下，流芳千古。

  当然，在长安，这醉人的美酒对李白并非全是美好，全是吉祥。这醉人的美酒，或许同时也羁绊了诗人的仕途步履，耽搁了诗人的政治前程。

  五代人王仁裕在其笔记小说《天宝遗事》中载：李白嗜酒，不拘小节。然沉酣中所撰文章，未尝错误；而与不醉之人相对议事，皆不出太白所见。时人号为"醉圣"。又载：明皇召诸学士宴于便殿，因酒酣，顾问李白曰："我朝与天后之朝何如？"白曰："天后朝政出多门，国由奸幸，任人之道，如小儿市瓜，不择香味，惟拣肥大者。我朝任人如淘沙取金，剖石采玉，皆得其精粹。"明皇笑曰："学士过有所饰。"王仁裕撰《天宝遗事》距玄宗朝不远，虽曰笔记，但其中所记之事，还是有着很高的史学价值。李白醉酒言事，或为捕风捉影、传说轶闻，但也许自有所据。以上二则外记，都是记述李白饮酒之后涉及政治话题的活动。酒后谈论朝中政事，甚至评议极其敏感的前朝政治，酒酣至醉，口不择言，直言是非，妄议曲直，往往难免触及王朝禁忌。虽说是所谓酒后失言者也，但这总是成熟的政治家应该避免的行为举止。以李白之性情豪爽，醉酒直言无忌，怎么不会给伺机谗谤的奸佞宵小留下构陷的把柄和进谗的口实？皇帝若是经常命其草拟王言，委以参与枢密政事之任，涉足国家最高机务，这醉了酒的诗人，又如何让皇上放心得了？

杜甫《饮中八仙》[14]记述了李白的饮酒状态："天子呼来不上船，自称臣是酒中仙。"魏颢《李翰林集序》[15]记："上皇豫游，召白，白时为贵门邀饮。比至，半醉，令制出师诏，不草而成。"范传正《唐左拾遗翰林学士李公新墓碑》[16]有云："遂直翰林，专掌密命，将处司言之任，多陪侍从之游。他日，泛白莲池，公不在宴，皇欢即洽，召公作序。时公已被酒于翰苑中，仍命高将军扶以登舟，优宠如是。"唐末五代人王定保的文言轶事小说《唐摭言》中，讲了一段故事："开元中，李翰林白应诏草《白莲花开序》及宫词十首，时方大醉，中贵人以冷水沃之，稍醒，白于御前索笔一挥，文不加点。"唐人李肇著《唐国史补》记："李白在翰林多沉饮，玄宗令撰乐词，醉不可待，以水沃之，白稍能动，索笔一挥十数

第七章 酒歌

章，文不加点。"[17]《旧唐书·文苑列传》[18]记："白既嗜酒，日与饮徒醉于酒肆。玄宗度曲，欲造乐府新词，亟召白，白已卧于酒肆矣。"可知，李白醉酒侍驾肯定时常有之。"天子呼来不上船"，虽然在传说中添加了想象的成分，意在突出李白的清高孤傲，但总有些皇命有违的意味，至少也是以醉酒来说事的。因酒失态，酒后误事，既是日常生活中的普遍现象，也是历史书写中屡屡记载的事。以酒贻误侍驾赋诗之类，不过是蕞尔小事，或许皇上爱惜才俊而不予计较；但若因酒耽搁了皇上的军机大事，再大度的帝王，恐怕也是要治罪追究的。与其可能因酒误事，不若避免其参知军政枢密，这样的选择对李隆基而言再正常不过。这样看来，李白若真有过步入仕途参与朝政的机会，嗜酒好醉大约就成为一个无法逾越的障碍。

唐人段成式《酉阳杂俎》记了李白醉酒的一段故事："李白名播海内，玄宗于便殿召见，神气高朗，轩轩若霞举。上不觉忘万乘之尊，因命纳履，白遂展足与高力士曰：'去靴。'力士失势，遽为脱之。及出，上指白谓力士曰：'此人固穷相。'"《旧唐书·文苑列传》言，李白"尝沉醉殿上，引足令高力士脱靴，由是斥去"[19]。《新唐书·文艺列传》[20]亦载："白常侍帝，醉，使高力士脱靴。"李白因酒醉而令高力士脱靴，虽然正史亦持此说，但据当时情势，高力士贵为三品将军，又深得玄宗倚重，近乎一人之下万人之上，李白令其脱靴，即使醉酒之中，亦无可能。此说多是传奇，只是广为流布而已。李白族叔李阳冰《草堂集序》只是说"丑正同列，害能成谤，格言不入，帝用疏之"[21]，亦不提有高力士脱靴事。但不能排除，李白可能会因酒而怠慢了权贵，在醉中凌辱过同僚。李白在天宝三载秋天所作的《玉壶吟》[22]一诗中，诗人忆及风光的日子，自己也表白"凤凰初下紫泥诏，谒帝称觞登御筵。揄扬九重万乘主，谑浪赤墀青琐贤"。酒后揄扬皇上，虐浪朝廷权臣，那么，因酒得罪豪门权贵，看来绝非他人一时的虚言。因酒而树敌，遭到排挤，似乎也是可能的事，那些伺机进谗言者，只是等待一个合适的借口和机会罢了。而这些，正所谓因小失大者也。李白好酒，如果竟是因酒耽搁了仕途前程，毕竟是一件憾事。

美酒成就了诗人的美名，酒兴激荡了诗人的诗兴。因为饮酒而招致仕途坎坷，进而离开长安，但诗人似乎从未对此有过后悔。大约好饮是诗人的天性所致，男儿不饮非丈夫，侠客无酒岂英豪。李白佳肴佐酒亦喝，就着山间野菜也喝，没有下酒菜有晶盐亦可。毕竟酒仙如何离得开酒啊！如此，这长安美酒，既是李白润泽自由精神的玉液，也是他损耗仕途前程的糟汤。

天宝三载春夏之交，在长安，李白是伟大的诗仙，也堪称高贵的酒仙，或者谓之醉圣。

我们且把后来发生的事提到前面来说，因为这事与饮酒相关，与醉中吟诗相关，也与李白的长安之行相关。

李白送别裴图南一年之后，即天宝四载的夏天，他终生的挚友元丹丘，邀请刚刚辞别长安的李白，与仙友岑勋共赴其隐居中岳嵩山的颍阳山居做客。李白，元丹丘，岑勋，三位挚友登高台，置美酒，思接千古，目极八荒，又是一通开怀畅饮。

此时，诗人李白，在离开大唐西京长安数日后，于毗邻东都洛

第七章 酒歌

阳的中岳嵩山之上,不由自主地回望西京长安,忆起金门丹阙。他痛定思痛,深沉地回味着长安城中翰林生涯的沉浮际遇。

酒仙李白,携着酒仙之风韵,以酒为题,把酒赋诗,纵酒狂歌,吟诵出了一首更加伟大的酒歌,这就是《将进酒》。

将进酒[23]

君不见黄河之水天上来,奔流到海不复回。
君不见高堂明镜悲白发,朝如青丝暮成雪。
人生得意须尽欢,莫使金樽空对月。
天生我材必有用,千金散尽还复来。
烹羊宰牛且为乐,会须一饮三百杯。
岑夫子,丹丘生,将进酒,杯莫停。
与君歌一曲,请君为我倾耳听。
钟鼓馔玉不足贵,但愿长醉不用醒。
古来圣贤皆寂寞,惟有饮者留其名。
陈王昔时宴平乐,斗酒十千恣欢谑。
主人何为言少钱,径须沽取对君酌。
五花马,千金裘,
呼儿将出换美酒,与尔同销万古愁。

《将进酒》原为乐府古题,李白旧题新作。这首诗,虽然不是李白的长安诗作,却打着其长安时期人生遭遇的深深烙印。

酒仙李白，举杯邀请东流不息的滔滔长河助兴，邀请横空孤悬的皎皎皓月劝酒。酒仙李白，酒醉心醒，他似乎参透了人间生死，看淡了世道祸福，于是狂歌道：人生苦短，莫负时光，金樽斗酒，开怀痛饮。酒仙李白，劝友劝己，喝吧，喝他个江河流泻，喝他个神仙倾慕，喝他个长醉不醒，喝他个粪土王侯！酒仙李白，高歌怅叹，古来圣贤皆寂寞，饮者独留千秋名，且将宝马换美酒，一醉同销万古愁！

李白的这一通豪饮，痛快淋漓。这杯中清浊之物，似淡还浓，是水非水，让诗人心醉神清，苦乐无间。这杯中甘烈之物，直喝得五味杂陈，出离自我。这酒，饱蘸了诗人尘缘俗念的悲愁怨怼；这酒，稀释了诗人名动京师的得意自豪；这酒，浸透了诗人拂衣归来的清高孤傲；这酒，挥洒了诗人兼济天下的壮志雄心。诗人用美酒冲淡无可释然的落寞，诗人用饮酒对抗无端遭遇的逸谤，诗人用沉醉排遣无以言说的忧愤。这酒中滋味，是自信与失意的交织，是抗争与哀痛的叠合，是超脱与眷恋的纠缠！

诗中，李白劝朋友纵酒放歌，及时行乐，又何尝不是在劝自己长醉不醒。其实，在这里，他心底念念不忘的还是西京，还是那大唐王朝的长安城。李白似乎是在用畅饮沉醉的方式向长安作最后的告别，期待从此忘却长安。然而，酒酣沉醉，透透的酒酣，深深的沉醉，恰恰蕴蓄着李白对长安的刻骨铭心。

这首诗，可谓李白长安诗酒人生的形象折射，是诗人仕途希望彻底幻灭后的伤心曲，也是诗人御前侍驾生涯最终的告别词。没有长安悲欢曲折的独特遭遇，就没有这首伟大的酒歌。也只有离开长安，

第七章 酒歌

不再有新丰美酒的润泽，不再有常乐酒肆的微醺，悲欣转瞬的那一份难言的痛切，李白才会更加深切地体会出来。

李白的这首饮酒诗，唱出了诗人心底深广无垠的积郁，倾泻了诗人失意长安的委屈惆怅，彰显了诗人乐观旷达的人生态度，展现了诗人豪迈洒脱的开阔胸怀。

这首诗，是欢歌，是悲歌，是狂歌，也是本色纯正的酒歌。

长安的美酒，把诗仙醺成了醉圣；李白，把长安的美酒带进了璀璨的诗歌长河。

回到天宝三载。

即将入夏，长安城中，天气渐渐燥热起来。

曲江流觞的欢畅早已淡忘。

大慈恩寺新中进士放榜祝酒的热闹成了昨日旧事。

李白依然是锦袍朝靴，宝马玉鞭，金门题籍，供奉翰林。期待着入朝参政大展宏图的日子里，诗人伴君侍驾，纵酒赋诗。

诗人心系天下，醉卧长安。

那一天，李白在汝阳王府后花园的凉亭里，陪着王爷与朋友们观荷饮酒。

皇上召见的谕旨传了过来。

微醺之中，李龟年扶着李白，骑马进了兴庆宫。

远远地，他睁开醉眼，便看到了沉香亭畔那一片明媚艳丽的四色牡丹花。

【注释】

[1]（清）王琦注：《李太白全集》下册，中华书局1977年9月第1版，第1483页。

[2]（清）王琦注：《李太白全集》中册，中华书局1977年9月第1版，第1062页。

[3]（清）王琦注：《李太白全集》上册，中华书局1977年9月第1版，第377页。

[4]（清）王琦注：《李太白全集》中册，中华书局1977年9月第1版，第1090页。

[5]（清）王琦注：《李太白全集》上册，中华书局1977年9月第1版，第199页。

[6]（清）王琦注：《李太白全集》上册，中华书局1977年9月第1版，第342页。

[7]王维《少年行》。见中国社会科学院文学研究所编：《唐诗选》上册，人民文学出版社1978年4月第1版，第119页。

[8]（清）王琦注：《李太白全集》中册，中华书局1977年9月第1版，第1065页。

[9]（清）王琦注：《李太白全集》中册，中华书局1977年9月第1版，第930页。

[10]（清）王琦注：《李太白全集》下册，中华书局1977年9月第1版，第1277页。

[11]（清）王琦注：《李太白全集》下册，中华书局1977年9月第1版，第1292页。

[12]（清）王琦注：《李太白全集》中册，中华书局1977年9月第1版，第941页。

[13]（清）王琦注：《李太白全集》中册，中华书局1977年9月第1版，第807页。

[14]（清）王琦注：《李太白全集》下册，中华书局1977年9月第1版，第1483页。

[15]（清）王琦注：《李太白全集》下册，中华书局1977年9月第1版，第1449页。

[16]（清）王琦注：《李太白全集》下册，中华书局1977年9月第1版，第1464页。

[17]见王琦编李白年谱。（清）王琦注：《李太白全集》下册，中华书局1977年9月第1版，第1590页。

[18]（后晋）刘昫等撰：《旧唐书》，中华书局1975年5月第1版，第5053页。

[19]（后晋）刘昫等撰：《旧唐书》，中华书局1975年5月第1版，第5053页。

[20]（宋）欧阳修、宋祁撰：《新唐书》，中华书局1975年2月第1版，第5763页。

[21]（清）王琦注：《李太白全集》下册，中华书局1977年9月第1版，第1446页。

[22]（清）王琦注：《李太白全集》上册，中华书局1977年9月第1版，第377~378页。

[23]（清）王琦注：《李太白全集》上册，中华书局1977年9月第1版，第179页。

第八章 遣逸

三杯拂剑舞秋月

长安的暑夏，湿热，漫长。

正午的大明宫，暑气浸漫；太液池，水中的鸳鸯，一副慵懒的样子，躲在厚阔的荷叶底下乘凉。乳燕息语，鸣蝉聒噪，厩马甩着尾巴赶虻蝇，虻蝇嗡嗡，振翅躲避。

学士院，李白凭窗远眺。

云天尽处，终南山的影子青黛蓝绿，层峦渐次淡远。诗人久立瞩望，思绪窅然。

东方欲晓，天色朦胧。

幽蓝的晨曦，如同银汉悄然降临的女神，踩着西岳峰巅，撩开关中平原黛色夜空神秘的面纱。澄澈的星空下，隐伏的长安城，高阁危楼，塔顶檐角，参差错落着，影潜形现，露出巍峨姿容。

雁塔晨钟，金声振响，清亮悠扬，在晓风中往复回荡着，惊醒了沉寂的长安城。

彻夜未眠的思妇，走下织机，稍作歇息。断了清梦的旅人，趁着积蓄了半夜的凉爽，步履匆匆，踏上出城的大道。街衢两旁，明花稀疏，细柳长垂。林间草丛，鸟雀跳跃着，叽叽喳喳，或啄饮草叶上的清露，或刨食捕虫。

天宝三载初夏，长安城，迎来又一个明媚的清晨。

翰林学士李白骑着飞龙马，赶往银台门。晨露打湿了马蹄。诗人要早早进宫，值守供奉。

李白进京，并非仅仅满足于御前侍驾，吟诗赋辞，舞文弄墨。他期待自己的才华能够得到赏识，以翰林学士的身份入朝参政，辅佐圣主治理天下，实现安社稷济苍生的政治抱负，然后功成拂衣去。

入京之后，觐见皇上，李白献上鸿篇巨赋，纵论天下大势，深得皇

第八章 遗逸

上赞赏，问以国政，君臣融洽。初任翰林，他出入禁中，潜草诏诰，代拟王言，制出师诏，草和番书，参与枢密决策，涉足朝廷机务；而且，诗人凭借诗艺文采，还为皇帝的宫廷生活增添了风流雅趣。所有这些，都预示着青云直上的种种可能，这也让诗人对自己的政治前途充满信心和向往。

李白期待着轰轰烈烈，期待着一鸣惊人，一飞冲天。

李白对自己的政治期许向来颇为高远。

《天马歌》是诗人晚年之作，诗中，诗人以天马自喻，抒发了自己坎坷曲折的人生经历。诗的前半段，是他对当年初入翰林时的精彩回顾，可谓心潮澎湃，目空天下。我们可以从《天马歌》前半段中体会出诗人的高远志向与宏大抱负。

天马歌 [1]

天马来出月支窟，背为虎文龙翼骨。
嘶青云，振绿发，兰筋权奇走灭没。
腾昆仑，历西极，四足无一蹶。
鸡鸣刷燕晡秣越，神行电迈蹑恍惚。
天马呼，飞龙趋，目明长庚臆双凫，
尾如流星首渴乌，口喷红光汗沟珠。
曾陪时龙跃天衢，羁金络月照皇都。
逸气棱棱凌九区，白璧如山谁敢沽。
回头笑紫燕，但觉尔辈愚。

…………

这里所谓的"天马"特指西域汗血宝马。汉代，朝廷先得西域乌孙国进贡的骏马，称为天马；后得大宛国的汗血马，遂改称乌孙马为西极，称大宛马为天马。又传说，西域有称月支国者，原来是河西走廊的一个游牧部落，曾击破乌孙国，后因躲避匈奴侵扰，越过大宛国，迁往西域之西而立国，称大月氏。大月氏善于驯育良马，传说，这汗血马就出自月氏国一个大山洞窟之中。汗血宝马，奔跑时前颈会流出如血一般红色的汗液，头细而颈高，皮薄而毛密，速度快，力气大，有极强的耐力。

李白在《天马歌》的前半部分，塑造了神奇豪俊的天马形象：生于西域，出身不凡，背上生有虎脊之纹，骨骼具有龙翼之韧；仰天长啸声达青云，颈鬣摇动风飘绿发；"兰筋"突起于双目之间，颧骨奇异而势夺名骥，疾驰时若显若隐，飞奔处御风绝尘，天生良驹之相，尽显千里之志；腾越蹈昆仑，纵横涉西极，浑身肌筋不僵，四蹄无一蹶失；鸡鸣时节尚洗刷鬣鬃于北疆幽燕故地，日方偏西已经就饲于南方荆越之州，突如闪电神速，驰则有影无形；天马呼啸，飞龙腾空，目镶明星胜长庚，胸悬阔肌赛双凫；垂尾恰似流星奔转，昂首便是神鹰扬颈，墨口喷红光，汗沟走血珠。曾经比肩天龙御马，阔步于天街通衢；也曾羁金络月，光耀于皇都京师。气势飘逸豪迈，有凌驾九州之威严，即使白璧如山，谁敢出价竞沽其值？回头笑看那些所谓紫燕之类的名骥，只觉得也不过是平庸愚钝之辈而已。

《天马歌》以天马作比，对长安翰林生活的隐喻式回顾，我们可以体会出来。诗人当时是何等的自信，又是何等的孤傲；诗人自

第八章 遭谗

恃有着何等的身价，又自豪于皇上是何等的恩宠！

且看，金门悬籍时，紫阙待诏日，早朝时分，李白身骑天龙马，手执白玉鞭，美髯拂胸，逆着车马和人流，提缰昂首，向着银台门飘然独行，那是多么威风，多么惬意！

然而，正所谓木秀于林，风必摧之。

清高孤傲的李白，注定是离群的，注定是孤单的，注定会成为翰林学士中的另类。他以鹤立鸡群的姿态供奉翰林，伴君侍驾而又如此傲视鄙夷皇上的亲信近臣，那么，他受到排挤，遭人嫉妒，招致冷箭与暗算，便只是迟早的事。

李白对于别人的嫉妒，似乎早有预料，但他并不在意。

在皇上身边侍驾，正值得意之时，李白最初极其自信。他以为凭借自己的才能，又得到皇上的宠爱和器重，必定会平步青云，入朝参政，那些嫉妒和谗言，根本不值得认真计较。李白既不甘心与平庸的同僚为伍，又不愿意通过心机周密的潜心经营去博取仕途的逐步晋升。至于身处的舆论环境，各类人际关系，李白全都当作庸俗的事务，无须劳心费神；而待人接物的细节，更是不屑于分心处置。

面对可能遭遇的嫉妒，李白甚至以蔑视与讥讽的口吻进行回应。他在长安所作的拟古诗《效古二首·其二》中，就表明了自己这种孤傲无羁的态度。

效古二首·其二 [2]

自古有秀色，西施与东邻。

蛾眉不可妒，况乃效其颦。
所以尹婕妤，羞见邢夫人，
低头不出气，塞默少精神。
寄语无盐子，如君何足珍。

诗人以美人自喻，自恃有盖世才华，犹如美人之有秀色，其自信与清高溢于言表。诗人嘲讽那些妒才嫉贤的东施们，蛾眉不可妒，何况只是效颦哉！诗人警告心怀嫉妒的人，莫要学汉武帝时的尹婕妤，见到真正气质高贵美貌无比的邢夫人时，才感到羞愧，才低下头来，沉默委顿，不出声气。提醒如齐国丑妇无盐子一般的人，尔等没有什么值得我另眼高看之处。

夸蛾眉而嗤丑女，李白此诗之极言，无出其右者。这里，诗人只是以女性之美丑喻人才之贤愚，并非以貌品人。但是，李白也许没有意识到，恰恰就是他举为丑女典型的钟氏无盐子，最终做了齐宣王的王后！奸佞弄权，宵小当道，贤者在野，才俊失路，这本就是那个历史年代不怪的怪事，只是不谙官场规则的李白的确太天真了些。

到了初夏，龙池水畔，沉香亭前，鸳鸯嬉戏，彩蝶翩翩，牡丹香尽处，新荷争艳。

李白依然只是应诏侍驾，赋诗宴乐。日复一日，单调乏味的日子里，李白渐渐失去了最初侍驾的愉悦和兴致。甚至，诗人还有了些倦怠，不然，如何会是"长安市上酒家眠，天子呼来不上船"[3]

第八章 遭谗

的样子。

诏入长安，李白把自己看作一匹有幸遇见伯乐的千里马，把自己实现抱负的希望完全寄托在皇帝一人身上。李白深信，只要遇见一位圣明的君主并为之器重，自己的才华就能够施展，宏大的志向就可以实现。内心深处，李白看重的是当今皇上的态度。

记得前些时日，兴庆宫沉香亭上奉圣意填词称颂杨玉环之后，有次，在勤政务本楼，庆祝南海太守击破海贼的宴乐中，皇上几杯酒入怀，一时高兴，便问李白：爱卿不负翰林学士之命，可否知晓中书舍人的职守？当时，李白心下暗喜，即刻颔首称是，却惊得一旁侍候的高力士两眼发直，呆若木鸡。

此情此景，李白记忆犹新。但到如今，牡丹花谢了，荷花吐蕊，皇上再也没有提及中书舍人的话题。

圣意真是高深莫测。自己的仕途前程，皇上没有进一步的安排，这让渴望尽早大展宏图的李白，有些焦虑了起来。他开始担忧，担忧自己的才能被侍驾应酬的世俗事务埋没掉了；更担忧皇上的态度，如若皇上真的有所怠慢，才能就没有施展的机会了。于是，诗人的心底泛起微微的涟漪。

在长安，崔侍御是李白曾经一同游历的故友，长安再遇，他们成为了最知心的朋友。对知心朋友，诗人才会稍稍吐露那种埋藏在心底的隐忧，吐露自己困顿难言的委屈。李白赠诗给知心朋友，聊叙心曲。

赠崔侍御[4]

黄河三尺鲤，本在孟津居。

点额不成龙，归来伴凡鱼。

故人东海客，一见借吹嘘。

风涛倘相因，更欲凌昆墟。

诗中，李白引用了鲤鱼跃龙门的典故：传说大禹在河津劈开大山，阔一里有余，形如门户，是为龙门；黄河之水穿过龙门泻流而下，峡谷两岸，高峻不通车马；每至春三月，有黄河金鳞大鱼，出巩穴，自孟津逆流而上，一路兴风作浪，欲跃龙门；跃上龙门则度化为龙，不过者则点额暴鳃以还。这里，诗人以黄河锦鲤作喻，借未登龙门而归来与凡鱼为伴，暗示了自己政治上一时竟不得志的境遇，流露出对迟迟未能通达的忧虑，含蓄地表达了仕途阻塞的郁闷之情。但此时的诗人志气尚存，并没有彻底丧失入朝参政的自信；因而，在诗歌收束之处，一句"更欲凌昆墟"，以高凌昆仑山之巅的磅礴气势，表达了诗人对仕宦前程的热烈追求和殷切期待。

当此时刻，诗人虽有隐忧，但依然期待着命运更大的转机。

风起于青蘋之末，浪成于微澜之后。

入夏不久，李白真的就体察到身边发生了一些难以明言的变化：学士院的同僚，不再像当初自己刚刚侍驾皇上时那般殷切热情；有人开始表现出刻意的距离和隐约的淡漠；甚至，同为翰林学士的驸马都尉张垍，阴阳怪气，有时竟投以冷眼。特别是有件事很是反常，

第八章 遭谗

让李白十分纳闷：兴庆宫沉香亭奉旨为杨玉环题《清平调三首》之后，每当遇见高力士，这位大内监门将军，都远远地绕开了，不再像以前那般殷勤亲近，仿佛有意无意地回避着什么。诗人知道，同是供奉翰林的道友吴筠，以道家学说文章辞采深得玄宗赏识，引得长安群僧不满，崇信佛法的高力士也暗中贬损吴筠，而李白又是吴筠的挚友，于是诗人猜测，也许，高力士因之而有意疏远自己。

对波诡云谲的朝廷政治，李白缺乏基本的敏感；以诗人豁达豪放的性情，他也不计较这些人际交往的细微末节。当同僚把自己看作异类时，处于孤立境地的诗人，最初并没有反省自己的清高与孤傲，也不会放下身段屈就于环境，更不会主动迎合他人的喜好。在长安，围绕在诗人身边的朋友，不缺诗友，更不乏酒友；但是，能够在政治上引导和点拨诗人的密友真的很少。诗人陷入孤立境地的时候，他感到曲高和寡，产生了些许幽怨。

诗人对现实最直接的回应，除了借酒浇愁，便是吟诗解忧了。

李白作诗一首，赠予做校书的薛姓朋友，抒发知音难觅的感叹。

赠薛校书 [5]

我有吴越曲，无人知此音。
姑苏成蔓草，麋鹿空悲吟。
未夸观涛作，空郁钓鳌心。
举手谢东海，虚行归故林。

诗中涉及两个不常见的典故——"观涛""钓鳌"。"观涛"者，出自汉代辞赋家枚乘的名篇《七发》,所言,时及八月之望,邀约兄弟们结伴到广陵,观赏曲江波涛。"钓鳌"者,出自《列子》,传说渤海之东有五座仙山,山之根没有连接,随波涛漂浮无定,天帝担心仙山漂流到西极,众仙会失去居所,便命海神禺疆派十五只巨鳌驮住仙山;却有龙伯之国的巨人力士,数步即达仙山之所,置钩投钓,一钓竟然连起六鳌,这力士便将巨鳌叠合背负而归龙伯国。

诗人倾诉自己的疑虑:我歌吴越之曲,无人可懂此音;吴宫旧庭生蔓草,麋鹿空自悲鸣。诗人感叹道:未有广陵观览曲江波涛的佳作可以夸饰,只是空怀着龙伯力士钓鳌之志;若要辞去丹阙前往东海以归旧山故林,岂不虚行京师长安,枉入了翰林院。

唐代的校书,是秘书省、集贤殿书院、弘文馆、崇文馆、著作局、司经局等中央官署和文化机构设置的处理文字事务的低级别官职,乃九品之阶。历来有人以为,李白赠诗的这个"薛校书",是唐代知名的女诗人薛涛(768—832年),其实不然:薛涛尚未出世,李白已经作古。这里的薛校书另有其人,但姓名不详。李白避开日日相处的学士院同僚,对着一个官微职卑的朋友,委婉倾诉缺少知音的孤独之感,对其表达不甘于即刻归隐的委屈和隐衷,这,恰恰反证出诗人与所处环境的不和谐,以及与身边同僚深深的隔膜。李白在学士院中是孤独的,少同类,无共鸣,更没有政治上志同道合的伙伴。

长安的暑夏,湿热,漫长。正午的大明宫,暑气浸漫;太液池,水中的鸳鸯,一副慵懒的样子,躲在厚阔的荷叶底下乘凉。乳燕息语,

第八章 遭逸

鸣蝉聒噪,厩马甩着尾巴赶虻蝇,虻蝇嗡嗡,振翅躲避。

学士院,李白凭窗远眺。云天尽处,终南山的影子青黛蓝绿,层峦渐次淡远。诗人久立瞩望,思绪窅然。一连数日,皇帝没有召见,诗人感到了落寞,还有些许的惆怅。李白把实现政治抱负的希望,完全寄托在皇上对自己的赏识上,因此,皇帝对自己的态度,哪怕出现某些细微的波动,也会激起诗人心中的滔天巨浪。

李白想到人世间那些相逢的偶然与奇异,想到了萌生情感的突如其来与飘忽不定,想到了两情相悦的默契与天长地久的脆弱。诗人沉思着,低声吟唱,他依着乐府古题,赋就两首《相逢行》。李白随即挥毫落墨,幽深的心绪便凝结在了纸笺上。

相逢行[6]

相逢红尘内,高揖黄金鞭。
万户垂杨里,君家阿那边。

相逢行[7]

朝骑五花马,谒帝出银台。
秀色谁家子,云车珠箔开。
金鞭遥指点,玉勒近迟回。
夹毂相借问,疑从天上来。
蹙入青绮门,当歌共衔杯。
衔杯映歌扇,似月云中见。
相见不得亲,不如不相见。

相见情已深，未语可知心。
胡为守空闺，孤眠愁锦衾。
锦衾与罗帏，缠绵会有时。
春风正澹荡，暮雨来何迟。
愿因三青鸟，更报长相思。
光景不待人，须臾发成丝。
当年失行乐，老去徒伤悲。
持此道密意，无令旷佳期。

第一首诗，描绘男女相逢，两情相悦直言不讳，表现那种六合红尘中一见钟情式的艳遇。诗的格调简洁明快，直指题旨。

第二首诗与第一首相较，则是另一个极端：意旨婉转，情思徘徊，暗喻含蓄，借此而言彼，意在言外，欲言又止。

关于《相逢行》，明代朱谏《李诗辨疑》言："按《相逢行》前后二篇，前篇四句，辞意浅促可辨；此后篇计三十句，支离卑弱，如妇人女子之所道者，尤可厌也。皆非李白所作，不知何人好事而妄为者也。"朱谏怀疑后一首诗是伪作，似乎言之成理。是啊，李白原本是那般的豪放直爽，此诗却是如此缠绵絮叨，这着实不像李白诗歌的风格。若是劝美人莫误佳期，及时行乐，花开堪折直须折，莫待花落空折枝，作为爱情诗，则又实在近于低俗，更有失李白这样伟大诗人的艺术水准。如果是写艳遇，则实为李白长安之孤篇，在长安，李白似无艳遇，也唯独不言艳遇之事，何以有此作？李白历来写男女情感似有禁忌，除妻子外，多是旁观者的目光。那么，

第八章 遭谗

第二首《相逢行》，何以又如此突兀，如许不堪？

明代才子杨慎，声言其家所藏书籍中有《乐史》原本，录有李白的《相逢行》。以杨慎的学术修养，自不会虚言，则可知《相逢行》绝非李白伪作。

明学者胡震亨在其唐诗研究专著《唐音癸签》中论李白《相逢行》，曰："按古辞言相逢年少，问知其家之豪盛，此则言相逢其人仍不得相亲。恐失佳期，回环致望不已，较古辞用意尤深。《离骚》咏不得于君，必托男女致词，曰：'初既与余成言兮，后悔遁而有他。'又曰：'日月忽其不淹兮，恐美人之迟暮。'白诗题虽取之乐府，而诗意实本诸骚，盖有已近君而不得终近之怨焉。臣子暌隔之痛，思慕之诚，具见于是。观篇首以谒帝发端，大旨自明，不当仅作情辞读也。"胡震亨之说，此诗不当作爱情诗看待，或许可以作为解读李白第二首《相逢行》情感密码的要津。

其诗，前两句，"朝骑五花马，谒帝出银台"，看似与后面的内容不相关联，实则是以"朝觐"之事起兴，点题破旨。其后，则以相逢美人作比，托男女相悦相守的情事，喻指君臣相近相知的境遇：云车秀色，疑为天仙下凡，金鞭所指，竟是欢喜冤家，这是"相逢"；对酒当歌，衔杯共饮，歌扇掩面，云中望月，这是"相处"；"相见不得亲，不如不相见。相见情已深，未语可知心"，这是"相知"。相思之切相近难，相知之深相守难！为何偏要空闺孤守锦衾独自眠，何不春风暮雨青鸟报相思？光景不待人，切莫误了良辰美景，旷了人间佳期！这便是"相思"了。

此时此刻，这首独特的"情诗"表达的幽微情感，如果我们设身处地想象一下，也许能够体悟得出吧。敏感的诗人大约觉察到了皇上有意无意的疏远。诗人借着两性情感曲折缠绵的意象，抒发君臣关系亲疏无常的怅惘。诗中，主人公那种相知相思之切望与贻误佳期之隐忧，恰恰是诗人近君王而不得见用的真实境遇的曲折呈现，反映了诗人期待建功立业又担心壮志难酬的心曲与衷肠。

　　李白内心的那种隐痛与感情羁绊让人不胜唏嘘。艳词背后，别藏深意，读来怅然，思之沉痛！此刻的李白，恐怕不是醉眼蒙眬，而是泪眼模糊了。

　　等待，候旨，却依然没有进宫侍驾的消息。

　　他不安起来，一副忧心忡忡的样子。

　　李白虽说已经身在学士院供奉翰林，时有御前侍驾之幸，但学士不过是个虚衔而已，并无实职。这种有衔无位的布衣学士境地，只能算入了仕途半步而已，大约并非诗人进京的初衷；更何况春尽长安，皇上不再频频诏令赋诗，诗人也不再时时随驾出游。这使诗人心底翻腾起久违的怀才不遇之感。诗人伤感之余，暗生幽怨，便借吟诗来自我排遣。

古风五十九首·其五十六 [8]

　　越客采明珠，提携出南隅。
　　清辉照海月，美价倾皇都。
　　献君君按剑，怀宝空长吁。
　　鱼目复相哂，寸心增烦纡。

第八章 遭谗

李白这首古风，诗意有两层：前四句赞明珠之珍，采自南海，清辉照月，质美稀世，价倾京城；后四句叹知遇之难，献君不遇，怀宝空叹，鱼目嘲哂，寸心烦忧。

诗人不复有春天的欢欣和得意，心境渐渐变得焦虑起来。

长安城北的大明宫，地势较高，相对干爽。皇上携着杨玉环避暑大明宫，热闹的筵宴游乐停了下来。蝉鸣聒噪似乎吵没了李白奉旨侍驾的机会，尽管依旧日日在学士院待诏，却明显感觉到日子渐渐疏淡散漫了起来。

诗人的主观判断与现实境况依然存在着巨大的差距。诗人十分在乎圣意的好恶，岂不知皇帝往往偏听一隅。而且，诗人还是不明白清高孤傲和谗言的关联；诗人仍旧把他遭遇的挫折，只归因于自己出众的才华引得心胸狭隘之辈嫉妒，却不知清高孤傲还会招致众人嫌怨；而嫉妒与嫌怨，都是谗言的根患，与谗言势若孪生。

当然，李白也在苦苦思虑，叩问自己如何落得被皇上疏远的境地。他引用昭君故事，暗喻自己此时的遭遇，委婉含蓄地表达了自己对陷入孤立与落寞之缘由的个人判断。

于阗采花 [9]

于阗采花人，自言花相似。
明妃一朝西入胡，胡中美女多羞死。
乃知汉地多名姝，胡中无花可方比。

丹青能令丑者妍，无盐翻在深宫里。

自古妒蛾眉，胡沙埋皓齿。

《于阗采花》是古曲名，吟咏昭君出塞。相传汉元帝以宫廷画师的图形招幸宫女，昭君自以为美而不赂画师，画师丑其形象，使昭君不得见君王，于是遭遇了出塞和亲之难。此处诗人反用典故，先言昭君之美羞煞了胡地的美女，复言画师把丑女画成明妍美人，于是相貌丑陋如嫁不出去的无盐者，反而入宫受宠。自古美女多遭嫉妒，便使明眸皓齿的昭君落得身入胡地埋骨黄沙的悲剧。昭君自恃美貌，不屑于降低尊严，反遭奸佞之人构陷，终致不得帝王宠幸。此刻，李白似乎明白了世事的复杂，看清了自己遭遇冷落背后所藏的隐秘关联。媸妍不辨，美丑倒置，君王蒙蔽，蛾眉遭妒，诗人以美人遭妒哀怜才俊之见弃，借昭君故事发泄心中的积郁。

此时的李白，身陷长安，进退失路，处境艰难了起来。但是，诗人还是没有明确意识到，学士院里表面风平浪静，其实暗流涌动，潜藏着复杂的人事纠葛和隐蔽的政治旋涡。

素身仕途的李白，毕竟还是缺少官场的敏感。

夏尽之日，暑气渐消，流云相逐，清风徐来，时遇细雨，凉爽即至。金门待诏的李白，稍稍静下心来。

禁中供奉，有了点闲暇时间，诗人便离开待诏之所，信步来到翰林院，读书消遣。他披遗探帙，阅古思今，穷尽至妙之处，但得片言会心，不禁掩卷而笑，遂生出些身世遭遇之慨；他感怀不尽，情思难抑,凭栏啸吟,歌咏不辍,便研墨提笔,草拟成篇。就近,李白便把这首新诗呈送给集贤殿书院的学士朋友们,期待交流沟通。

翰林读书言怀,呈集贤诸学士[10]

晨趋紫禁中,夕待金门诏。
观书散遗帙,探古穷至妙。
片言苟会心,掩卷忽而笑。
青蝇易相点,《白雪》难同调。
本是疏散人,屡贻褊促诮。
云天属清朗,林壑忆游眺。
或时清风来,闲倚栏下啸。
严光桐庐溪,谢客临海峤。
功成谢人间,从此一投钓。

这首诗实为诗人的读书心得。所得者,"青蝇易相点,《白雪》难同调",意思是白洁的璧玉容易被青蝇玷污,阳春白雪难以找到和鸣的同调。在诗中,诗人还表白了自己的困惑与不解,本来是超脱散淡之人,却屡屡遭到心胸狭隘者的讥讽嘲弄。诗人深知,皇上对自己的恩遇和器重容易引起同僚的嫉妒,所以借机表明心迹,只待功成之日便辞别凡世众生,学严光和谢灵运隐退江湖,绝无恋栈之意,更不与他人争宠夺位。

集贤学士正式的称谓是集贤殿书院学士,属于唐代玄宗一朝诸多学士中的一类,其职守是侍从皇帝,提供言语经学顾问,在翰林院待诏。集贤殿书院学士与李白任职的翰林学士，职责上是有所区别的。翰林学士大多专掌密令，另辟学士院，作为待诏供奉的场所。尽管集贤殿书院学士是朝臣中一个特殊的群体，尽管他们也并非李白日日相处的翰林同僚，但李白能够以朋友的口吻，向同样是以文侍驾的皇帝扈从们公开自己的疑虑与困惑，表现出一种豁达直爽的名士风度，足见李白心地的质朴率真与磊落坦荡。

其实，李白赠诗于分属不同职司的同僚，在此明确宣示自己功成身退之意愿，是在告知外界，甚或是希望传达于翰林同僚，表明自己没有久居朝廷之心，也不会挤占他人仕途高位。这种姿态未尝不是一种力图摆脱孤立无援困境的个人努力，也未尝不是诗人一次难得的降低个人身段的自我突围。

这里，李白终于直面同僚，公开宣示了自己的态度，也公开承认了自己此刻的境遇：与同僚的相处是不和谐的；甚至有所暗示，除了嫉妒，可能还存在背后的构陷。

宫中的娱乐活动又渐渐频繁起来。尽管偶有入宫伴驾，但皇上对李白的态度却是不冷不热，时近时远。李白觉得，自己的处境并没有得到预期的改善。诗人自我表白无意恋栈，诗人降低身段寻求理解，这些，大约并未获得同僚的认可。李白努力了，然而努力是徒劳的。诗人当时遭遇的困境，他自己实在难以突破。

诗人便用自己的吟唱，宣泄精神的压抑，排解心灵的煎熬。

有感于自己的遭遇，诗人作了《感遇四首》。前三首，分别借周灵王太子晋升仙、陶渊明东篱采菊、嫦娥奔月的故事，寄托自己

第八章 遭谗

政治理想几近破灭时的精神向往，是心灵的自我慰藉，自我疗伤，自我解脱。第四首，借宋玉遭登徒子诽谤而疏于楚王的故事，暗喻自己遭谗的境遇。

感遇四首·其四 [11]

宋玉事楚王，立身本高洁。
巫山赋彩云，郢路歌白雪。
举国莫能和，巴人皆卷舌。
一惑登徒言，恩情遂中绝。

宋玉立身高洁，不合流俗，曲高和寡，竟被登徒子谗谤，于是遭君恩弃绝。诗人是在咏史，可现实又何尝不是历史的翻版和重现。

遭遇烦恼，诗人剩下的本事，便是吟诗。

诗人又作古风诗数首，表达心中难言的委屈与困顿。

古风五十九首·其四十七 [12]

桃花开东园，含笑夸白日。
偶蒙春风荣，生此艳阳质。
岂无佳人色？但恐花不实。
宛转龙火飞，零落早相失。
讵知南山松，独立自萧飋。

这首诗先是以花喻人，言桃李偶遇春风荣发，但是如若华而不实，即使生出艳阳之质，也将随季节变迁冷落见弃。最后以南山松柏对比，赞扬松柏风雨独立的高贵品节。这里，诗人似乎认真反思自己的翰林生涯，他认为自己并非华而不实而遭遇遗弃，恰是因为坚守高洁的节操，方才受到构陷和排挤。

古风五十九首·其二十一 [13]

郢客吟《白雪》，遗响飞青天。

徒劳歌此曲，举世谁为传。

试为《巴人》唱，和者乃数千。

吞声何足道，叹息空凄然。

这首古风，诗人借战国宋玉《对楚王问》中"曲高和寡"的典故，"阳春白雪"遗响青天但无人传扬，"下里巴人"低吟之声却和者数千，哀叹世无知音，遂使庸者得其势而贤才冷落，抒发怀才不遇的无奈与忧伤。

古风五十九首·其四十九 [14]

美人出南国，灼灼芙蓉姿。

皓齿终不发，芳心空自持。

由来紫宫女，共妒青蛾眉。

归去潇湘沚，沉吟何足悲。

这首诗，诗人借用三国曹植《杂诗·南国有佳人》之意象，抒发自己的情感。"美人出南国,灼灼芙蓉姿",是以芙蓉灼灼天生清丽优雅的姿容,暗喻自己天赋才华品格高洁;"皓齿终不发,芳心空自持",是以芳华空度美人迟暮,比附自己志向不得施展的痛楚;"由来紫宫女,共妒青蛾眉",是以蛾眉不幸遭妒,抒发被同僚排挤的幽怨;"归去潇湘沚,沉吟何足悲",是以归去潇湘沉吟自慰,表达自己仕途落寞归隐山水的心志。

古风五十九·其三十七[15]

燕臣昔恸哭,五月飞秋霜。
庶女号苍天,震风击齐堂。
精诚有所感,造化为悲伤。
而我竟何辜,远身金殿旁。
浮云蔽紫闼,白日难回光。
群沙秽明珠,众草凌孤芳。
古来共叹息,流泪空沾裳。

这首诗,李白对自己的冤屈进行了委婉的倾诉。

诗的前六句引用邹衍五月飞霜和庶女雷击齐堂的传说,说明精诚能够感动苍天,造化也为人间的冤屈而悲伤。中间六句,表达冤屈无以诉说的痛苦,自己无辜,远离金殿,浮云遮蔽宫阙,白日不见光辉,群沙污秽明珠,众草欺凌孤芳。最后两句收束:自古多冤屈,叹息泪沾裳。从诗中可以看出,诗人仍旧把皇帝的疏远归结为同僚对自己才能的嫉妒所致。诗人把自己的遭遇比喻为"群沙秽明珠""众草凌孤芳",这里表明,诗人终于意识到可能背后出现了谗言构陷;并且暗示,因嫉妒而进谗言排挤自己的不止一人。于是,诗人悲叹,昔有邹衍和庶女蒙冤苍天可鉴,今日自己受屈却无处申诉,竟至落泪沾裳。诗中的痛苦与无奈,细细体会,实在让人心中百感交集,五味杂陈。

这几首古风诗,委婉幽微,沉郁哀伤,竟不似豪放不羁的诗仙李白所作。为有壮志得酬时,忍居檐下落寞处。历史时空之宏远浩大,潇洒脱俗如诗仙李白者,亦不能免如此的无助无奈。

元朝人萧士赟在《分类补注李太白诗》中对以上古风皆有评论。对《古风五十九首·其四十七》评论道:"此诗谓士无实行,偶然荣遇者,宠衰则易至于弃捐。孰若君子之有特操者,独立而不改其节哉!"对《古风五十九首·其二十一》评论道:"此感叹之辞,高才者知遇之难,卑污者投合之易,负才不遇者,能不为之吞声叹息也欤!"对《古风五十九首·其四十九》评论道:"此太白遭谗摈逐之诗也。"对《古风五十九首·其三十七》则以疑问揣度:"此诗,其遭高力士谮于贵妃而放黜之时所作乎?"萧士赟在此疑问的是诗作的时间,其实这个问句包含了一个肯定性的结论,即李白的放黜是因为"高力士谮于贵妃"。这里还隐含了另一层意思,是贵妃向皇帝进了谗言,致使皇帝疏远了李白。当然,这又是一件历史公案。

大唐天宝三载的夏末,在长安,李白究竟遭遇了什么,竟至我们的诗人,如此闷闷不乐,如此无可奈何。

皇帝疏远李白,这没有疑问。但是,是否因为谗言,谗言始于何人,

第八章 遭逸

逸言究竟因何而起，却是众说纷纭。

李白遭逸，流布最广的是"高力士谮于贵妃"之说。谮者，诬陷也。此说，即高力士诬陷李白于杨玉环，杨玉环进逸言于李隆基，于是李隆基疏远了李白。《新唐书》《旧唐书》等正史及宋人的其他著述，多采用"高力士谮于贵妃"的说法。

高力士谮于贵妃者，以其为李白脱靴为耻也。

"高力士为李白脱靴"的故事，始见于唐朝宪宗年间李肇所著的历史笔记《国史补》。《国史补》于"李白脱靴事"记述道："李白在翰林多沉饮，玄宗令撰乐词，醉不可待，以水沃之，白稍能动，索笔一挥十数章，文不加点。后对御令高力士脱靴，上令小阉排出之。"李肇其人，具体生卒年不详，但知其于唐宪宗元和十三年（818年）以监察御史充任翰林学士，可知，其生活的年代距离李白入长安的时间并不久远。其所记李白令高力士脱靴之事，或许所自有据，但细节究竟如何，值得考问。记述中，以李白酒后尚能撰词的行止，他即使真的酒喝多了，应该还可以把持自我，既然如此，李白当着皇帝的面，挟圣上之威，以"脱靴"之举而冒犯贵为大将军的高力士，似乎有些夸张。退一步说，当着皇上的面，李白让高力士为其脱靴，即使醉酒之中他产生了如此冲动，但可以想见的是，以高力士有着拥戴李隆基夺位之功，且授右监门将军加三品衔，李隆基也断不会任由李白如此借酒放肆欺辱高力士，更不必大费周章，待到高力士为李白脱靴之后，再借此把李白逐出丹阙。

又，唐人段成式《酉阳杂俎》记："李白名播海内，玄宗于便殿召见，神气高朗，轩轩若霞举。上不觉忘万乘之尊，因命纳履，白遂展足与高力士曰：'去靴。'力士失势，遽为脱之。及出，上指白谓力士曰：'此人固穷相。'"段成式为唐德宗贞元十九年（803年）生人，其生活年月距李白入长安的年代也在百年之内。

究竟何种记述较为接近历史真相，见仁见智。李肇的《国史补》是历史笔记，段成式的《酉阳杂俎》是笔记小说，两处所记，进谗言者都指向高力士，可以互证；且李肇和段成式，其生活的年代距李白的长安之行都在百年之内，所记之事恐并非空穴来风。退一步说，如若"高力士为李白脱靴"之事存疑，历史细节有待推敲，但李白因高傲而得罪高力士，高力士因之向李隆基进谗言，则是极有可能的。

至于"高力士谮于贵妃"之说，最先见诸唐人李濬撰笔记小说《松窗杂录》。其文先记述李白沉香亭为玄宗作《清平调》词三章的情境，后记曰："会高力士终以脱靴为深耻，异日，太真妃重吟前词（即《清平调》），力士戏曰：'以此妃子怨李白深入骨髓，何反拳拳如是？'太真妃惊曰：'何翰林学士能辱人如斯！'力士曰：'以飞燕指妃子，是贱之甚矣！'太真妃深然之。上尚三欲命李白官，卒为宫中所捍而止。"《松窗杂录》的作者李濬生卒年亦不甚详，其在唐僖宗乾符四年（877年）以秘书省校书郎入直史馆；其著述多为轶闻秘事，著《松窗杂录》时距李白去世亦有一百余年矣，所记之事或为传言而已，不可全然以之为历史真实而凭信。元人萧士赟极力否定此说，认为高力士不会不知"云雨巫山"的说法尤甚于"飞燕"之喻；言下之意，高力士若陷害李白，应该以李白《清平调》三首中"云雨巫山"的隐喻更为刻毒地向杨玉环进谗言，这对李白更有杀伤力，也更能说服杨玉环。清人王琦注《李太白全集》就此事说道："巫

第八章 遭谗

山云雨、汉宫飞燕,唐人用之已为数见不鲜之典实。"[16]说的是,唐代文人眼中的赵飞燕,用在诗文之中其实是"美妃"或"美人"的意象,"巫山云雨"也是唐人赞美爱情的常用典故,例证比比皆是,全无贬义。因此,所谓高力士以《清平调》中词语典故挑拨杨玉环,杨玉环由此向李隆基进谗言陷害李白,怕是站不住脚的。笔记小说者流,或言出有因,其用曲折的故事,演绎李白借皇帝器重而有意欺辱高力士,再演绎出高力士挑唆杨玉环,杨玉环听信了高力士的谗言,对李隆基吹耳旁风,阻止皇上重用李白,这大约是人们因爱慕李白的直率豪放真诚放达,想以这个故事渲染李白的受宠之极,突出李白对权贵的傲慢和轻蔑;又欲借着故事传闻,以窥视的心态想象帝王美妃宫廷生活之神秘,以好奇之心对历史的空白处加以联想,遂成洋洋大观。

李白从出生到仙逝,一生传奇甚多。因为人们太喜欢李白,所以每有人结撰出李白奇异的故事,往往流布之广到了人人皆知的地步。李白一生足迹所及,皆有亭碑之类以记之,以至于正史都予以采信。诗人亦多喜好自言各种关于自己的奇说异闻。有关李白的碑传异录、稗官杂说、故事传奇,各类所载咸聚成诵,大大迷惑了众人的视听。"高力士谮于贵妃"之说,实在掺杂了太多想象的成分,也许,这也见证了中国古代以稗官杂说演绎历史的文化形态之一斑。再者,有大量的历史资料证实,杨玉环入宫,汲取了唐代前几次后宫干政的流血教训,其无意涉足政事,也未曾干政,更不会在自己尚未册封贵妃之时,便去阻止皇帝对李白的重用。因此,传说杨玉环听信高力士之言而构陷李白,并且阻止皇上重用李白,杨玉环反倒可能是冤枉的。

这里，另有"李白以张垍谗逐"一说。

唐进士魏颢在《李翰林集序》中记述："上皇豫游，召白，白时为贵门邀饮。比至，半醉，令制出师诏，不草而成。许中书舍人，以张垍谗逐，游海岱间。"[17]这里指名道姓的张垍，是唐玄宗开元时期名相张说的次子。因李隆基作藩王时，其良媛杨氏怀孕，李隆基忌于太平公主猜疑，欲以药堕胎，让张说携药入王府，李隆基亲自熬药，因药鼎多次倾覆，李隆基无奈告诉张说，张说便说此乃天意，于是诞下男孩，便是太子李亨，即后来的肃宗。因念旧恩，李隆基赐张垍做了女婿，尚宁亲公主，拜驸马都尉，授卫尉卿，更深得李隆基宠爱，常有亲召近谈之幸，其所居内宅亦置于禁中。天宝初年，张垍以中书舍人之职而兼任翰林学士，正是李白在长安时期的翰林同僚，有可能成为李白仕途中直接的竞争对手。同僚的嫉妒和皇帝的疏远能够构成因果关系，其连接的关键环节就是谗言。而能够向皇帝进谗言，能够有效地离间皇帝与其器重的诗人李白的关系，这样的一个人物，与皇帝亲密的程度应该超过李白，应该是个比李白更亲近皇帝的人。进谗言，构陷李白，既有条件，也有机会，而且还有动机者，没有人比这个张垍更合适了。因此，张垍其人，真的很可疑。持"以张垍谗逐"之说的魏颢，按照今天的说法，可谓李白的忠实拥趸，也就是超级粉丝。他于天宝十二载离开王屋山寻访李白，经梁园、东鲁至江东、吴越，历数千里，于次年五月在广陵始得与崇拜的诗人李白相逢，结成忘年之交。后李白与之结伴同游金陵，临别李白以诗相赠，并且以生平所作诗文存稿托付魏颢，

第八章 遭谗

嘱魏颢为其编辑成集，甚至有托孤之言。以魏颢与李白的这种关系，张垍进谗言的说法出自李白之亲口，或许有之。"李白以张垍谗逐"之说似乎不虚。只可惜，其他的史籍无据可稽，也无以佐证其真伪。

考察李白自己的所有诗作，只是言及遭到同僚嫉妒；但所称诽谤谗言之类出自何人，并没有明确的指向。李白的族叔李阳冰作《草堂集序》有言"丑正同列，害能成谤，格言不入，帝用疏之"[18]，只不过概括言之而已，但因为是首发之言，这样，就为探究李白被皇帝疏远的原因留下了巨大的想象空间。

其实，客观而论，李白的遭妒遇谗、仕途不达，几乎无可避免。唐王朝关于政治中枢人事制度的设计，使李白在仕途晋升中遭到抵制和排挤成为必然之势。

按照唐代制度，乘舆所至，必有各类人才御前侍驾，于是，收罗文词经学之士及卜、医、伎、术之流，以备皇帝宫中侍读和宴乐驱使，为之设置的别院，实为宫廷的应诏机构。最初，别院中人职责类似于后来的学士，但尚无学士的头衔。朝廷惯例，制作文书诏令的职责原本是由朝廷中书舍人担任的。至太宗皇帝时，常常擅召名儒学士起草诏书，部分取代了中书舍人之职；高宗乾封年间及武后执政时期，有以擅长文辞者召为翰林院待诏，密令参与机要，分享宰相之权，因其多置于皇宫北门听候进止，因故时称其为"北门学士"。《旧唐书·百官志》[19]记载，开元十三年，将丽正修书院改为集贤殿书院，五品以上官员可以授学士衔，六品以下授直学士。这些学士的身份相当于皇帝的文学和言语侍从，职责是随皇帝入宫出行，供随时顾问，由于其可以参谋议政、接纳诤谏，故礼遇尤宠。

学士待诏的场所称为翰林院。后来玄宗又设翰林待诏,以朝廷左相右相兼任,掌管四方文书批答,制作应和文章;既而又以中书省事务繁杂文书拥滞为由,选文学之士称为翰林供奉,与集贤殿书院学士分掌制诏、书敕的职司。开元二十六年,改称翰林供奉为翰林学士,另在宫廷禁中设置学士院,为翰林学士的待诏之所,专掌内命,甚至连拜免将相与号令征伐的军机要事也都有参与;其礼遇益亲益盛,私底下竟至号为"内相"。作为皇帝私人秘书的翰林学士,御前侍驾,陪酒赋诗,还可能执掌密命,但又不像授予高力士三品大将军一般授予翰林学士以官衔,因之,他们实际上并无内臣的实权,却又担着内相的虚名;其代表皇帝个人旨意起草关乎国家大事的诏制,便又涉足了宫外朝廷重臣的职事。可知,这翰林学士,宫内宫外两不靠,往往就容易遭到各方排挤。

　　长安时期的李白,恰恰扮演了这样一个不受待见的角色。

　　李白供奉翰林,草制诏书,替代了中书舍人的职分;参知国家军政大事,似乎又侵犯了宰相的职权。特别是有中书舍人兼翰林学士者,更不容他人过多插手起草诏书,参与枢密。李白这样一个没有朝廷正经官职的布衣学士,便成为那些个兼职者们天然的政敌和对手。另外,李白对朝廷宰相权力边界的僭越,也必然招致对抗与敌视。其实,此时的李白有意无意之间成了一个双重越界者。朝臣们以为李白的角色类似内臣,不应该涉足朝政;而内臣则认为李白以外人的身份,过多地介入了宫中内廷的机务。因而,李白既遭到朝臣排挤敌视,又遭到内臣谗言构陷,就成了一个大概率的事件。

　　加之,李白入京之际,长安的官场已不再清明。其时的宰相,

第八章 遭谗

就是历史上以"口蜜腹剑"闻名的李林甫。李林甫出身皇族，开元末年，就曾暗中排挤名相张九龄。此时，这位执政多年的重臣，结党营私，闭塞言路，拦阻贤俊，出现了明显的大权独揽倾向。因之，大唐朝纲紊乱，在天宝初年已经渐露端倪。有史料记载，贵为右监门将军的高力士虽然是李隆基的心腹，当提醒皇上不可以大权全都委于李林甫时，李隆基龙颜震怒，吓得高力士从此不敢对皇上深谈自己对大臣的看法，不敢过问朝廷政事。而李林甫与太子李亨的矛盾，在天宝年间，曾经演化为宰相一派与太子集团之间激烈的政治对抗。李林甫屡屡以各种事端挑衅太子的地位，而太子生怕被废黜储君之位而丢了性命，只好委屈忍让，妥协自保；甚至为了摆脱困境，李亨竟然被逼无奈，为此而两次休妻弃爱。一个连太子都容不下的弄权奸相，又怎么容得下孤傲不羁冒失无知的李白？又岂能容忍一个无职无势的布衣翰林，屡屡侵犯自己的权限？权力高层这种刀光剑影的明争暗斗，朝廷内部这种纷繁复杂的职事纷争，以李白的从政阅历根本无从体会。朝廷的险恶，宫中的风波，时有惊心动魄处，而作为诗人的李白，全然没有起码的仕途历练和基本的政治敏感，其所作所为表现得更像个呆头呆脑了不识趣的文墨书生。

李白实在不谙官场规则。由此看来，朝臣们不愿让一个政治上的素人介入朝政，尤其不愿意让一个注定是官场的异类成为同僚，这大约是一种普遍的心理反应。当然，在李白看来，有这种心思的，便是小人嘴脸。

李白在那个充满了经营与算计的学士院里如同鹤立鸡群，是特立独行的另类存在。

同时，李白过多地介入了皇帝的宫廷生活私人领域，逾越了作为一个朝廷政治家所应该恪守的行为边界，这也为皇帝听信谗言埋下了隐患。范传正在《唐左拾遗翰林学士李公新墓碑》中说："既而（李白）上疏请还旧山，玄宗甚爱其才，或虑乘醉出入省中，不能不言温室树，恐掇后患，惜而逐之。"[20]皇帝有所忌讳，怕李白"言温室树""恐掇后患"，斯言不无道理。

在这种特殊的历史环境中，李白与皇帝关系的疏密，速升速降，大起大落，便是再正常不过的事了。

然而，长安侍驾时期的李白，如何明白这些！更何况，李白身上带着浓重的书生意气，带着异于传统文人的孤傲与侠义。在《上安州裴长史书》中，诗人自述了一段奇行异事：友人吴指南不幸死于洞庭湖上，诗人炎日伏尸，恸哭泣血，将友人暂殡于洞庭湖畔后，数年来归，洗削白骨，裹而负行，昼夜不舍，借贷建墓，重葬江夏郡。[21]由此可以想象到，这样的李白，待人接物，往往不顾及世俗礼数和众人非议。书生的视角，看不透官场上的暗潮；意气用事，遮蔽了诗人的政治视野；诗歌的才华，更是难以转变成为李白政治上的成熟。

天宝三载的那个夏末，诗人用怀疑的目光打量着身边的同僚，觉得他们都在嫉妒自己，都像诽谤者，像谗言制造者。

李白意识到自己遭遇了汹汹谗言。对谗言，他感到深深的忧惧。

惧谗 [22]
二桃杀三士，讵假剑如霜。

第八章 遭谗

> 众女妒蛾眉，双花竞春芳。
> 魏姝信郑袖，掩袂对怀王。
> 一惑巧言子，朱颜成死伤。
> 行将泣团扇，戚戚愁人肠。

遭遇谗言构陷而生忧惧，这种内心深处的主观感觉，直言不宜，亦不易。李白此诗十句四典，借用历史故事，含蓄委婉。"二桃杀三士，讵假剑如霜"，用《晏子春秋》故事：齐国公孙接、田开疆、古冶子三位武将，力能搏虎，勇冠三军；国相晏婴，进谗言于齐景公，以二桃奖励三位勇士，引起三人争端，致使自相残杀皆亡。二桃杀三士，因谗言耳，何必剑如霜。"众女妒蛾眉，双花竞春芳"，用《左传》故事："双花"指春秋时齐僖公的两个女儿宣姜和文姜，她们皆为绝色；卫宣公姬晋招宣姜做儿媳，见到后食不甘味，夜不能寐，竟占为己有；待字闺中的文姜，亦因之美名远扬，诸侯世子纷纷求娶；文姜选中玉树临风的郑国世子姬忽，齐、郑缔结儿女亲家，姬忽却听信谗言而辞婚，文姜只好嫁给鲁桓公姬轨。绝代佳人，众女所妒，遭谗失爱。"魏姝信郑袖，掩袂对怀王。一惑巧言子，朱颜成死伤"，用《韩非子·内储》故事：战国时，魏哀王送给楚怀王一位美人，甚得宠信；夫人郑袖假意与其亲近，并暗示怀王有特殊喜好，魏美人因信之；郑袖告知美人，怀王不喜欢你的鼻子，若见大王，掩鼻，则永得欢心；魏美人见楚怀王而掩鼻，怀王诧异，问郑袖，郑袖因出谗言——魏美人嫌大王口臭，方才掩鼻；怀王大怒，遂令割去魏女鼻子。"行将泣团扇，戚戚愁人肠"，用汉代班婕妤《团扇诗》："常恐秋节至，凉飚夺炎热。弃捐箧笥中，恩情中道绝。"意为，人如秋扇，天凉见弃，弃掷箱箧中，恩情断绝。诗意哀情凄切，愁肠百结。李白此诗用典，前三则故事突出逸言之可畏；以"团扇"之喻收束，则落在"不用见弃、恩断情绝"上，一腔忧愤，感慨深痛。

乍起的凉风，吹落龙池水畔尚未枯黄的柳叶；长安城头，冷月无声；龙首原上，飞霜似霰。

天宝三载，秋天悄悄地来了。

随着季节的转换，李白的心境也正发生明显的变化。兼济天下的激情转变为仕途升迁的焦虑，进而转换成怀才不遇的幽愤。

诗人作诗，对自己遭遇的挫折，直抒胸臆，不再委婉表达。

古风五十九首·其三十八 [23]

孤兰生幽园，众草共芜没。
虽照阳春晖，复悲高秋月。
飞霜早淅沥，绿艳恐休歇。
若无清风吹，香气为谁发。

诗人自比幽园孤兰，品质高洁，却被众草淹没而成荒芜；阳春暖晖已成高秋冷月，飞霜淅沥，绿艳凋谢；若无清风吹拂，馨香为谁飘发。诗人从秋天的凄清感受到了人世的冷遇，不禁从心底生出圣顾已逝恩宠不再的悲凉，泛起空怀宝瑟知音无觅的怅惘。

心中的悲愁烦忧无以倾诉，诗人便对着孤悬长空的秋月，时而拂剑起舞，时而击节高歌，饮酒寄情，吟诗明志，但到伤心处，却禁不住泪流涕泗。

玉壶吟 [24]

烈士击玉壶，壮心惜暮年。
三杯拂剑舞秋月，忽然高咏涕泗涟。
凤凰初下紫泥诏，谒帝称觞登御筵。
揄扬九重万乘主，谑浪赤墀青琐贤。
朝天数换飞龙马，敕赐珊瑚白玉鞭。
世人不识东方朔，大隐金门是谪仙。
西施宜笑复宜嚬，丑女效之徒累身。
君王虽爱蛾眉好，无奈宫中妒杀人。

一首《玉壶吟》，道破万古冤。奉诏谒帝，御筵擎杯，揄扬万乘，谑浪权贵，这样的宠爱恩遇，而今皆如流水落花，随春去也。上朝身骑飞龙马，金门大隐称谪仙，这样的豪迈潇洒都成了过眼烟云，风消云散。尽管东施徒效颦，君王真情爱蛾眉，怎耐得宫中从来妒杀人，美如西施也枉然！

这时节，诗人已是痛彻心骨，忧愤难当。

落日时分，长安城沐浴着斜阳的余晖。炊烟散尽，城头旌旗飘摇，雁塔金铎，惊飞了归宿的雨燕。征妇上了织机，开始了漫漫无边的夜织。万户捣衣声此起彼伏，和着兴庆宫殿堂上曼妙的歌声，把长安城带入了又一个欢娱与哀怨交织的长夜。

  静静的秋夜里，乌鹊哑哑归飞。庭中花影斑驳。诗人李白，数杯酒后，思绪绵长，悲愁禁不住袭上心头。乐府西曲歌谣，凄婉的韵律仿佛从记忆深处飘来，缓缓的节奏恰合此时的心境。他依律填词，吟成《乌夜啼》一首。

乌夜啼 [25]

> 黄云城边乌欲栖，归飞哑哑枝上啼。
> 机中织锦秦川女，碧纱如烟隔窗语。
> 停梭怅然忆远人，独宿孤房泪如雨。

  诗人以归飞欲栖的乌鹊形象起兴，为秦川女代言，倾诉"独宿孤房""怅然忆远人"的哀怨；哑哑枝上啼，感情凄切忧伤。仔细体味诗歌意境，李白心头别有一番滋味：诗人悲悯秦川女，何尝不是哀人而自哀者也。

  秦川女，尚有远人可忆。

  长安的李白，他还期待着什么？

  李白没有放弃最后的期望。怀抱理想，浪漫的诗人，在想象飞扬的时刻，依然幻想着当朝皇上终有一天会突然圣意转圜，摈弃谗言，或许还有边疆要事需向自己征询，会在紫宸殿重新召见自己，再入翔鸾阁，委以重任。他的怀抱，太深，太重，真的一时难以放下。

  此时的诗人犹感无助，无助到如同遭遇不幸的柔弱女性一般：独坐深闺里，有苦无处诉。

第八章 遗逸

　　捣衣声中，诗人与怀念远人的思妇产生了心理共鸣。他把自己心中积郁赋予诗篇中的思妇，借着她们的形象，寄托自己的愁怨。

怨情 [26]

美人卷珠帘，深坐颦蛾眉。
但见泪痕湿，不知心恨谁。

玉阶怨 [27]

玉阶生白露，夜久侵罗袜。
却下水精帘，玲珑望秋月。

　　卷珠帘，望秋月，露浸袜，泪痕湿；心有怨，却不知心恨谁。
　　诗人又想起了金屋藏娇的故事。汉武帝陈皇后小名阿娇，初嫁，得金屋藏娇之幸；后失宠退居长门宫，孤思愁苦；听说司马相如工于文章，便以黄金百斤求作《长门赋》；武帝见赋思旧，阿娇重又得幸。李白思古感今，哀人伤己，作《长门怨二首》。

长门怨二首 [28]

其一

天回北斗挂西楼，金屋无人萤火流。
月光欲到长门殿，别作深宫一段愁。

其二

桂殿长愁不记春,黄金四屋起秋尘。

夜悬明镜青天上,独照长门宫里人。

金屋尚在,北斗挂西楼,虽贵为皇后,但夜深处也只有明月为伴。李白由司马相如为陈皇后作《长门赋》,复又联想到了司马相如和卓文君的故事。卓文君伴随司马相如入京,不虞司马相如欲纳茂陵富家女为妾。卓文君哀伤不已,作《白头吟》一诗,中有诗句"闻君有两意,故来相诀绝","愿得一心人,白头不相离",表明自绝之意。于是,司马相如打消了纳妾的念头。李白伤感于君恩的飘忽不定有始无终,依卓文君原题作《白头吟》诗一首,以卓文君的遭遇自况,比附皇上的疏远和自己的遇冷。

白头吟 [29]

锦水东北流,波荡双鸳鸯。

雄巢汉宫树,雌弄秦草芳。

宁同万死碎绮翼,不忍云间两分张。

此时阿娇正娇妒,独坐长门愁日暮。

但愿君恩顾妾深,岂惜黄金买词赋。

相如作赋得黄金,丈夫好新多异心。

一朝将聘茂陵女,文君因赠《白头吟》。

东流不作西归水,落花辞条羞故林。

兔丝故无情,随风任倾倒。

> 谁使女萝枝，而来强萦抱？
> 两草犹一心，人心不如草。
> 莫卷龙须席，从他生网丝。
> 且留琥珀枕，或有梦来时。
> 覆水再收岂满杯，弃妾已去难重回。
> 古来得意不相负，只今惟见青陵台。

原来，人心不如女萝草，卓文君也会成为弃妇！

在那个家天下的时代，皇帝称作天子，皇权可以随心所欲主宰一个人的命运，才高气傲如李白者，也不得不卑微地期待着圣主的恩宠。可怜的诗人，为了实现自己济苍生的抱负，忍受着巨大的屈辱与痛苦。他把自己的一腔豪情，化作了满腹幽怨，让自己委屈得像一个渴望着绝情的夫君回心转意的怨妇。

静静的秋夜里，如霜的月光洒在床头。独对明月，李白仿佛看到，有位孤栖幽居者，卷帘凭窗，明月为伴，遥望云端，苦苦思恋着心中的美人，肝肠欲断。这一回，诗歌的抒情主人公转为了男儿之身。诗人借六朝乐府旧题篇名，依其格式，拟着那个因多情而痛苦的男性口吻，吟成《长相思》诗一首，寄寓自己此时此刻的情感。

长相思 [30]

长相思，在长安。
络纬秋啼金井阑，微霜凄凄簟色寒。

孤灯不明思欲绝,卷帷望月空长叹。

美人如花隔云端,

上有青冥之高天,下有渌水之波澜。

天长路远魂飞苦,梦魂不到关山难。

长相思,摧心肝。

　　所思何在,在长安;长安何有,有所思。金井玉栏,促织秋夜鸣啼,微霜凄惨,竹席寒光清冷;孤灯无眠兮相思魂欲断,卷帘望月兮凭窗空嗟叹。如花美人相隔在云端!上有苍茫长天高不可及,下有万丈波澜深不可涉;天长路远关山重重,梦魂飞渡苦苦不达。长相思,相思苦,长安在眼前,美人隔云端,隔云端,摧心肝!

　　令人神往的如花美人,是理想的仙界才有,还是一个可以期待的人间传奇?说近近在眼前,说远又远隔云端,这望得见而触不到的如花美人,是一个怎样的存在?高天何谓,波澜何谓,路远何谓,关山之难又何谓?似梦非梦般的魂飞苦度而不达,以至于肝肠寸断,谁人有过如此无奈的境遇?

　　诗歌意象浅显,但意境深邃,是因为诗人别有怀抱。屈原《离骚》中的香草美人与李白诗中的如花美人都是喻指,是诗人们所追求的政治理想的形象化表达。遭遇谗言而被皇上疏远的诗人,塑造了一位苦苦思念云端美人的主人公形象。诗中之人是李白,还是李白化入了自己的诗中?

　　长安一片月,万户捣衣声。

　　天宝三载,秋天来了,日子凉爽了起来。

【注释】

[1]（清）王琦注：《李太白全集》上册，中华书局1977年9月第1版，第185页。

[2]（清）王琦注：《李太白全集》中册，中华书局1977年9月第1版，第1092页。

[3]杜甫《饮中八仙歌》。（清）王琦注：《李太白全集》下册，中华书局1977年9月第1版，第1484页。

[4]（清）王琦注：《李太白全集》上册，中华书局1977年9月第1版，第487页。

[5]（清）王琦注：《李太白全集》上册，中华书局1977年9月第1版，第481页。

[6]（清）王琦注：《李太白全集》上册，中华书局1977年9月第1版，第240页。

[7]（清）王琦注：《李太白全集》上册，中华书局1977年9月第1版，第332页。

[8]（清）王琦注：《李太白全集》上册，中华书局1977年9月第1版，第153页。

[9]（清）王琦注：《李太白全集》上册，中华书局1977年9月第1版，第230页。

[10]（清）王琦注：《李太白全集》中册，中华书局1977年9月第1版，第1112页。

[11]（清）王琦注：《李太白全集》中册，中华书局1977年9月第1版，第1111页。

[12]（清）王琦注：《李太白全集》上册，中华书局1977年9月第1版，第145页。

[13]（清）王琦注：《李太白全集》上册，中华书局1977年9月第1版，第116页。

[14]（清）王琦注：《李太白全集》上册，中华书局1977年9月第1版，第146页。

[15]（清）王琦注：《李太白全集》上册，中华书局1977年9月第1版，第135页。

[16]（清）王琦注：《李太白全集》上册，中华书局1977年9月第1版，第306页，注者按语。

[17]（清）王琦注《李太白全集》下册，中华书局1977年9月第1版，第1449页。

[18]（清）王琦注《李太白全集》下册，中华书局1977年9月第1版，第1446页。

[19]（后晋）刘昫等撰：《旧唐书》，中华书局1975年5月第1版，第1851～1854页。

[20]（清）王琦注：《李太白全集》下册，中华书局1977年9月第1版，第1464页。

[21]（清）王琦注：《李太白全集》下册，中华书局1977年9月第1版，第1245～1246页。

[22]（清）王琦注：《李太白全集》下册，中华书局1977年9月第1版，第1158页。

[23]（清）王琦注：《李太白全集》上册，中华书局1977年9月第1版，

第 136 页。

［24］（清）王琦注：《李太白全集》上册，中华书局 1977 年 9 月第 1 版，第 377 页。

［25］（清）王琦注：《李太白全集》上册，中华书局 1977 年 9 月第 1 版，第 175 页。

［26］（清）王琦注：《李太白全集》下册，中华书局 1977 年 9 月第 1 版，第 1182 页。

［27］（清）王琦注：《李太白全集》上册，中华书局 1977 年 9 月第 1 版，第 239 页。

［28］（清）王琦注：《李太白全集》下册，中华书局 1977 年 9 月第 1 版，第 1174 页。

［29］（清）王琦注：《李太白全集》上册，中华书局 1977 年 9 月第 1 版，第 242 页。

［30］（清）王琦注：《李太白全集》上册，中华书局 1977 年 9 月第 1 版，第 193 页。

第九章 辞阙

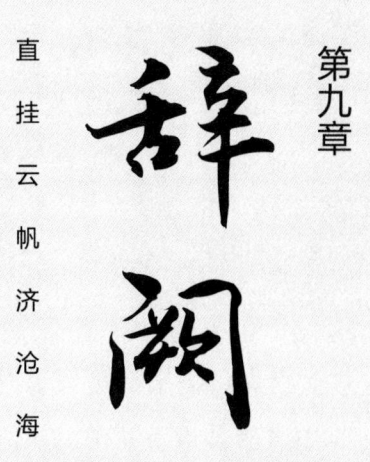

直挂云帆济沧海

秋天，一个朝觐的日子。

早朝时节。

长安城，大明宫，金銮殿，丹墀前。

李白拜过皇帝，呈上奏折，请辞学士，乞归山林。

高力士细声问道：敢问李学士，醉了？

李白从容作答：且乐生前一杯酒，何须身后千载名！

众臣窃窃私语。

坐在龙椅上的李隆基，捻了捻胡须，然后一通呵呵大笑。

皇帝欣然允诺：着李爱卿免了翰林劳顿，且去饮酒！

数日之后，韦绦接到李白的赠诗，反复吟诵，不胜唏嘘；泪光闪烁中，透过重重关山，他仿佛看见，八月的那个秋日，终南山脚下，夕阳余晖里，杜陵原的酒楼上，诗人李白，孤身伫立，把酒凭栏，瞩望着渐渐沉入暮色中的长安城，满眼是抹不去的迷茫。

天宝三载，八月天，晨风清凉。

秋云罩长安。绵密的细雨，一夜淋漓无歇。官舍清冷，里坊街衢泥泞潮湿。皇帝为早逝的母亲祈福，宫中停止娱乐。李白早起，从明德门出城，向东南骑行。马蹄踏着落叶，路坡渐渐陡起来。道旁的山菊花，随风抖落花瓣上的雨滴。盘道曲行，不觉攀上了一片黄土高坡，那是杜陵原。

立马原上，李白回首，辽阔的关中平原，雾色沉沉，云烟苍茫。

杜陵原，在长安城东南，距万年县府二十里。这里原本是一片黄土沉积而成的开阔台地；台地突兀隆起百数丈，向南渐次递升；西临潏河，东绕浐河，二水之间，地势高拔，汉代称为"鸿固原"。传说此原曾有凤凰来栖，故有凤栖原的美称。汉宣帝刘询年少之时，喜欢这里的风景，常到此地游赏。他即位后，便将此地选作终归之所，在此建造陵园，是为杜陵，因之，后来称这处土塬为杜陵原。宣帝皇后许氏死后，也在这处台原上修建葬陵，因其比宣帝陵小，故称为小陵；小与少音近，杜陵原遂有"少陵原"之名。杜陵原，倚秦岭之势，延西京之威，与渭水北之五陵原隔河相望，遥为呼应。在杜陵原登高览胜，视野异常开阔，常有势凌天下之感。故自汉代以后，文人学士常常聚会于此，危楼登高，凭栏怀古，诗酒酬唱。于是，风光更添文雅，游人络绎不绝。

李白在长安时，杜陵原每每让他流连驻足。

这天上午惆怅无限的李白上了杜陵原，找了个清静的酒肆自斟自饮，借以排遣愁绪，打发这孤单寂寥的时光。

午后，云渐淡，雨稍歇。

临近黄昏时节，倏忽之间，云开雾散，雨霁天晴。刹那，斜阳显露出真容，彤云罅隙里，一道霞光如巨箭万丈，投射到杜陵原上。

目睹如此阴晴变幻，李白积蓄在心头的愁绪，随着云开日出，稍稍有了些缓解。

诗人借着酒兴，登上供客人登高望远的酒肆楼阁。

凭栏西北望，长安城垣，曲江池，慈恩寺大雁塔，大明宫，次第呈现在眼前；一派秋色里，远处的渭水波光粼粼，映着西坠落日最后的辉煌；朦朦胧胧的五陵原，更远处天际青黛的山影，在金黄色的水天光晕里，若隐若现。

李白诗情沛然，脱口成诵。

杜陵绝句[1]

南登杜陵上,北望五陵间。
秋水明落日,流光灭远山。

落日辉映下,秋水流光,远山明灭。孤望,目光徘徊。满目秋色,乡关何处?乡关何处?满目秋色!

登高独立,诗人极目四顾,原野辽阔,落霞流彩,天尽头,奇峰对峙,关河错重,长空邈远无际;近观,古原上,竹映清晖,松明翠色,云烟氤氲,万物秋容。

诗人步履徘徊,情思幽深,心绪浩茫。

心神飘忽的一瞬间,李白突然就想起了远方的挚友,他叫韦滌。

诗人心潮涌动。他,想把自己无以言说的深重心事用诗诉说,遥致远方的朋友韦滌。他要告诉朋友,暮色迫近,黄昏将至,时光匆匆,胜景即逝,美酒浇不透胸中块垒,清歌抚不平心底波澜;他要告诉朋友,而今,欲蹈瀛海寻觅蓬莱仙境以寄托遐思,将还故山结伴嗷啸云水而乐享逍遥,却又迷失了旧时的路径;他要告诉朋友,既然参政的抱负不得施展,归隐山水便是不二的选择,只是还山归隐之思方起,辞阙去朝之意未决;他要告诉朋友,自己此刻在杜陵原上,伫立远眺,怀念不辍,只恨不能与朋友同攀桂枝,共折瑶华,因而,思君彻夜无眠,独听声断宫钟。

第九章 辞阙

夕霁，杜陵登楼寄韦繇[2]

浮阳灭霁景，万物生秋容。
登楼送远目，伏槛观群峰。
原野旷超缅，关河纷错重。
清晖映竹日，翠色明云松。
蹈海寄遐想，还山迷旧踪。
徒然迫晚暮，未果谐心胸。
结桂空伫立，折麻恨莫从。
思君达永夜，长乐闻疏钟。

诗已成，韦繇，你在哪里？

杜陵原，高高的酒楼上，眺望辽阔的关中平原，李白的目光掠过长安城那一片鳞次栉比的殿堂楼阁，投向暮色中的苍山远影，满眼是迷茫。

天宝三载，秋天，日子凉爽起来。

御前应召的次数日渐稀少，偶尔入宫侍驾，也不过是宴乐时的应制敷衍，再也没有起草诏书参议国是的机缘。李白感觉到，皇上与自己越来越远，而且，皇上是有意疏远的。

这种明显的变化，一时间让李白无法从容面对。

他忧虑，自己或许已经失去了皇帝的信任。

对前程的失望，不时袭上心头。

李白内心痛苦地挣扎着，失落遮蔽了旷达，迷茫替代了豪放。

眼前，前程受阻，宏图莫展；佐圣主，安天下，济苍生，竟成春梦。诗人丧失了昔日的自负与自信。他犹豫徘徊着，开始怀疑命运能否给自己一个"功成"的机会，自己是否还要执着地追求"功成拂衣去"的那一份从容与潇洒。

诗人欲从追思历史中获得启示。他依乐府旧题作《鞠歌行》，历数古来圣贤的遇与不遇，比对现实，以期解开自己内心的困惑。

鞠歌行 [3]

玉不自言如桃李，鱼目笑之卞和耻。
楚国青蝇何太多，连城白璧遭谗毁。
荆山长号泣血人，忠臣死为刖足鬼。
听曲知甯戚，夷吾因小妻。
秦穆五羊皮，买死百里奚。
洗拂青云上，当时贱如泥。
朝歌鼓刀叟，虎变磻溪中。
一举钓六合，遂荒营丘东。
平生渭水曲，谁识此老翁？
奈何今之人，双目送飞鸿。

本诗用典极多，形象丰富，寄寓深邃，感情含蓄。

诗歌前六句，举楚人卞和献璧不遇的故事。相传，楚人卞和采得玉璞献于楚国厉王，厉王委派玉尹辨识玉璞，玉尹告诉厉王那不过是普通石头，厉王以为卞和诓骗，刖其左足；厉王薨，武王继位，

第九章 辞阙

卞和复献以玉璞,武王仍派玉尹辨玉,玉尹以石头告诉武王,武王断其右足;武王薨,共王继,卞和捧玉璞在荆山中大哭三天三夜,泪尽泣血;共王派人问卞和:天下受刑者众多,你有何怨?卞和回复:宝玉当成石片,忠贞之士以诓骗之罪刑足,此所以悲伤而哭矣!共王使人琢玉璞,得宝玉,是为和氏璧,价值连城。诗人借卞和献玉之事,哀贤者遭谗离祸之不幸。

诗歌中间十二句,凡举甯戚、百里奚、吕尚三位才俊得遇明主的故事。故事一:甯戚欲投奔齐桓公,无缘以见,给人当奴仆,宿城外东门,见齐桓公出城,击牛角依商调而悲歌,桓公奇之,派管仲迎入城内。甯戚诵曰:"浩浩乎白水。"管仲不知所谓,五日不朝,有忧色,小妾问何忧,管仲告以"浩浩乎白水"不解之疑,小妾笑诵《白水》之诗,管仲顿悟,原来甯戚想要以自己的才能报效齐国。管仲奏报桓公,桓公斋戒五日而接见甯戚,拜为相,于是齐国大治。故事二:百里奚本为虞国大夫,晋献公假道伐虢后,灭虞,虏百里奚,又将其作为公主陪嫁的媵臣送给秦国。百里奚逃到楚地,秦穆公欲重金赎回,又担心楚人不放,依公孙枝计,用五张羊皮换之,楚人放归。秦穆公重用百里奚主持国政,谋无不当,举必有功,助秦成为春秋五霸之一,奠定了秦国崛起统一天下的基础,堪为一代名相。故事三:吕尚避殷纣而居东海之滨,闻周文王将兴,往归,至朝歌穷困,鼓刀为屠,后又垂钓于渭水磻溪,年八十。文王梦得圣人,出猎遇吕尚钓,载归,拜为师。吕尚助文王得天下,封于齐地营丘。李白借贤者得到重用的故事,表达对知遇圣主的殷切向往。

诗歌最后两句引用孔子遭到轻慢的旧事。《史记》有载,卫灵公遇孔子,与之语,忽闻征鸿声,仰天举目送之,忘记了搭理孔子,孔子于是离去。此处,李白暗指自己被皇上疏远的现实。

此诗值得注意的是,五个典故皆涉君王用人之道,预示着李白的情感较于之前已经发生了实质变化:由厌恨奸佞之因妒而谗谤,转变为怨愤人主之信谗而轻才。

一腔委屈无诉处,思古怀远,李白感慨无限。

这天,是朝中休浣之日。飞龙马归了龙厩,补饲添膘。免去寒露待诏的匆忙,借着闲暇时光,李白前去拜访朋友卢郎中。卢氏为名门望族,朋友做着门下省郎中。孤寂的李白渴望推心置腹的倾诉。叙旧游,话衷肠,唯余故友。

二人聚会自然少不得诗酒。曾经山水共游的林下朋友,如今承恩圣主的同朝臣子,知己相遇,话题虽然是山海林壑旧事,但李白却躲不开当下仕途的烦忧。诗人酒入愁肠,忧思难抑,他扪心自问道:何以从容地脱去朝靴,摘了锦冠?又如何能够布衣素巾回归山野?心无所系,沉浮度外,随时得以进入芳樽一醉的状态,那该是多么美妙的境界!

也不知,向往潇洒自在的李白,在这位卢姓故友处,找到了几多共鸣,几多理解。或许,到头来,只怕是举杯消愁愁更愁啊。

李白用诗歌记录了与故友叙谊解愁的情境。

朝下过卢郎中叙旧游[4]

君登金华省,我入银台门。

第九章 辞阙

> 幸遇圣明主，俱承云雨恩。
> 复此休浣时，闲为畴昔言。
> 却话山海事，宛然林壑存。
> 明湖思晓月，叠嶂忆清猿。
> 何由返初服，田野醉芳樽。

"幸遇圣明主，俱承云雨恩"，与故友同朝共臣，多么荣耀，只可惜将成昨日；而今，没有了建功立业的激情澎湃，没有了安邦济世的指点江山，只好空自怀念那恍若世外的明湖晓月，只好闭目神游那奇峰叠嶂林泉飞湍清猿竞欢的奇妙情境了。"何由返初服，田野醉芳樽"，布衣仙袍，山野纵酒，隐藏在诗人内心深处退隐归山的心思竟是如此急切！

从得意时怀抱的功成身退，到壮志难酬时的犹豫徘徊，再到遇谗后向朋友吐露归隐之志，这个秋天里，诗人李白正在面对着艰难的人生抉择，经历着痛苦的心灵煎熬。李白渐渐明白，归山，云游，不再是从容的归宿，而是必须直面的退路。

诗人无奈，他将何去何从？

天宝三载的秋天，凄清，无聊。

晚霞飞逝，暝色降临，疏星寥落，凉气袭人。困居官舍的李白，沉浸在深深的孤寂之中。

诗人重重心事，万千思绪，空对冷月，举杯无端。

于是，他独坐庭中，抚琴，一曲广陵散，作静夜之思。

遭遇人生意外的挫折，诗人承受着巨大的心理落差。滞留长安，身陷两难，进退失据，犹豫徘徊。他，要找寻出宠辱沉浮的缘由。他，深沉地叩问自己的内心：自己究竟期待什么，何处又是归程？来何求，去何往，他真的需要向自己问个明明白白！此刻，他太需要安顿自己的灵魂了。他，追古抚今，潜心反省，试图找回那个豪迈而自信的自我。

秋夜独坐怀故山[5]

小隐慕安石，远游学子平。
天书访江海，云卧起咸京。
入侍瑶池宴，出陪玉辇行。
夸胡新赋作，谏猎短书成。
但奉紫霄顾，非邀青史名。
庄周空说剑，墨翟耻论兵。
拙薄遂疏绝，归闲事耦耕。
顾无苍生望，空爱紫芝荣。
寥落暝霞色，微茫旧壑情。
秋山绿萝月，今夕为谁明？

诗人怀念曾经神仙般的自在日子：像东晋谢安石高卧东山那样，闲散隐居在东山林泉；学着屈原肆意漫游名山大川的样子，遍访天下的香草美景。

进京欲何求，诗人似乎是清醒的：从云卧之地来到长安城，那

第九章 辞阙

是奉了皇帝访贤的诏书；供奉翰林，御前侍驾，伴君饮宴，奉诏制诗，只是为了赢得圣明君王的尊崇器重，并非沽名钓誉以垂青史。

诗人自省着，如今落得这般境地，空怀文韬武略，难酬壮志雄心，是因为自己如庄周、墨翟一般，不谙于世俗利害，不屑于凡尘劳顿，耻于随波逐流，愚笨不识时务。

于是，诗人作出了人生中最痛苦的判断、最艰难的抉择：君王疏远之日，便是归耕陇亩之时。

诗人自怨自嘲道：原本就不配拥有安社稷济苍生的宏大志向，却枉自喜欢隐居以博取贤才的虚名。

此时此地，诗人怀念着故山，发出了深沉的自问：是我这个故人辜负了故园的秋山绿萝朗朗明月，还是故园的秋山绿萝朗朗明月，抛弃了远赴长安的故人？

来到长安之后，李白是在一个全新的环境中生存生活。繁华高贵的京师与闲散的山野林泉截然不同。在长安，他侍驾，作诗，饮酒，交友，循着若隐若现的捷径，追逐自己的政治理想，苦苦探寻实现宏图大志的通途要津。当他发现，眼前的现实距离曾经的理想越来越远，腾达之门无从开启，这个时候，诗人便陷入了巨大的困惑，陷入了深深的迷茫。

在长安，在天宝三载的那个秋天，诗人李白把自己弄丢了。诗人在他的歌咏吟唱中试图找回自己，尝试在深沉的叩问中，重新定义自我。他在当下的踌躇犹豫中寻找自己，寻找那个曾经快乐的自己，那个崇尚自由的自己，那个高傲无羁蔑视权贵的自己。

其实，李白入京，尽管待诏翰林，御前侍驾，偶尔承命起草和番之类的诏书，但对朝政国事并没有实质的参与。做着翰林学士的李白，更接近一个宫廷诗人的角色，他的作为距离他政治上的抱负和理想，真的还很遥远。皇帝这边，也只是把李白当成一个有诗歌才华的文学侍从看待，垂询政务无非是礼贤下士的一种姿态，并不真的期望诗人在政治上有所作为，更没有按照朝廷政治家的标准约束他，历练他，驱使他。而李白进京的目的，就是为了得到皇帝的器重，参与朝政，实现他安社稷济苍生的政治抱负。李白的这种想法实在是过于浪漫，浪漫到近乎天真。李白所处的时期，不是改朝换代风云激荡的岁月，他所期望的诸葛亮三顾茅庐之遇，管仲的破格荐举之幸，其实并不具备那样的历史条件。到了李隆基时代，唐朝的政治制度已经成熟甚至渐趋固化，科举制度的进一步确立，选才用人的环境与开国立朝时迥然不同，国家政治人才的遴选，其运作已经非常程式化了。而且官员具备必要的历练，是进入政治中枢的基本条件。李隆基毫不犹豫地给了李白最佳待遇，这位皇帝对诗人李白的器重是真诚的，但只是把他看成是才华出众的诗人；而如李白期望的那样，任命为中书舍人，甚至委以更高的职位，直至出卿入相之类，这样的预期，以当时的历史环境，肯定是无法得到满足的。退一步说，李隆基对李白爱而用之，朝廷的官僚体制也未必能够接纳；作为诗人的李白，也未必能够胜任他期待的职务。朝廷需要熟悉行政操作而且训练有素的政治官僚，而李白是个政治素人，他不谙官场之道，不懂政治运作，不识政事缓急，更不辨帝王好恶。他缺乏必要的行政素养，不懂朝政运行的基本规则。李隆基这样一位成熟的政治家，当然不会轻易把朝廷重权交给一个没有从政经验的人，也不会把关键位置留给一个天真而高傲的书生。皇上喜爱李白，仅止于欣赏他的诗歌才华；而慎重处置国家政务，体察政治干才，提拔可能有作为的才俊，用人以长，则是另一回事。从这个意义上说，李隆基让李白供奉翰林，已经是一个极其合理的安置了。作为政治家的皇帝，李隆基能够准确地判断出李白个人理想与政治才能之间的差距。李白与皇帝这种各自期待的相互错位，是李白从政悲剧的根本原因。

这个秋天，李白自我省察，苦苦地探寻沉浮遭遇的缘由。

他觉得已经找到了皇上疏远自己的原因，那就是自己遭遇了谗言。进而，在李白看来，遭遇谗言，那是因为自己的不合时宜，不随波逐流，不避利害，不屈服于凡尘世俗的规矩。

皇帝不觉得李白有什么委屈之处，他以为已经给了李白想要的，甚至以为给了李白自己都没有想到的待遇。李白却觉得只做个翰林学士自己太屈才了，这不是他奉诏入京的初衷。

这个秋天，帝王与臣子，李隆基与诗人，都在各自的心思盘算里打着转。

天宝三载的那个秋天，李白终于明白，自己从政的愿望与当下的现实已然不可调和。

诗人渐渐睁开了醉眼，心神也慢慢醒了过来。

只是，他看清了眼前残酷的现实，却还是没有看清皇帝的心思。

李白一旦明白自己当下的处境，便不再掩饰自己对仕途深深的失望。他决计放弃功成隐退的安排，不再把"功成"作为"拂衣去"的前提，对山野林泉自由自在生活的向往替代了对"功成拂衣去"之潇洒的执着。他考量着进退取舍，心底悄然做着抉择。他用吟唱宣示自己的清醒，表达自己清醒之后内心真正的向往。

忆东山二首[6]

其一

不向东山久，蔷薇几度花？
白云还自散，明月落谁家？

其二

我今携谢妓，长啸绝人群。
欲报东山客，开关扫白云。

诗人回忆起游历东山的情境。东山，是东晋太傅谢安隐居之地。当年，谢安曾经在东山筑二堂，取名白云、明月，又曾携家伎游宴蔷薇洞。诗人借谢安隐居东山之旧事，寄寓自己此刻此时的所思所想。

李白当初告别山林故地之时，舍不得放弃那种纵情山水的自由自在的生活，只不过为了实现安社稷济苍生的宏图大志才应诏赴京。如今，他却滞留长安，抱负不得施展。山林故地，月落谁家无人识，花开几度已不知，诗人深深地感觉到，对不住山林故地的风物人情。唯有放弃既有的政治抱负，对禄位荣耀无所眷恋，重还故山旧林，放歌长啸，远离繁华尘世，效仿当年谢安筑堂隐居一般，把自己的

第九章 辞阙

旧所清扫干净，像谢太傅携美人采香草游宴洞府那样，呈风流潇洒之态，才不会辜负故山的鸟鸣花开，不辜负旧林的白云明月。

这首诗，是诗人决计放弃仕途追求而重归林泉山野的心灵独白，是诗人栖居长安重新作出人生选择的自我谏言。

清秋傍晚，朗月初照，梧桐疏影。大慈恩寺的暮鼓，伴着兴庆宫的钟乐，飘荡在长安城头。孤雁哀鸣，捣衣声起。一阵凉风吹过，惊起枝头早栖的乌鹊。

正孤寂无聊，忽然，有故友登门来访，诗人惊喜万分，感动不已。来访的是崔侍御，诗人在长安少有的知己朋友。

入秋之后，李白已经不再是长安豪门争相结交的贵客；有朋友拜访，算是一件稀奇的事了。朋友接缘叙谊，对诗人实在是莫大的安慰。诗人自然是美酒款待，倾心相叙。几杯酒后，他们乘兴共话男儿之志，仗剑啸吟，寸心相托。

诗人忆及与朋友在洛阳的初次相识，忆及曾经敞开心扉的彻夜长谈，无比感佩朋友有古人剧孟的侠义心肠，格外赞赏朋友的山岳怀抱和江海胸襟。与故友携手相顾，让诗人着实感受到了兄弟般重如千金的深情厚谊。朋友佐帅出使，自己供奉翰林，诗人从二人的宦海生涯中体会着心心相印，也从中找到了共鸣，那便是：自古木秀于林，风必摧之，从来虚弓惊雁，谗言可畏。朋友没有像当年王子猷雪夜访戴道安那样，兴尽之后归舟折返；诗人从朋友的屈驾拜访中，意识到知遇的难得。于是，对坐促膝之间，面对知心朋友，诗人李白依然不免自负如故，他借扶摇直上九万里的寓言，向老友表白自己的鲲鹏之志，以桃李不言下自成蹊，传达凭借才华赢得成功的最终期待。诗人思接古今，浮想联翩，与朋友聊起了战国的纵横家张仪；诗人自诩，笑论天下纵横事的谈锋之健，绝不输于当年的张仪。诗人又联想起《史记·张仪列传》中"庄舄越吟"的故事。这个故事是说，越人庄舄就仕于楚国，做到执珪的高贵上卿，不久竟生病。楚王说：庄舄不过是越国一个乡下人，担任我楚国的高官，如今已是大富大贵了，不知是否还想念他的故乡啊？楚王的侍从回答说：但凡人们思念故乡，多在生病之时；庄舄大人若是思念越国，就会用越国的方言说话，不思念，则发楚声。楚王派人去听，庄舄说话果然是越国的口音。是啊，客居他乡，虽然富贵，但病痛不适，谁人不生故园情？就在这个秋夜，身居长安的李白，深深地缅怀起自己的故园来了。故园不在长安，故园在心底，在远方。此刻，面对来访的知友，李白流露出无限的归意。

于是，李白作诗一首，记述与朋友相聚的欢畅融洽，梳理所忆所思，吐露自己的心声，赠与朋友。

赠崔侍御[7]

长剑一杯酒，男儿方寸心。
洛阳因剧孟，托宿话胸襟。
但仰山岳秀，不知江海深。
长安复携手，再顾重千金。
君乃輶轩佐，余叨翰墨林。
高风摧秀木，虚弹落惊禽。

第九章 辞阙

> 不取回舟兴,而来命驾寻。
> 扶摇应借力,桃李愿成阴。
> 笑吐张仪舌,愁为庄舄吟。
> 谁怜明月夜,肠断听秋砧。

就是在朋友来访的那个清夜,正当明月孤悬时,片刻的静谧之后,窗外又传来一阵阵捣衣声。秋砧上,万户捣衣,声声不辍,听得诗人哀怜无限,肝肠寸断。他想着征妇怨女的长夜无眠,推人虑己,心系故园,别生忧愁。

豪放的激情转瞬即逝。

那是怎样的一个秋夜?

天宝三载的那个秋天,皇帝的疏远使李白对自己所处的环境和现实有了清醒的认识。现实不能满足诗人的理想和愿望,现实也不可能重塑诗人的愿望和理想。然而,诗人还是心有不甘。诗人回顾奉旨进京的兴奋,回首御前侍驾的荣耀,回望遭谗遇冷的悲凉,心胸中的波澜汹涌起伏。

诗人的怨怼开始转为愤懑。

自打进京,得到皇上召见,李白不曾因自己的遭际而有过强烈的愤怒。而今,诗人的梦在醒来,他的吟唱深沉了许多。他的诗歌流露出不曾有过的浓郁的悲怆色彩。

李白留存的诗歌中,有古风五十九首。这些诗歌创作于不同的时期,以抒情为主,是诗人心路历程的真实记录,是诗人精神世界的自我剖析，也是诗人形象的自我塑造。长安时期的古风诗，则集中反映了诗人长安沉浮时内心感情的曲折变化，抒发着诗人内心深处隐秘的情愫。当诗人遭遇皇帝疏远的时候，他此时所作的几首古风诗，当然就成为他荣辱悲欣情感演变的心灵史。

古风五十九首·其四十四[8]

绿萝纷葳蕤，缭绕松柏枝。
草木有所托，岁寒尚不移。
奈何夭桃色，坐叹葑菲诗。
玉颜艳红彩，云发非素丝。
君子恩已毕，贱妾将何为！

这似乎是一首弃妇诗，诗歌以绿萝松柏岁寒相托不移其志，反衬桃色玉颜红彩云发的佳人，被丈夫无端嫌弃从此恩断义绝的人间不幸。但仔细推敲，此诗别有深意：诗人借红颜被弃，暗比自己怀才见妒被皇帝疏远的遭遇。"君子恩已毕，贱妾将何为！"反问的口气中，既有穷途失路的迷茫，有积郁胸中深深的委屈，又充满了强烈的怨愤。

古风五十九首·其四十[9]

凤饥不啄粟，所食唯琅玕。
焉能与群鸡，刺蹙争一餐。
朝鸣昆丘树，夕饮砥柱湍。

第九章 辞阙

> 归飞海路远，独宿天霜寒。
> 幸遇王子晋，结交青云端。
> 怀恩未得报，感别空长叹。

在这首诗中，诗人塑造了一个清高孤傲卓尔不群的凤鸟形象。这只凤鸟饥不啄粟，只食琼枝琅玕，鸣于仙山神树，只饮砥柱飞湍，尽管海上归飞路途迢远，也不惧天霜苦寒坚守独宿，只因为耻于和群鸡争食。诗人以凤鸟为喻，彰显自己不愿与庸常凡俗之辈争名逐利的高洁襟怀，铭记其历尽艰辛也不易其节的心志。诗人庆幸自己结交了如王子晋一般的仙道朋友，得与贤达君子为伍，可惜怀恩未报，只能临别空长叹。这里，诗人表达了对朝中奸佞庸碌之徒的不屑，表达了无缘报答朋友恩情的遗憾，也明确表达了即使失去报恩机会也要决计离开长安的意愿。其实，这里也透露出诗人已经从内心放弃了从政的打算，释放出决计回归山林的强烈意愿。

古诗五十九·其十五 [10]

> 燕昭延郭隗，遂筑黄金台。
> 剧辛方赵至，邹衍复齐来。
> 奈何青云士，弃我如尘埃。
> 珠玉买歌笑，糟糠养贤才。
> 方知黄鹤举，千里独徘徊。

当年燕昭王筑台尊郭隗，引得赵国剧辛、齐国邹衍纷纷趋燕以献策；时下无奈权贵排挤贤能，君王重享乐而轻才俊；黄鹤千里徘徊，只得孤独远走高飞。这首古风，诗人借战国燕昭王求贤的故事，与现实进行对比，指陈时弊，抒发怀才不遇只得去朝归山的悲凉与忧愤，表达自己内心深处那种因眷顾不忍离去但又无可奈何的矛盾与痛苦。

古风五十九首·其十二 [11]

松柏本孤直，难为桃李颜。
昭昭严子陵，垂钓沧波间。
身将客星隐，心与浮云闲。
长揖万乘君，还归富春山。
清风洒六合，邈然不可攀。
使我长叹息，冥栖岩石间。

这首诗，诗人以松柏秉性孤直与桃李颜色诱人相对比，形象起兴，表明了自己对人格操守的选择。诗人借严子陵的故事，寄托自己的向往。严子陵与光武帝曾经共同游学，光武帝即位，严子陵隐居垂钓，不事光武。后光武帝邀请严子陵入朝，二人对谈数日，偃卧榻上，严子陵竟将足加光武帝腹上，太史观天象，客星犯御座，急奏。诗人凡举严子陵飘逸如云的心态，不跪拜帝王的风度，不慕高官厚禄的志气，毅然归隐的举止，表达对其的仰慕赞佩，寄寓了诗人自己此刻的情感态度，那就是"冥栖岩石间"，寄身山野中。

第九章 辞阙

古风五十九首·其五十五 [12]

齐瑟弹东吟，秦弦弄西音，

慷慨动颜魄，使人成荒淫。

彼美佞邪子，婉娈来相寻。

一笑双白璧，再歌千黄金。

珍色不贵道，讵惜飞光沉。

安识紫霞客，瑶台鸣素琴。

这首诗，诗人借音乐演奏生发感叹，寄托心志。诗歌大意是：齐瑟弹东调，秦弦奏西曲，激越美妙的音乐动人心魄，悦人颜色，让人沉醉痴迷。外貌俊美而内心卑下的佞邪之辈，施展伎俩献媚邀宠，一笑就得一双玉璧，再歌便赏黄金千两。人主只顾享乐而不尚正道，怎么连光阴也不珍惜啊。无人赏识的紫霞客，只好云水仙境独自弹素琴去了。诗人于怨愤之中，暗自坚定着辞阙的决心。

古风五十九首·其三十九 [13]

登高望四海，天地何漫漫。

霜被群物秋，风飘大荒寒。

荣华东流水，万事皆波澜。

白日掩徂晖，浮云无定端。

梧桐巢燕雀，枳棘栖鸳鸾。

且复归去来，剑歌《行路难》。

登高四顾，宇宙浩瀚，天地漫漫，万物披秋霜，风飘大荒寒。广阔的云水天地之间，年华荣耀如江河之水东流而逝，人生诸事也不过是起起伏伏的洪流波澜。日头有升有落，落时余晖微茫，浮云无踪，飘忽不定；人生亦然，光阴飞逝，身世飘摇，遭际有起有落，行迹不可预测。当今世道，本该是凤凰栖息的梧桐枝头，却被燕雀筑巢，而高贵的鸾鸟却落宿在芜杂的荆棘丛中。英明惑于谗言，贤俊落拓失色，庸才当道，君子失所，倾心投奔的明主被群小所蒙蔽，欲呈所愿而皇上疏远，仕途关隘重重，人间世事险阻，且看天地之大，广袤无垠，何必流连长安，何不重返故园，高歌行路难，仗剑归去来！

在极度的压抑与深沉的寂寞中，诗人李白的情感冲决了狭隘的功名与恩宠的羁绊，天地阔大了，眼界高远了，胸襟变得宽广起来，感情重归豪迈，诗歌的格调雄健豪放，重新显露出峥嵘气势。

诗人从政的幻想，随长安的秋风飘逝了。

故园金黄的落叶，林泉妩媚的山月，江湖悠然的扁舟，幽壑闲适的白云，都在呼唤着诗人，等待着诗人的光临。

诗人听到了呼唤。

诗人仗剑高歌，豪迈地回应着云月山川的呼唤。

天宝三载的那个秋天，在长安，李白终于找到了那个被自己弄丢了的自由豪放的诗人，找回了那个清高孤傲的自我。

长安，这个大唐王朝天子栖居君临天下的地方，这个聚集着世间荣华富贵的地方，这个统摄六合辖制八荒的地方，这个诱惑吸纳贤才豪俊的地方，李白到底没有蹚出一条路径来，可以实现他安社

第九章 辞阙

稷济苍生的抱负。这里的水太深，浪太险。在大唐王朝的政治中心西京长安，伴圣主，承玉露，随辇侍驾，御前供奉，金门悬籍，应制赋诗，奉旨银台门，待诏学士院，诗人李白一度让自己迷失在花红柳绿歌舞宴乐之中。在万人景仰的荣耀里，天龙马，白玉鞭，瑶池宴，梨园乐，龙池岸柳，长乐钟磬，温泉宫里，金銮殿上，新丰美酒，胡姬歌舞，李白没有寻到自己真正想要的生活。

一回头，李白猛然发现，还有另一种超脱和潇洒在等着自己。往昔的山林故园、野云朗月，才是他真正的归宿，才是他毕生的向往！

这时，李白的朋友蔡山人要离开长安，朋友们为此设宴送别。诗人参加了这场布衣朋友的聚会，借诗酒向世人敞开自己的心怀。

送蔡山人[14]

我本不弃世，世人自弃我。
一乘无倪舟，八极纵远柂。
燕客期跃马，唐生安敢讥。
采珠勿惊龙，大道可暗归。
故山有松月，迟尔玩清晖。

借着蔡山人的送别宴，李白告诉朋友们：我本不弃世，世人自弃我；我要乘着无涯舟，纵舵扬帆激浪，遨游八极远方；我将效仿燕人蔡泽跃马驰骋，纵横天下，看今后，像唐举这样的相面先生，安敢讥笑我的天纵之才；采撷千金宝珠于九重深渊中的骊龙颔下，也不必惊拂龙颜，我自有大道通衢可以悄然归去；故山松林的明月等着呢，等我归去伴着明月，玩赏澄澈天宇皎洁的清晖。身在长安，心系山林。在这首送别诗中，李白宣泄着自由纵横山河的精神向往，充溢着潇洒驰骋天下的豪情逸致。

在京师，在长安，在天宝三载的那个秋天，穿过紫垣天庭的青云迷雾，蹚过荣华富贵的暗流泥淖，勘破金銮银台的波诡云谲。揣着故园情，踏着似醉非醉的步履，那个犹豫徘徊的李白，那个苦闷幽怨的李白，那个茫然无措的李白，猛然回首，一头撞碎了辅佐圣主安社稷济苍生的翰林清梦，毅然恢复了孤傲狂放天真乐观的诗仙本性。

传说，李白腰间比别人多出一块骨头，名叫傲骨。

诗人李白，如果腰间能够生出一块傲骨，那么，真正生出这块傲骨的最初一瞬，就应该在天宝三载的那个秋天。八月初五，是皇帝的千秋节，兴庆宫花萼相辉楼，百官献寿朝贺。皇上高兴，赐百官金镜、珠囊、缣彩、束帛，朝廷休假三日。李白虽然也得了一份赏赐，却觉得与奸佞同朝，自己真的很是憋屈。对朝中庸常宵小之辈，李白本来就不屑一顾；而今，李白终于挣脱了"功成拂衣去"的执迷与羁绊，对那班白眼弄舌之流，就更加表现出特别的鄙视与厌弃。

一日，有人请李白观赏舞蹈，舞蹈表现的是白鸠的形象。诗人有感而发，作《夷则格上白鸠拂舞辞》，托事而言志，拟物以讽喻，指斥流俗恶行，形象生动而又鲜明深刻，亮出孤傲的姿态，誓言绝不与宫掖朝廷的佞臣酷吏同流合污，同朝称臣。

第九章 辞阙

夷则格上白鸠拂舞辞[15]

铿鸣钟，考朗鼓，歌《白鸠》，引拂舞。

白鸠之白谁与邻，霜衣雪襟诚可珍，

含哺七子能平均。

食不噎，性安驯，首农政，鸣阳春。

天子刻玉杖，镂形赐耆人。

白鹭之白非纯真，外洁其色心匪仁。

阙五德，无司晨，胡为啄我葭下之紫鳞。

鹰鹯雕鹗，贪而好杀。

凤凰虽大圣，不愿以为臣。

舞者以白鸠为歌，执拂而舞。李白借为舞曲制辞，引出白鸠与白鹭，塑造了两个截然不同的鸟类形象，对比善恶益害，以此表达诗人鲜明的爱憎。

白鸠羽毛色纯，世所珍奇，其有公平之美德，不噎食，性情安静驯顺，能以啼鸣告知人们农时，报阳春之至。天子把白鸠镂刻在寿杖之首，赠以高寿的老人，可知其为祥善之鸟。诗中以白鸠喻仁善君子。而同为白色禽类的白鹭，羽毛虽白而色不纯，外表净洁而内心不善，不文不武不勇不仁不信，既无司晨之劳苦，还要啄食苇叶下鲜美的锦鱼。白鹭在诗中则是伪君子形象的写照。至于诗中鹰鹯雕鹗之类，曲喙金睛，剑翮利爪，皆是贪食嗜杀的猛禽恶鸷，其性情特征非贪官酷吏莫属。

这首诗的结句很值得品味。"凤凰虽大圣，不愿以为臣"，其意是说，百鸟皆朝凤，善恶杂处其间，故而凤虽圣鸟，但因有恶鸟跻身其列，白鸠决计不与之同为凤凰的臣鸟。诗人分明是在表达，即使圣主是英明的，自己也绝不愿与佞臣奸小贪官酷吏同朝为臣，共奉一主。

李白另有一首曲子辞，也是观舞之后有感而发之作。有舞者，装扮成"辟邪"神兽之形，按照"雉子斑"的乐府鼓吹曲进行舞蹈。李白联系舞蹈中"雉子"的行状，展开想象和联想，托物抒情，借古喻今，以明心志。

设辟邪伎鼓吹雉子斑曲辞[16]

辟邪伎作鼓吹惊，雉子斑之奏曲成，
喔咿振迅欲飞鸣。
扇锦翼，雄风生，
双雌同饮啄，趫悍谁能争。
乍向草中耿介死，不求黄金笼下生。
天地至广大，何惜遂物情。
善卷让天子，务光亦逃名。
所贵旷士怀，朗然合太清。

诗歌开篇三句为引子，描写伎人表演开始，作惊恐之状，鼓吹之乐大作，犹如雉子振翅飞鸣。其后意分三层。第一层六句，写雉子振锦翅而雄风生，雌鸟同饮同啄，雄鸟矫健勇悍，宁愿草中耿介

第九章 辞阙

而死，不愿黄金笼里求生。第二层两句，天地至广至大，物各有志，何必顺应俗风世情。第三层四句，引出两个故事：善卷公辞让舜帝天子之位，务光公逃避商汤禅让天下之名。以先贤的"辞而不就"，称赞旷达之士磊落的怀抱弥足珍贵，朗然合乎大道自然。诗中，"乍向草中耿介死，不求黄金笼下生"，便是诗人此刻信念的宣示。

去圣朝，辞凤阙，此时的李白，其意果断，心志坚定。

在长安，御前侍驾的进退沉浮，金门待诏的荣辱悲欣、寒冰火焰，终于淬炼出了李白腰间的那一块傲骨。

原本，皇上的恩遇仅止于让诗人伴驾陪筵赋诗献词，而李白清高孤傲、追求逍遥、渴望自由的性情，导致他不能忍受只是一个宫廷诗人的尴尬处境。奸佞的谗言、群小的诽谤，使皇帝疏远了李白，也凉了诗人的心。李白以为只有一步之遥的入朝参政机缘，突然成了万里之远的奢望。李白进京的初衷化为一场春梦。诗人终于明白，他心灵的家园在林泉，在山野，在江河湖泊，在山水之间。归故山，还旧林，就成为孤傲书生自觉的选择，成为宫廷诗人自找的退路，成为布衣学士自愿的归宿，成为嗜酒诗仙自求的解脱。其实，归故山，还旧林，也是那个升平世道赠予李白最佳的生存策略。当然，归故山，还旧林，又何尝不是那个多元开放的时代，赋予诗人精神回归的一份幸运。

挣脱功名羁绊，李白清高孤傲自负狂放的天性，便充分释放了出来；腰间的傲骨，让诗人李白挺直了脊梁。

李白特意赋诗一首，塑造了一位隐士的形象。这位取名参寥子的隐士，似乎是个传奇人物，甚或就是李白的虚构。诗人借用游仙诗的写法，以丰富的想象描写拜访这位逸士的经过。诗歌刻画的人物，才高气傲，志纯品洁，其性情特征暗合诗人此时心目中的人格追求，藏着诗人自己行止的烙印。这里，诗人其实是以彼证己，树人言志。

赠参寥子[17]

> 白鹤飞天书，南荆访高士。
> 五云在岘山，果得参寥子。
> 肮脏辞故园，昂藏入君门。
> 天子分玉帛，百官接话言。
> 毫墨时洒落，探玄有奇作。
> 著论穷天人，千春秘麟阁。
> 长揖不受官，拂衣归林峦。
> 余亦去金马，藤萝同所攀。
> 相思在何处，桂树青云端。

白鹤飞至捎来天书，约我至南荆拜访高士。五彩云霞罩着岘山之巅，果然我见到了参寥子。情致高亢辞别故园，神采飞扬得入君门。天子曾经赐赠玉帛，百官争相与尔接谈。你潇洒挥毫秉笔落墨，探玄援奥奇文神作。著述高论穷尽天人之理，藏诸麒麟秘阁流芳千年。你长揖皇上不接受官职，拂衣而去归来山林隐居。我也要辞紫阙离开金马门，与你同攀藤萝共隐仙山。所思所念在何处，青云端上桂花树。

"肮脏"，古意为高亢倥直之貌。

第九章 辞阙

一句"长揖不受官，拂衣归林峦"，便是李白此时的心意告白。诗人在参寥子身上终于找到了弄丢的那个自己。

由"功成拂衣去"到"拂衣归林峦"，同样是潇洒超脱，然而，这却是截然不同的人生选择，是天壤之别的价值取向。

天宝三载的那个秋天，我们实实在在地触摸到了诗人腰间的那一块傲骨。滞留长安的李白，挺直了腰板，昂起了胸膛。

我们可以放飞想象，构建一个可能出现的历史场景。

时间：天宝三载秋天，一个朝觐的日子，早朝时节。

地点：长安城，大明宫，金銮殿，丹墀前。

人物：李白，皇上，高力士，文武大臣。

情节：

李白拜过皇帝，呈上奏折，请辞学士，乞归山林。

高力士细声问道：敢问李学士，醉了？

李白从容作答：且乐生前一杯酒，何须身后千载名！

众臣窃窃私语。

坐在龙椅上的李隆基，捻了捻胡须，然后一通呵呵大笑。

皇帝欣然允诺：着李爱卿免了翰林劳顿，且去饮酒！

于是，赐金，放还。

这个秋天，李白自请归山，主动告别御前伴驾的翰林生涯，不再留恋银台门飞龙马，不再沉醉金銮殿瑶台宴，脱去朝服摘了乌纱，辞别丹阙，远离皇上。这样的决绝，让李白腰间的那一块傲骨，深深地嵌入了中国文化的史册，递接了中国文人的那一脉骨气，塑身成为雄踞文坛千古的诗仙雕像。

李白到底缘何而辞凤阙别金门，告别京师长安，正史记载及稗官杂记并无定见。究竟是诗人主动辞朝自请归山，还是玄宗敕令赐金放还，抑或因谗言而遭驱逐，众说纷纭。

李白的族叔李阳冰在《草堂集序》中记载："丑正同列，害能成谤，格言不入，帝用疏之。公乃浪迹纵酒，以自昏秽。咏歌之际，屡称东山……天子知其不可留，乃赐金归之。"[18]唐人魏颢《李翰林集序》记述："上皇豫游，召白，白时为贵门邀饮。比至，半醉，令制出师诏，不草而成。许中书舍人，以张垍谗逐，游海岱间。"[19]唐人刘全白《唐故翰林学士李君碣记》记述："天宝初，玄宗辟翰林待诏，因为和蕃书，并上《宣唐鸿猷》一篇。上重之，欲以纶诰之任委之；同列者所谤，诏令归山。"[20]范传正《唐左拾遗翰林学士李公新墓碑》记述："既而上疏请还旧山，玄宗甚爱其才，或虑乘醉出入省中，不能不言温室树，恐掇后患，惜而逐之。"[21]所谓"温室树"的故事，传说汉成帝时，孔子十四世孙孔光，为人周密谨慎，有人问他宫中温室殿中所植何树，他默然不应。后"温室树"指宫中秘事。

《旧唐书·文苑列传》[22]："尝沉醉殿上，引足令高力士脱靴，由是斥去。"《新唐书·文艺列传》[23]："白尝侍帝，醉，使高力士脱靴。力士素贵，耻之，摘其诗以激杨贵妃。帝欲官白，妃辄沮止。白自知不为亲近所容，益骜放不自修……恳求还山。帝赐金放还。"

第九章 辞阙

综合大量的文献记载，大体的事实轮廓应该是：李白请求归山，玄宗赐金放还。

仔细查考李白留存的诗歌，其中尽管没有辞阙的具体细节，但明确提及请辞的地方比比皆是。在天宝三载秋天李白的诗歌中，可以体察到，他辞阙的念头已经十分明确，他不再期待"功成拂衣去"的圆满和潇洒，而是怀抱着强烈的归隐愿望。因此，李白自己主动请求归隐，这应该是肯定的。

当朝皇帝李隆基，原本看重的只是李白才华横溢的诗歌天赋。皇上知道，才华横溢的诗人，可以成为大唐盛世升平气象的耀眼点缀，让诗人应诏赋诗，是一件惬意的事，希望李白能够用优美的诗歌为宫廷生活增添浪漫色彩和风雅韵味。李隆基的这种预期，是李白得以受到皇帝器重的基本前提。但李白"功成拂衣去"的理想，必须建立在皇帝器重他政治才能的基础上。李白的诗歌禀赋与他所具备的政治才干，在皇帝看来，是两回事。皇帝应该清楚李白的志向所在。因而，当李白决意请辞时，皇帝以为，对李白的恩宠已经使其名扬天下了，皇帝也借征召李白进京之举，向世人昭示了"收天下之豪杰，有天下之俊雄"的胸襟气度。此刻，答应李白的请辞，他乐得落个顺水人情。作为一介书生，李白名虽就但功未成，这毕竟是永远的遗憾；但诗人在京师长安走了一遭，收获了御前侍驾带来的巨大声望，也算没有浪费这次应召进京的机会。这样，诗人的辞归之请恰好迎合了皇上的放还之愿。李白的自请归山与皇帝的赐金放还，都满足了对方的基本期许，二人很是合拍。在当时，这也是合乎双方意愿的最佳礼遇。

当然，在今天看来，留在长安摧眉折腰事权贵，还是告别京师直挂云帆济沧海，作为布衣诗人的李白，选择的空间竟是如此逼仄与促狭；虽然，这是诗人所处时代无法超越的历史限制。辞凤阙，别金门，不是李白想要的结局，但诗人执着于自由洒脱的人生理想，这便是他在现实环境中最后的选择了。

傲骨撑直了李白的腰杆。诗人站在朝堂上，以自请归山完成了对自己最辉煌的塑造。一个伟岸的诗人，就此昂首挺立于唐代的诗坛，也高居中国诗坛之巅。

长安，秋天，李白带着遗憾离开金銮殿，跨出银台门。

李白的长安之行以辞阙收场，作为心怀宏大政治抱负的读书人，这无疑是一出政治悲剧。

李白作《行路难三首》，向他的从政之梦作最后的告别。

诗人，用诗歌，祭奠他的长安之行。

李白，从留恋功名到去留徘徊再到决意归隐，其间，内心充满了省察与自决，充满了艰辛与挣扎，充满了幽怨与愤懑。其实，那是期待与失望相消长，犹豫与决绝相伴随，留恋与果断相交织。最后，诗人以辞阙归山为自己作了最终的了断。《行路难三首》并非一时之作，却尽显诗人李白长安之行的心路历程。

行路难三首 [24]

其一

金樽清酒斗十千，玉盘珍羞直万钱。

第九章 辞阙

停杯投箸不能食，拔剑四顾心茫然。
欲渡黄河冰塞川，将登太行雪满山。
闲来垂钓碧溪上，忽复乘舟梦日边。
行路难，行路难，多歧路，今安在？
长风破浪会有时，直挂云帆济沧海。

其二

大道如青天，我独不得出。
羞逐长安社中儿，赤鸡白狗赌梨栗。
弹剑作歌奏苦声，曳裾王门不称情。
淮阴市井笑韩信，汉朝公卿忌贾生。
君不见昔时燕家重郭隗，拥篲折节无嫌猜。
剧辛乐毅感恩分，输肝剖胆效英才。
昭王白骨萦蔓草，谁人更扫黄金台！
行路难，归去来。

其三

有耳莫洗颍川水，有口莫食首阳蕨。
含光混世贵无名，何用孤高比云月。
吾观自古贤达人，功成不退皆殒身：
子胥既弃吴江上，屈原终投湘水滨，
陆机雄才岂自保，李斯税驾苦不早，
华亭鹤唳讵可闻，上蔡苍鹰何足道。

君不见吴中张翰称达生，秋风忽忆江东行，

且乐生前一杯酒，何须身后千载名。

这三首诗，是作为诗人的李白，为他的政治抱负所作的一曲挽歌，是告别安社稷济苍生的宏图大志的一曲悲歌，是追求自由豪放云水生活的一曲壮歌。

诗人思接千古，哀人怜己：他以韩信、贾谊、伍子胥、屈原、陆机、李斯的坎坷，寄寓自己遭逸的遗恨；借剧辛、乐毅、邹衍、郭隗、冯谖的幸遇，反衬自己见弃的悲哀；借许由、伯夷、叔齐、张翰的避世，彰显自己归隐的情怀。

诗人情满八荒，奔流激荡：

"大道如青天，我独不得出"，这是悲愤难抑；

"停杯投箸不能食，拔剑四顾心茫然"，这是犹豫徘徊；

"欲渡黄河冰塞川，将登太行雪满山"，这是痛苦无奈；

"昭王白骨萦蔓草，谁人更扫黄金台"，这是失望幽怨；

"吾观自古贤达人，功成不退皆殒身"，这是自我安慰；

"羞逐长安社中儿，赤鸡白狗赌梨栗"，这是耻于沦落；

"且乐生前一杯酒，何须身后千载名"，这是觉醒放达；

"长风破浪会有时，直挂云帆济沧海"，这是刚毅豪迈！

诗人深沉叩问，浩叹无垠：

行路难，行路难；

多歧路，今安在？

行路难，行路难；

第九章 辞阙

行路难，归去来！

行路难，归去来！在天宝三载的那个秋天，这便是李白最潇洒的决断。

拴在长安天龙厩中的骏马，奋蹄延颈，仰天嘶鸣；

栖息在杜陵原上的飞鸿，记起了远方温馨的芳甸；

关中平原的清风，吹散了阴郁的秋云；

渭水野渡，打着旋儿的扁舟，调直了船头。

天宝三载的那个秋天，李白辞别了丹阙，辞别了皇上，告别了学士院，告别了他的翰林生涯。

诗人一扬白玉鞭，骏骑带着他奔离银台门。

【注释】

［1］（清）王琦注：《李太白全集》中册，中华书局1977年9月第1版，第973页。

［2］（清）王琦注：《李太白全集》中册，中华书局1977年9月第1版，第652页。

［3］（清）王琦注：《李太白全集》上册，中华书局1977年9月第1版，第231页。

［4］（清）王琦注：《李太白全集》中册，中华书局1977年9月第1版，第931页。

［5］（清）王琦注：《李太白全集》中册，中华书局1977年9月第1版，第1080页。

［6］（清）王琦注：《李太白全集》中册，中华书局1977年9月第1版，第1084页。

［7］（清）王琦注：《李太白全集》上册，中华书局1977年9月第1版，第505页。

［8］（清）王琦注：《李太白全集》上册，中华书局1977年9月第1版，第142页。

［9］（清）王琦注：《李太白全集》上册，中华书局1977年9月第1版，第138页。

［10］（清）王琦注：《李太白全集》上册，中华书局1977年9月第1版，第107页。

［11］（清）王琦注：《李太白全集》上册，中华书局1977年9月第1版，第103页。

［12］（清）王琦注：《李太白全集》上册，中华书局1977年9月第1版，第152页。

［13］（清）王琦注：《李太白全集》上册，中华书局1977年9月第1版，第137页。

［14］（清）王琦注：《李太白全集》中册，中华书局1977年9月第1版，第827页。

［15］（清）王琦注：《李太白全集》上册，中华书局1977年9月第1版，第209页。

［16］（清）王琦注：《李太白全集》上册，中华书局1977年9月第1版，第238页。

［17］（清）王琦注：《李太白全集》上册，中华书局1977年9月第1版，

第 494 页。

[18]（清）王琦注：《李太白全集》下册，中华书局 1977 年 9 月第 1 版，第 1446 页。

[19]（清）王琦注：《李太白全集》下册，中华书局 1977 年 9 月第 1 版，第 1449 页。

[20]（清）王琦注：《李太白全集》下册，中华书局 1977 年 9 月第 1 版，第 1460 页。

[21]（清）王琦注：《李太白全集》下册，中华书局 1977 年 9 月第 1 版，第 1464 页。

[22]（后晋）刘昫等撰：《旧唐书》，中华书局 1975 年 5 月第 1 版，第 5053 页。

[23]（宋）欧阳修、宋祁撰：《新唐书》，中华书局 1975 年 2 月第 1 版，第 5763 页。

[24]（清）王琦注：《李太白全集》上册，中华书局 1977 年 9 月第 1 版，第 189 页。

第十章 出关

放歌行吟达明发

跨出银台门的那一瞬间,诗人李白还是忍不住掉过头去,回望了一眼大明宫的景致。

雄伟庄重的麟德殿,檐角的铜铎在风中摇摆着,金声清脆;太液池畔,木叶缤纷,几片橙黄的叶片晃晃悠悠,飘落在大理石雕栏护着的甬道上;一只喜鹊翘起尾羽,从学士院的屋脊上跳起来,喳喳叫着,向湖心的蓬莱仙岛飞去。

飞龙马一声嘶鸣,惊醒了诗人最后的凝望。

诗人跨鞍上马,一扬白玉鞭,骏骑带着他驰离了银台门。

跨出银台门的那一瞬间，诗人李白还是忍不住掉过头去，回望了一眼大明宫的景致。

雄伟庄重的麟德殿，檐角的铜铎在风中摇摆着，金声清脆；太液池畔，木叶缤纷，几片橙黄的叶片晃晃悠悠，飘落在大理石雕栏护着的甬道上；一只喜鹊翘起尾羽，从学士院的屋脊上跳起来，喳喳叫着，向湖心的蓬莱仙岛飞去。

飞龙马一声嘶鸣，惊醒了诗人最后的凝望。

诗人跨鞍上马，一扬白玉鞭，骏骑带着他驰离了银台门。

在天宝三载那个漫长的秋天里，这个稍纵即逝的瞬间，在中国历史的长河中，是一个没有留下任何记载的片刻，但在诗人李白的记忆里，这一刻，却久久留驻，余生中再也挥之不去。

辞了丹阙，别了金门，李白毅然向朋友告别。诗人告别的方式，当然还是作诗。

他向金门待诏的知心朋友们告别，这是起码的礼节吧。

第十章 出关

还山留别金门知己[1]

好古笑流俗，素闻贤达风。
方希佐明主，长揖辞成功。
白日在青天，回光烛微躬。
恭承凤凰诏，欻起云萝中。
清切紫霄迥，优游丹禁通。
君王赐颜色，声价凌烟虹。
乘舆拥翠盖，扈从金城东。
宝马丽绝景，锦衣入新丰。
倚岩望松雪，对酒鸣丝桐。
方学扬子云，献赋甘泉宫。
天书美片善，清芳播无穷。
归来入咸阳，谈笑皆王公。
一朝去金马，飘落成飞蓬。
宾友日疏散，玉樽亦已空。
长才犹可倚，不惭世上雄。
闲来《东武吟》，曲尽情未终。
书此谢知己，扁舟寻钓翁。

这首诗，一题《出金门后书怀留别翰林诸公》，显然是李白留赠翰林院同僚的。他，回顾自己的翰林生涯，向翰林同伴中的知己袒露自己曾经怀抱的"功成拂衣去"的心志，宣达自己如今不再留恋金马门而乐得还山仙游的意愿。

诗中，李白告诉朋友：自己本来仰慕贤达，鄙视流俗，期待辅佐明主，功成长揖归去，果然有幸蒙受君恩，奉诏进京侍驾；任以清贵切要之职，宫禁出入通达，君王给以颜色，声名凌于云烟长虹之上；御前扈从供奉，随驾出巡骊宫，宝马锦衣出入新丰镇，盛宴美酒弹丝桐，倚山岩望松雪而寄情，学扬雄献诗赋于明主；皇上誉美，诗名远扬，伴驾巡幸归来，王公争相结交；一朝辞别金门，忽如随风飘落的飞蓬，宾客疏远失散，玉樽成空；幸亏如今才力尚可凭借，不输当世的雄杰，聊作东吴乐歌，曲虽尽而情谊未终，且向知己辞别，从此泛舟于江湖。

这首诗，是诗人翰林供奉生涯的告别词。

李白不失君子风度，仍旧是诗仙仪态。

有一位官至侍御的王姓朋友，平素交好，李白前去寻访，当面辞行。但很遗憾，这位王侍御不在家中，他未能与朋友相逢晤面。落寞的诗人准备离去，转身之间，却发现朋友宅中的照壁上竟画着一只栩栩如生的鹦鹉。睹物生情，联想到自己在西京长安经历的荣辱沉浮，李白心底泛起一阵波澜，遂发感叹。他托物寄兴，以诗明志。

初出金门寻王侍御不遇，咏壁上鹦鹉[2]

落羽辞金殿，孤鸣托绣衣。

能言终见弃，还向陇西飞。

因为五彩花羽脱落，只得辞别金銮殿堂；原来，当初能够一意孤鸣，是倚仗着自己有一身美丽的绣衣霓裳。如今，即使依然具有能言善语的本领，也最终落得个被放逐的下场；还是飞回陇西吧，那里是故园家乡。

诗人因观画而发生联想，借壁画中的话题，在诗中塑造了一只不幸的鹦鹉。诗中这只鹦鹉的遭遇，与诗人是何其相似啊！诗人明写这只鹦鹉的不幸，暗喻自己的际遇，表达心中的愤懑。

这里需要关注的是诗中提及的"陇西"。鹦鹉的故地在陇西，诗人的祖籍成纪，不是也在陇西吗？这是巧合，还是诗人借此寄寓更深的含意？

鹦鹉归故乡，诗人将何往？

辞丹阙，别金门，毕竟是李白巨大的人生挫折。诗人思绪纷繁，心绪缠绕。此时此刻，无人能够体味诗人隐藏在心中巨大的愤懑，也无人能够抚慰诗人心灵的隐痛。诗人需要自己给出一个能够走出怨愤与忧伤的理由，需要自己去抚平心头的创痛。于是，诗人歌吟不辍，就有了一首十分新奇的四言诗《来日大难》。四言诗在李白的诗歌中的确独特而罕见。这是一首拟乐府诗。古乐府诗有《善哉行》，首句为"来日大难，口噪唇干"，李白诗取其首句为题，与本诗的主旨并无关联。诗人从想象的仙游之旅中寻求精神的寄托，用神话寓言表达难以言传的心曲，借以自我解脱，走出辞丹阙别金门的阴影。只不过，诗人的吟唱比过往多了一种悲凉的意味。

来日大难 [3]

来日一身，携粮负薪。

道长食尽，苦口焦唇。

今日醉饱，乐过千春。

仙人相存，诱我远学。

海凌三山，陆憩五岳。

乘龙天飞，目瞻两角。

授以神药，金丹满握。

蟪蛄蒙恩，深愧短促。

思填东海，强衔一木。

道重天地，轩师广成。

蝉翼九五，以求长生。

下士大笑，如苍蝇声。

    诗人以人生尘世原本就受苦罹难，引出醉饱安乐的自我安慰；借仙人的惠顾关照，来抵消人间世态冷暖的伤怀；用仙界的纯洁无欲，冲淡现实的冷酷势利；以精卫填海强衔一木，来化解人生苦短君恩难报的遗憾；借对世俗宵小的蔑视，坚定求仙访道逍遥自得的信念。全诗寄寓幽深，神思飘逸，狂放无羁，跌宕多姿。诗歌在感情内涵和表现方式上皆具庄子逸风；诗人似乎想要从庄子那里寻求精神的慰藉，自我疗伤。这首诗也是诗人傲岸旷达性情的写真。尽管不免有自我安慰的意味，但若将诗人置于具体的历史场景，面对残酷的现实，这首诗，堪称辞别紫闼丹阙之后，诗人义无反顾的心灵宣言。

第十章 出关

大唐的西京长安，在天宝三载的秋天，对李白失去了往日的魅力。诗人虽然留恋这座诗酒惬意的城池，但是，京师长安不再是寄托梦想的圣地。

长安城，依旧一派繁华升平的景象：君臣相安，四方来朝，笙歌夜宴，客商云集。这座名为长安的城池，踞关中平原的腹地，为八百里秦川所怀抱，得渭水之润泽，北枕黄土高原，南倚秦岭以为屏障，东借潼关之险，自古便是龙兴之地。周封，秦霸，汉固，唐盛，数千年风云历史，跌宕多姿。在这里，有多少英雄豪杰、贤能俊才，纵横叱咤，腾达青云。而今，长安城，作为大唐京师，王朝的中心，天子驻跸，朝廷所在，世界瞩目，神州景仰，群英荟萃，士子向往。

天宝二年的秋天，长安城张开怀抱，接纳了诗人李白；一年之后，李白却要执意告别这座辉煌的城池。李白怀着报明主扶社稷安天下济苍生的宏大抱负，走进长安城。他果然是悬籍金马门，伴驾温泉宫，供奉翰林院，出入大明宫，名动京师，醉卧金銮。而今，辞别长安之时，他却带着对翰林生活的厌倦，带着对奸佞小人的鄙视，带着对君主圣明的失望，带着对宏大抱负的弃掷。

长安城，曾经赋予李白多少美好的遐思与梦想，行走一遭，历经过得意与失望之后，这座城，便成了他终生的牵挂，成了他从此再也抹不去卸不下扔不掉的执念。

没有金门悬籍，便没了晨起待诏；不骑天马厩的飞龙马，无须在学士院值守；脱去锦袍乌靴，省得日日御前伴驾。

李白重新获得了自由。

他终于又可以按照自己的兴致，随心所欲安排今后的行程了。然而，诗人的步履，却又艰难沉重了起来。

告别长安城，从此挥手去。这西京的城垣风月、曲水流声，关中的山川云霓、草木枯荣，这许多带不走的风物，都将成为往事，成为回忆。

满目秋色里，长安总归有太多的留恋处。时值清秋节，李白独自来到长安城东门外。那里，是往日送别朋友的灞河，岸柳青青，灞桥仍在，长亭依旧。古道直通天际，车马音尘无痕。诗人信马由缰，竟又登上了乐游原。立马塬上，凭高四顾，渭河平原上，落日余晖映着汉家陵阙，天下兴亡，人世哀荣，古今多少事，唯余一派莽莽苍苍。西风猎猎，衰草连绵。炊烟尽处，暮色渐浓，长夜即将降临。李白，这是要向长安城作艰难的告别。他回望城中，月牙儿挂在高阁危楼的檐角，塔影隐约；只听见传来阵阵缥缈的歌声，伴着幽咽的箫鸣。诗人仿佛看到远处高楼上，临窗伫立着一位年轻的女子，望月浩叹，惆怅无限。莫非，她也有难以诉说的心事？诗人思绪绵长，不免生出深沉的感叹，为那怀念远人的秦川女子，也为即将告别长安的自己。

这一刻，诗人的情感深深地融入了这凄怆悲壮的景色之中。秦娥独望秦楼月的情境也深深地嵌入了诗人的心灵世界，久久不能忘怀，以至于半年之后，让诗人再次回忆起。

长安之行，他来了，却又要走了。他为何而来，又因何而去？

第十章 出关

他来追寻什么？他找到了什么，又失去了什么？而今，故园在哪里，何处是归程？天下之大，哪里可以安顿自己的心魂，哪里才是自己心仪的归宿？

离开长安城，李白欲往何处？

出长安，东归，还是西行？东有梁园，有朋友期待重逢；东有妻子儿女，那是家的方向。向西，近是陇西，再远，是凉州，是沙州，是安西都护府，是苍凉荒寂的边塞，更远处便是西域，是诗人祖上流放谪居之地。

诗人心中一片茫然。

天宝三载的秋天，辞丹阙，去凤朝，李白并未匆匆离开关中。他没有即刻东归，没有去寻妻探子。或许，他对秦川风物真的还有什么留恋？或许，还有关中的朋友相约聚会？或许，供奉翰林时，没有机会实现的其他愿望可以借此机会了却？

他选择了西行。

李白将出长安城。

曾经，每每有朋友离开京师，李白便诗酒饯行，长亭告别。眼下，李白自己离开长安城，扼腕相送，折柳致意，又有哪位朋友？

李白匹马仗剑，橐琴囊酒。

当年执剑行侠英气横溢的峨眉少年，而今却是满目凄怆。侠声剑影，都付与东流水。长剑犹在，安得斩蛇刺虎倚天外！[4]

他，就要离开长安城了。

这一刻，长安城头，若有人西望，也许会看见，萧瑟秋风里，迢迢天涯路，一骑绝尘，翩然而去。有谁知道，那是诗人李白孤独

325

飘零的背影。

西出长安,李白就近赴金城,先去看望他的族弟李叔卿。金城,即今陕西兴平县,唐代属京畿道京兆府,出了长安城往西北,过渭河,不远便至。李白的这位族弟,时任金城尉,虽为世家子弟,却极有才华,有品格,与诗人志趣相近。

诗人与族弟相聚,十分情投意合,自然少不了诗酒。到了晚上,聚饮欢洽之余,兄弟二人便秉烛并肩,共同欣赏高堂粉墙上的一幅山水壁画。烛火摇曳,光影飘忽,壁画明暗变幻,色彩愈加丰富,这样的情境,为观赏壁画的兄弟二人提供了丰富的想象空间。

同族弟金城尉叔卿烛照山水壁画歌[5]

高堂粉壁图蓬瀛,烛前一见沧洲清。
洪波汹涌山峥嵘,皎若丹丘隔海望赤城。
光中乍喜岚气灭,谓逢山阴晴后雪。
回溪碧流寂无喧,又如秦人月下窥花源。
了然不觉清心魂,只将叠嶂鸣秋猿。
与君对此欢未歇,放歌行吟达明发。
却顾海客扬云帆,便欲因之向溟渤。

高堂粉墙上画的是海上仙山图。洪波汹涌,玉宇清明,瀛洲与蓬莱,山势峥嵘,烛光中山影皎然,忽而若隔海遥望赤城山,忽而又像山阴道上观赏晴雪映日,碧水清溪静流无声;又如月下窥见桃

第十章 出关

花源,似乎还听见了重山叠嶂之中回荡着的猿鸣秋声,令人心清魂静。

画中仙境,诗中意象,恰是李白心中的向往:那里没有妒忌,没有谗言,没有暗箭,没有陷阱。

李白与族弟欣赏壁画,兴致高涨,其乐无穷,烦恼随风飘散,心如澄澈清溪。于是,二人放歌行吟,通宵达旦,直到天明即将启程。

出长安,李白似乎真就把功名荣辱全都放下了。他心里宁静了许多,心中的伤痛得以渐渐平复。

离开金城,再渡渭水,一路西南行。长安城渐行渐远。李白一身轻松洒脱,少了些许离愁。

来到太白山脚下。

他渴望着登临太白山,得偿夙愿。

太白山,为秦岭最高峰,山巅终年积雪。相传因见太白金星坠落山顶,化为白玉,紫气笼罩,因以太白名之。据说,太白山为道家祖师太乙真人修炼之处,故此,在唐代位居道家仙山前列。自汉之始,太白山便是关中名胜。李白尤其喜好道家仙境,八百里秦川诸多奇景之中,这太白山在他心目中,自然就是必定游览的胜地。

此前,李白未曾游历过太白山,但早已心向往之。在未登太白山之前,他便依据想象作了一首游仙诗,寄托对太白山的仰慕之情。

古风五十九首·其五 [6]

太白何苍苍,星辰上森列。
去天三百里,邈尔与世绝。

中有绿发翁，披云卧松雪。

不笑亦不语，冥栖在岩穴。

我来逢真人，长跪问宝诀。

粲然启玉齿，授以炼药说。

铭骨传其语，竦身已电灭。

仰望不可及，苍然五情热。

吾将营丹砂，永世与人别。

  诗人自述，在高与天接的太白山上，遇见一位披云卧雪栖居石窟的绿发真人。诗人长跪求问修行宝典，真人给他传授了炼丹秘诀。诗人便把真人的嘱咐铭刻于心，真人却耸身而逝，仰望不及。诗人已然得道，五内俱热，决计炼丹修行，永别尘世。诗中，李白以遇仙求道的冥思狂想，寄托强烈的出世愿望，而欲炼丹修行以求超脱尘世，是诗人无法实现理想与抱负时的精神慰藉，当然，也是诗人独善其身的个性选择。

  昔日是想象中的拜谒，而今，李白终于有机会亲临太白山，与倾慕积久的仙山晤面。

  遥望山巅积雪，蓝天之下，银光明灭，诗人的胸襟敞亮了许多，登山的兴致更加高涨。

  他缘着太白峰西坡的小道向上攀登。山路崎岖，持杖踏阶；山林秋色清泉飞瀑，且行且观。徐行不辍，直到落日西坠，终于抵达了太白峰顶。

第十章 出关

登太白峰[7]

西上太白峰，夕阳穷登攀。
太白与我语，为我开天关。
愿乘泠风去，直出浮云间。
举手可近月，前行若无山。
一别武功去，何时复更还？

诗人穿越浮云，登临极顶，恍若进入仙境。他与仙山神交对谈，感谢仙山的接纳。他在云端，在峰巅，似乎感觉到，举手可揽月，四顾众山无。他奇思遐想，欲乘清风，羽化为仙。

出长安城，李白选择先登太白山。显然，这太白山并非李白辞阙将归的所谓故山。那么，诗人留恋关中山水，迟迟不肯离去，他要往何处去？在这首诗的结尾处，诗人居然发出叹问，下山之后，一别武功，何时更复还？何时更复还，寄寓何其沉重。这是诗人在惋惜人生的短暂与无常，匆匆一去，不知日后飘零何处，是感叹重临此境的难再，还是真的期待来日有幸复还，再登太白山？

莫非诗人依然有所期待，竟至于西出长安城，一路多盘桓？

辞丹阙，去凤朝，诗人心目中的归宿究竟在哪里？

告别太白山，李白经郿县北渡渭河，路过扶风郡。扶风郡原称岐州，天宝元年改称。扶风有豪士，好饮，遇李白，款待之。李白与之匆匆一聚，再见便是十多年后避乱东吴了。扶风著名的周原和佛寺，也没能留住李白北上的脚步。

李白一路直奔新平郡。这里，地处关中盆地西北塬上，去年秋冬交季时来过，遭遇了一场风雪寒潮的困扰。此次，便也算是故地重游了。

已经是天宝三载的暮秋。

新平郡，关陇咽喉，豳州故地，再次迎来了诗人李白。

李白登临新平郡的城楼，凭栏眺望。

关山万里，长空澄澈，西坠的落日雄浑赤烈，苍茫的天宇更显得辽阔深远。泾河浩荡，碧波连天，寒光粼粼，逶迤东流去。秦岭的奇峰幽谷、深壑密林，雾霭升腾，流云如织。北雁南征，带着遥远的向往，飞离清冷的沙洲。

新平郡，已在长安城数百里之外，诗人极目青云天际，四季只是转换了一个轮回，山河依旧，沉浮荣辱却是云泥翻覆，恍如梦幻。李白遂生出浓浓的去国怀乡之感。诗人把这满腹惆怅一腔孤愤赋予了短歌低唱。

登新平楼 [8]

去国登兹楼，怀归伤暮秋。

天长落日远，水净寒波流。

秦云起岭树，胡雁飞沙洲。

苍苍几万里，目极令人愁。

李白把幽邃的目光投向大地遥远的深处，满目秋色，一派苍茫。辞别丹阙，西出长安，浪迹秦川，驻足新平，究竟何处是归程？

第十章 出关

去国，怀归，悲秋，离愁。远离京师，来到新平，独上高楼，凭栏远眺，也许此刻，痛定思痛后，李白方才真正体会到从未有过的放逐之感。

李白再次来到新平郡，又是暮秋时节；冬天，即将来临。李白前一年到新平，已经领教过北方严冬的酷寒。李白如何应对天宝三载这个严寒的冬天呢？但至少不会像天宝二年那样，以乞求的口气向族叔讨要棉衣御寒了吧。虽然离开了长安城，但有皇帝的赏赐，过个暖和的冬天，物质条件应该是有保障的。天气再冷，诗人还有晁衡赠送的扶桑貂皮斗篷，也足以御寒了。

但是，可以肯定，李白没有在新平度过这个冬天。

新平郡似乎也是路过，这里并非李白西行的最终目的地。

那么，他执着地再次奔赴新平，意欲何为？

李白有一首诗，即《古风五十九首·其二十二》，内容取材非常特别，向我们透露了诗人西行的隐秘行迹。借此，我们或可探寻李白此行不愿明确宣示于人的目的。

古风五十九首·其二十二 [9]

秦水别陇首，幽咽多悲声；
胡马顾朔雪，躞蹀长嘶鸣。
感物动我心，缅然含归情。
昔视秋蛾飞，今见春蚕生。
袅袅桑结叶，萋萋柳垂荣。

急节谢流水，羁心摇悬旌。

挥涕且复去，恻怆何时平。

　　这首诗的首句"秦水别陇首，幽咽多悲声"描绘的情境，有据可考，有迹可循。汉代辛氏《三秦记》记载："陇右西关，其坂纡回，不知高几里，欲上者七日乃越。高处可容百余家，上有清水，四注流下。俗歌曰：'陇头流水，鸣声幽咽；遥望秦川，肝肠断绝。'"这段文字所引民谣里的"陇头"，就是李白诗中的"陇首"。据《通鉴·地理通释》记载：秦州陇城县有大陇山，亦曰陇首山。此处提及的这个陇城县，唐代属于关内道管辖，更具体的方位，传统的说法是在陇西的地界上，其旧址在今甘肃的天水市秦安县境内。

　　由此诗可知，李白到过陇城县。

　　从李白的生平游历看，李白到陇城，唯一可能的时间段只能就是此行之际，在西出长安之后，离开关中之前。如此，李白这次到新平郡，很可能是借道西行，转赴陇城。

　　若果真如此，李白的向往，就是在新平郡的更西处。那里，在陇山之西，因称陇西。陇西是一片隐秘而神奇的土地，是大唐王朝李氏的发祥地和龙脉所在。李白的祖籍也在那里。

　　当然，这个陇城县，也可能只是诗人西行的中转之地。陇城没有让诗人停下脚步，更没有什么理由能够留住诗人，让他在这里度过那个漫长的冬天。从诗中"昔视秋蛾飞，今见春蚕生"的叙述可知，李白应该是两过陇城，即上一年秋天过往，次年春天又归来。李白两过陇城，而于秋去春来之间，又到什么地方去了呢？这个地方，

第十章 出关

应该就是从新平郡经过陇城方可抵达的一个去处；这个地方，才可能是李白度过天宝三载冬天的那个神秘的地方。

李白过陇城，欲往哪里去？他究竟是在何处度过了那个冬天？对此，史料没有相关的记载。李白自己留下的诗篇，也没有明确的证据显示诗人在天宝三载那个冬天的踪迹。

西出长安，李白到了新平郡。秋天，过陇城，然后，他就走丢了。到次年春天，他又悄然回到了陇城。

历史上的这个冬天，我们的诗人李白，似乎掉进了一个神秘莫测的时空黑洞。

他，隐身在了何处？

李阳冰《草堂集序》记述："李白，字太白，陇西成纪人，凉武昭王暠九世孙。"[10]李白的祖籍成纪县恰恰就在陇西，但不是今天普遍流传的甘肃天水秦安的成纪。天宝年间，成纪县的治所在陇城之北数百里，即今天甘肃静宁县境内。后来，成纪县才迁至陇城，即现在的秦安县境，但那是中唐之后的事了。也就是说，历史上有两个成纪，一个是中唐前的成纪，在今甘肃静宁；一个是中唐后的成纪，在今甘肃秦安。严格说，李白的祖籍应该是静宁成纪。

西出长安，到新平郡，去天宝年间的成纪，当过陇城。过陇城往北去，恰可到达李白祖籍成纪，即今天的甘肃静宁县境。

成纪？成纪！成纪在陇西，在陇城之北！

这样，我们就能够理解了，李白辞阙离京，为什么没有即刻出关东归，而是冒着严冬的寒冷执意西行出游了。原来，李白前往地处关陇咽喉要道的新平郡，再从新平郡经过陇城，欲要去探访的是

333

那个叫"成纪"的地方。那里,才是李白真正的故乡。

果真如此,那么,用今天的话说,李白的陇西之行,便是他的寻根之旅了!

天宝三载冬天,李白究竟在哪里,又如何度过了那个冬天?历史的缄默为我们今天留下了巨大的想象空间。我们假设,李白独自一人悄然奔赴成纪。在成纪,他,或许是探访先祖的遗踪,或许是想要认祖归宗,或许是寻亲问故,或许还祭拜了本家的宗祠。在成纪的那个冬天里,他住在哪里?宗祠、客舍,还是驿站?他有酒喝吗?成纪的酒好喝吗?在一个熟知但又陌生的地方,他生活丰盈还是神情落寞?他为什么孤身一人,悄去又悄回?为什么没有留下有关成纪之行哪怕一鳞半爪的诗句?

翻阅李白诗歌,真的找不到能够印证那个冬天他身在何处的任何直接证据。但是有一首诗,状摹冬天之境,抒写男女闺情,如果是诗人欲借弃妇之怨而况君臣际遇之感慨,似乎十分契合这个冬天李白的身心境况。这首诗便是《夜坐吟》。

夜坐吟[11]

冬夜夜寒觉夜长,沉吟久坐坐北堂。
冰合井泉月入闺,金釭青凝照悲啼。
金釭灭,啼转多,掩妾泪,听君歌。
歌有声,妾有情,情声合,两无违。
一语不入意,从君万曲梁尘飞。

第十章 出关

此诗感情婉转起伏，意境幽深凄绝：漫漫寒夜，女子久坐北堂沉吟；冰结井泉，冷月入帘，青灯孤影，映着满面泪痕；寒风吹灭孤灯，哭泣更加悲切；倏尔传来歌声，让人听得怦然心动；歌声与心情相合，两心共鸣无违意；但是，如若有一语不合心意，纵使你千首万曲余音绕梁，也绝不回心转意！

已然见弃，尚怀留恋，虽然偶有心动，但去意果决：那个冬天，李白的心境不也与诗中的这个女子一模一样吗？这首诗，或许真的就是借闺怨以寄心志之作，诗人与诗中女子的魂魄合为一体。李白或者就躲进陇西成纪的一家小院，寒夜独坐北堂，以孤灯为伴，回忆着丹阙金门旧事。只可惜，诗中除了节令物候是北方冬季，便没有其他更具体的时空信息了，也就无法告知我们诗人究竟身处何地。

若果真有成纪之行，那么，此行目的，李白是否是在探寻家族根脉，寻找心灵故乡，安顿精神归宿？或者，借探访祖籍，释放心中极度的独寂之感，抚慰心口的创痛？

只是，诗人李白，生平行迹，太多的细节，太多的隐秘，全都隐藏在了历史深深的褶皱里。

再回到李白的《古风五十九首·其二十二》。诗的最后两句"挥涕且复去，恻怆何时平"，诗人的感情突然由乐观转为伤悲。为什么会出现这种情感的无端骤变？如果将这种感情的急剧转折与诗人独访祖籍的行迹联系起来，似乎就不难理解了。原来，挥涕复去，恻怆难平，这是诗人在向自己的郡望故地作最后的告别啊！终其一生，李白只有这次机会得以探访祖籍，此前没有，此后，恐怕也不会再有这般机缘了！

思归，思归，归何处？此地虽为祖籍，却似他乡，竟是他乡！

李白辞阙去朝，向世人宣示出长安而归山，谓之还故山。如此看来，这所谓的还故山，却是更加远离祖宗故地，远离血脉之根。其实，东归之故山者，原本就是他乡！

风尘萧瑟处，琴剑复飘零，长安一别后，何处是归程！

天宝四载，到了初春时节，李白过陇城离开陇西，顺道北上坊州，访友道别。恰遇一场大雪，关中已经两个冬天没见雪了。坊州，唐朝隶属关内道，天宝元年改称中部郡，州址在今黄陵县内。李白前来道别的朋友是坊州司马王嵩。在这里，诗人又偶遇了任太子府司经局正字的阎姓朋友。两位朋友陪着李白游玩散心，赏雪赠诗。李白的心境稍稍好转，他作诗酬赠热心的朋友。

酬坊州王司马与阎正字对雪见赠[12]

游子东南来，自宛适京国。
飘然无心云，倏忽复西北。
访戴昔未偶，寻嵇此相得。
愁颜发新欢，终宴叙前识。
阎公汉庭旧，沉郁富才力。
价重铜龙楼，声高重门侧。
宁期此相遇，华馆倍游息。
积雪明远峰，寒城锁春色。
主人苍生望，假我青云翼。

第十章 出关

> 风水如见资，投竿佐皇极。

两位朋友给李白的对雪赠诗，尽管我们不知其内容为何，但赠诗中对诗人遭遇赐金放还，必有一番安慰与鼓励。诗人的酬答，从回顾入京的行程开始，由东南到西北，经南阳适京师。诗人以王徽之雪夜访戴逵和吕安千里寻嵇康的故事，表达自己长安未遇而此地得遇阎正字的欢欣与荣幸。诗人称赞二位朋友的才能与声望，感谢朋友的不弃与热情陪伴。诗人以"寒城锁春色"的双关，暗示自己辞阙的原因是皇上受到了谗言蒙蔽。诗人表示，愿借朋友的威望，激励青云之志，他日若再有机会，即使老了，也要学姜子牙投钓竿而辅佐明主。此为李白拜谢朋友安慰的应酬之辞，却不幸预示了诗人日后从永王璘幕的第二次政治悲剧。

在单独别王嵩的留赠诗中，诗人明确表达归山的意愿时也委婉解释了自己应召入京的本意，情感更为真切。

留别王司马嵩 [13]

鲁连卖谈笑，岂是顾千金。

陶朱虽相越，本有五湖心。

余亦南阳子，时为《梁甫吟》。

苍山容偃蹇，白日惜颓侵。

愿一佐明主，功成还旧林。

西来何所为，孤剑托知音。

鸟爱碧山远，鱼游沧海深。

呼鹰过上蔡，卖畚向嵩岑。
他日闲相访，丘中有素琴。

诗人向朋友王嵩披露心迹，当初入京，并非贪图名利，只是为了辅佐明主安邦济世，待到功成便还旧林。诗人告诉朋友，西来告别，就是要向知音表明心迹——"鸟爱碧山远，鱼游沧海深"，将寄情山水、追求自由去了，他日再见，将在隐居之所用素琴接待朋友。

李白自坊州折返，一路向南，来到渭河北岸的咸阳。诗人打算在咸阳暂驻，小憩之后，往商州访友。这个季节，渭河平原上，芳草萋萋，绿杨依依，早燕回巢，碧水清流。

在咸阳，李白接到了挚友元丹丘的书信。终于有了远方朋友的消息。得到远方朋友的关心和牵挂，李白的心情变得欢快起来，同时，对老朋友的思念也愈加强烈。李白以诗代书，回信作答。

以诗代书答元丹丘[14]

青鸟海上来，今朝发何处。
口衔云锦字，与我忽飞去。
鸟去凌紫烟，书留绮窗前。
开缄方一笑，乃是故人传。
故人深相勖，忆我劳心曲。
离居在咸阳，三见秦草绿。
置书双袂间，引领不暂闲。

第十章 出关

> 长望杳难见，浮云横远山。

诗人以青鸟指故友的来信，叙述自己打开信笺时的欢喜，感谢朋友的勉励与挂念，他告诉朋友，从前年秋天进京至今，自己已经三见秦川碧绿的芳草，时间不短了；还顺便委婉地透露了自己的遭遇和心境。

李白把朋友的来信珍藏在袖中。他步出客舍，在高台上久久伫立，眺望远方，看着浮云横隔远山，无尽的思念不知该如何排遣。

渭水河谷刮来一阵清风，吹拂着诗人的美髯。

看着这满眼的绿色，无边无际，铺展到渭水南岸，连接着远处的长安城。诗人仰天长啸，一声空叹。

就在举首之际，他望见了北归的征鸿雁阵。

正是春光明润时。李白应朋友邀约，将出游商州。作商州之旅，观览商州风物，应该是诗人的心结。况且，诗人早就怀抱赴商州拜谒先贤的愿望，此前的诗中，他多次表达了对商州先贤遗风的仰慕。

从咸阳出发到商州，向南行，先渡渭河。渭河南岸，便是西京长安。

于是，假舟以渡渭水，李白再入长安城。

也许，诗人只是为了赶路才穿城而过。

也许，诗人有意回到长安，与之作最后的诀别。

也许，诗人想最后一睹长安胜景，祭奠旧梦，从此不复回首。

只是，李白已不再是御前侍驾的翰林学士。银台门，天龙马，金銮殿，太液池，皆成往事。

现在，李白只是一位漫游京师的旅客，一位行走江湖的诗人，一位浪迹市井的布衣，最多也只是一位放逐草野的卸任学士。

然而，诗人毕竟还是诗人，他依旧诗情涌动，依然诗才斐然。

过长安，李白作诗三首，名为"寓言"。

寓言三首[15]

其一

周公负斧扆，成王何夔夔？

武王昔不豫，剪爪投河湄。

贤圣遇谗慝，不免人君疑。

天风拔大木，禾黍咸伤萎。

管蔡扇苍蝇，公赋《鸱鸮》诗。

金縢若不启，忠信谁明之。

其二

遥裔双彩凤，婉娈三青禽。

往还瑶台里，鸣舞玉山岑。

以欢秦娥意，复得王母心。

区区精卫鸟，衔木空哀吟。

其三

长安春色归，先入青门道。

绿杨不自持，从风欲倾倒。

第十章 出关

> 海燕还秦宫，双飞入帘栊。
>
> 相思不相见，托梦辽城东。

李白作寓言诗，三首各有寓意，但皆为借事类比，意在自省荣辱沉浮，这是要作退一步之思，以寻求自我解脱。

诗其一，借周公遇谗的遭际，寓忠信难得明辨。诗的大意是：圣贤如周公，当年遭人谗害时，也会被武王这样的明君怀疑，以至于投河尽忠。大风能够拔起参天巨木，弱小的禾苗怎么不尽受损伤。君王身边的奸佞制造流言，周公只好写《鸱鸮》诗进行表白，如果武王没能看到周公的遗书，忠信谁又能够明辨！

诗其二，借精卫填海故事，寓真诚不被待见。诗的大意是：翩翩双彩凤，妩媚三青鸟，绕着瑶台飞，鸣舞玉山巅，讨欢公主意，赢得王母心。而不善于逢迎的精卫鸟，即使挚诚忠耿，也只得冷落衔木空自哀吟。

诗其三，借思妇怀念远人，寓君臣相望而不得。诗的大意是：长安春色回归，先绿青门芳草。绿杨随风摇摆，柔弱无依无靠。燕子飞归秦宫，双双落入帘栊。相思不得相见，只好托梦辽东。

李白这三首寓言诗，意象生动，意境清丽丰盈，寄寓的感情绵长而幽深，因谗去朝的幽怨，忠耿不达的失意，君臣相知的阻隔，尽在不言中。

莫非诗人还在留恋长安？还是想清理余绪，收拾挂碍，结束梦想，就此把长安放下？或者，以诗消解心结、诉尽衷肠之后，让长安真正成为记忆中的过去？

这三首寓言诗,与过往相较,少了激愤的感情,多了冷静的沉思。辞阙去朝的诗人,心尚在泣血,梦已然醒来。

诗人李白,用诗歌,向曾经朝思暮想的长安城,作最后的告别。

李白诗意犹自未尽,只是目光更加敏锐。

诗人作古风诗,回望西京长安,以与昔日不同的视角再次审视大唐王朝。

古风五十九首·其四十六 [16]

一百四十年,国容何赫然!
隐隐五凤楼,峨峨横三川。
王侯象星月,宾客如云烟。
斗鸡金宫里,蹴鞠瑶台边。
举动摇白日,指挥回青天。
当涂何翕忽,失路长弃捐。
独有杨执戟,闭关草《太玄》。

辞阙去朝,李白再回长安,虽然只是去秋到今春,但他感觉到,时间好像过了许久。今日的长安已非昔日的京师,今日的李白也不是当初的诗人。李白不再仅仅沉浸在个人的怨愤与伤痛之中。如今,他是清醒的,冷静的,超脱的。或许因此,李白的这首诗便具备了深邃的历史眼光。

且看,大唐王朝开国一百四十年,国威赫赫。长安城,隐隐五凤楼,高入云端;巍峨的宫殿,横亘在关陇平原。王侯大臣如众星拱月,宾客络绎盛如云烟。金殿盛行斗鸡，京城流行蹴鞠。他们的行举撼天动日，振臂挥指之间，就能够呼风唤雨变幻阴晴。当权者气势显赫，失势者永被弃掷。唯独像扬雄这样的执戟守道之士淡泊明志，只好闭门撰写《太玄经》。

通过强烈的对比，诗人表达了对当朝现实政治的指摘。诗人从唐王朝一百多年的发展历史切入，渲染盛唐时期长安的辉煌，列举斗鸡蹴鞠之徒得势的现象，指出当今王朝在人才使用上的颠倒失度，准确地揭示出盛世光环遮盖着的社会矛盾症结。诗人终于从自己的沉浮荣辱中跳了出来，超越了个人建功立业的主观愿望，在即将离开长安的最后回望中，用宏大高远的历史视角，深刻地揭示了升平气象背后潜藏的政治危机，鲜明地表达了自己的价值选择和人生态度。此诗可谓眼界开阔，目光敏锐。离开唐王朝的政治中心，不再参与政事，诗人反倒在严酷的现实磨砺下于政治上更加深刻清醒，也变得成熟起来。

这或许就是历史的吊诡之处。

慧眼方开梦醒日，却是去朝无归时。

长安之行，李白从自己的荣辱沉浮中，省悟了官场险恶世道不公，觉察到盛世危机升平隐患，洞悉了朝纲存废家国兴衰，凭借自己的诗歌天赋，有意无意，完成了一位卓越的诗人应该承担的历史使命。

诗人政治上的不幸，反倒成就了唐代诗坛的大幸。

长安城，春明门。

前年（743年）秋天，李白从这里走进梦想中的大唐西京。

眼下，他又走出春明门，要辞别长安城。

长安的繁华犹在，长安的笙歌燕舞依旧，长安的美酒正醇，酒肆里胡姬依然清丽动人。然而，长安，不再追捧诗仙酒仙；李白，也不再眷恋长安。

当初，贺知章告老还乡辞别长安，皇上赋诗，群臣出城，设帐置酒，列阵饯行。那时的情境，诗人觉得犹在眼前，恍若昨日。而今，诗人李白也要告别长安，他没有那般隆重的礼遇，他肯定不会有，他此时仅仅是个布衣诗人。

天宝四载，春天，道旁柳枝吐翠，坡上芳草嫩绿。鸟雀跳跃着，依旧叽叽喳喳，啄饮草叶上的清露，刨食捕虫。

在熙攘的人流中，李白牵着马，晨露打湿马蹄。春风扬袂，他捋一把须髯，稍稍停顿了半步。他风尘仆仆，款步走过春明门，只身出了长安城。

也许，诗人木然无语，蹙眉沉思。

也许，诗人步步蹒跚，频频回首。

也许，诗人飘然前行，义无反顾。

但无论如何，这是永别。是诗人李白，对长安的永别。是长安，对诗人李白的永别！

在那个人生苦短舟楫不便的时代，每一次告别，都意味着永诀。

就这样，诗人悄然诀别了长安。

数日之后，晨露浓重的那个早上，出潼关，东渡黄河，李白站在船头，再次回首西望，华岳屏障了关中平原，魂牵梦绕的长安城，已是远在天边了。

第十章 出关

在历史的滔滔洪波中，长安城不幸，再没有给予诗人李白重逢的机缘。

出长安，李白南下，奔赴商州。

商州，唐开元二十五年隶属山南西道，天宝元年改称上洛郡，习惯上仍称商州。商州，在今陕西东南部，秦岭东段南麓，距长安城两百余里。

李白不徐不疾，边行边歇，穿峡越岭，一路美景目不暇接，恰似出游踏春。

过商山，李白探访了此处名胜四皓墓，祭拜先贤，一呈夙愿。

《雍胜略》记曰：商山，去商州东南九十里，一名楚山，一名商洛山，形如商字，汤以为国号，郡以为名，汉四皓隐处。所言"四皓"，据《高士传》记述：四皓者，东园公、甪里先生、绮里季、夏黄公。四人皆修道洁己，非义不动。秦政暴虐，四人共入商洛隐居，以待天下大势安宁。秦朝败亡，汉兴，高祖征召贤士，四皓藏匿起来，不接受朝廷的征召。《汉纪》记载，当年汉高祖宠爱戚夫人，欲废太子刘盈，另立戚夫人之子为储。太子刘盈的母亲吕氏皇后问计于留侯张良。张良让太子以华贵的车马去迎接四皓，态度要十分谦卑，尊其为贵客上宾。吕后听从了张良的计策，四皓果然来归附太子为贵客。高祖得知后十分惊奇，问四皓归附太子的因由，四皓对答：陛下喜骂轻士，臣等义不受辱，故逃匿不出；如今太子仁孝，爱人敬士，故来归附。高祖无语，于是放弃了废太子重新立储的打算，太子由此度过了危机。后来太子刘盈即位，欲封赏四皓名禄，四皓拒绝封赏，仍旧回到商山隐居去了。

李白此行专程祭拜了四皓墓，并且连续写下了《商山四皓》《过四皓墓》《山人劝酒》等诗篇，称颂四皓功成不居的高洁品德。

商山四皓[17]

白发四老人，昂藏南山侧。
偃蹇松云间，冥翳不可识。
云窗拂青霭，石壁横翠色。
龙虎方战争，于焉自休息。
秦人失金镜，汉祖升紫极。
阴虹浊太阳，前星遂沦匿。
一行佐明两，欻起生羽翼。
功成身不居，舒卷在胸臆。
窅冥合元化，茫昧信难测。
飞声塞天衢，万古仰遗迹。

李白吟咏商山四皓别有怀抱。诗中，先叙四皓"避秦"，再写"安汉"，最后四句赞誉四皓的高风亮节，表达景仰之意。其实，李白借四皓故事，褒扬明主的礼贤下士，盛赞四皓的功成不居，就是在借四皓之事，化解胸中积郁，回味自己的切身遭遇，重申自己扶贤尊圣、功成隐退、不受辱为臣、不为名利牵绊的心志。

只是遗憾，李白没有四皓安社稷而"功成拂衣去"的幸运。

李白虽然已经离开长安，但是，当诗人面对能够勾起心底隐痛

第十章 出关

的人事时，依然不免触景生情。

辞丹阙，别金门，诗人真的把荣辱沉浮放下了吗？

到了商州，李白见到了相约会面的朋友裴使君。

诗人的朋友也是位散淡之士，功成名就，闲居商洛。李白与之有共同的志趣，远道相聚，两厢倾情，自然少不得游赏商州的山水名胜。

出商州城往西，有仙娥峰，临丹江，洞壑幽邃，翠壁横天耸立，峰下有溪水潺潺，名曰石娥溪。李白伴着朋友，游石娥溪。

春陪商州裴使君游石娥溪 [18]

裴公有仙标，拔俗数千丈。
澹荡沧洲云，飘飖紫霞想。
剖竹商洛间，政成心已闲。
萧条出世表，冥寂闭玄关。
我来属芳节，解榻时相悦。
褰帷对云峰，扬袂指松雪。
暂出东城边，遂游西岩前。
横天耸翠壁，喷壑鸣红泉。
寻幽殊未歇，爱此春光发。
溪傍饶名花，石上有好月。
命驾归去来，露华生翠苔。
淹留惜将晚，复听清猿哀。

清猿断人肠，游子思故乡。

　　明发首东路，此欢焉可忘。

此诗为赠作，原注"时欲东游，遂有此赠"。

正是春光明艳时，李白与朋友寻幽访奇，品花赏月。晚上，他们找了个观景的楼台，美酒佳酿，对饮了一番。他们开窗欣赏云中渐淡之奇峰，卷帘闲看松间未消之残雪，相悦为欢，卧榻叙谊。直到崖壁翠苔生露华，幽谷传来清猿断肠声。

那一声猿啼，唤起了李白的几多乡愁。

哦，该还乡了。

故乡在哪里？

出商州，北上；返回关中，东行，李白过华州。

华州倚华岳，枕渭水，附近的山中秀谷有清潭，名曰罗敷潭。听得清潭名字雅致，李白歇脚驻停，就近一游罗敷潭。

春日游罗敷潭 [19]

　　行歌入谷口，路尽无人跻。

　　攀崖度绝壑，弄水寻回溪。

　　云从石上起，客到花间迷。

　　淹留未尽兴，日落群峰西。

攀崖度壑，弄水寻溪。云起石壁，客迷花间。放歌行吟处，就见日落群峰。心定气闲,诗人尽享独游之乐。

华州驻足,偶遇一王姓友人,诗人心无挂碍,遂乘兴赠诗留别。

赠华州王司士 [20]

淮水不绝波澜高,盛德未泯生英髦。
知君先负庙堂器,今日还须赠宝刀。

仔细品味这首小诗,联系诗人的遭遇,竟觉得这首诗有点客套话的味道了。赠宝刀与庙堂之器,以励其精进,此时此地,这究竟是对有志于朝堂者的习惯应酬,还是诗人内心的自我解嘲?

无论如何,华州的奇峰秀水,自然也留不住诗人东去的步履。

咸阳古道,东行,身后的长安城越来越远。

出关路上,诗人的思绪禁不住又回到长安。春天来了,长安郊外,灞桥柳色是否依旧?乐游原上,汉家陵阙,可是芳草萋萋?秦楼之上,秦娥可否安好?明月夜,是否再起箫声?诗人想起去年清秋节独登乐游原的那个傍晚,深深地嵌入心灵的那幅景色,诗人始终不能忘怀。忆想回味中,诗人自感凄怆悲壮,他低吟漫唱,赋就乐词一阕,自度成曲,取名《忆秦娥》。

忆秦娥 [21]

箫声咽,秦娥梦断秦楼月。秦楼月,年年柳色,灞陵伤别。

乐游原上清秋节,咸阳古道音尘绝。音尘绝,西风残照,汉家陵阙。

马蹄踏着春泥，步履匆匆。

大唐天宝四载的春天，李白骑着骏马，驰行在西京长安通往东都洛阳的官道上。

他就要出关去。

辞别庙堂，李白便是放臣了。

君王不用，臣子何归？

李白之前，屈原遭放逐，投江自沉；司马迁没有被放逐，却受了宫刑；还有陶渊明，自己找个可以饮酒赏菊的地方，躲了起来。

李白之后，柳永曾被宋仁宗指斥"且去填词"而屡屡落第；苏轼，有过乌台诗案的冤狱；而关汉卿们，都是排到老九了的。

赐金，放归，还山，仙居，毕竟大唐盛世，幸遇惜才天子，其实，这李白，也实在是很有运气的了。

李白的朋友任华有《杂言寄李白》[22]，中有诗句曰："新诗传在宫人口，佳句不离明主心。身骑天马多意气，目送飞鸿对豪贵。承恩召入凡几回，待诏归来仍半醉。权臣妒盛名，群犬多吠声。有敕放君却归隐沦处，高歌大笑出关去。"

李白曾经自言：仰天大笑出门去，我辈岂是蓬蒿人！

朋友任华说：有敕放君却归隐沦处，高歌大笑出关去。

出门，入京，大笑；别京，出关，亦是大笑。

出入皆大笑，此笑可同彼笑？

马上的李白，不时放歌大笑。

第十章 出关

大唐天宝四载，春天。

潼关。

晨露浓重，芳草离离。

李白登船，东渡黄河[23]。

船上，一人一马一艄公。

两岸对峙，骊歌声声。骊歌悠长的余音，在河谷上久久飘荡。

站在船头的李白，再次回首西望：关中平原上，西岳华山，如一道高耸入云的巨大屏风，遮挡住了长安城；青山背后，还有多少精彩的风景？

长安，看不见的长安！长安，远在天外的长安！

李白走了。

李白走了，璀璨了华夏文明的唐代诗坛，正经历着最为遗憾的凝重时刻。

李白走了，伟大的唐王朝，京师长安的辉煌，将要失去几多光芒？

李白走了，承载着历史上著名汉唐盛世的长安城，向着黍离麦秀的日子又近了一步。

从此，李白又是风尘萧瑟，琴剑飘零。

【注释】

[1]（清）王琦注：《李太白全集》中册，中华书局1977年9月第1版，第713页。

[2]（清）王琦注：《李太白全集》中册，中华书局1977年9月第1版，第1132页。

[3]（清）王琦注：《李太白全集》上册，中华书局1977年9月第1版，第289页。

[4]李白《与韩荆州书》有"十五好剑术"的自述。见（清）王琦注：《李太白全集》下册，中华书局1977年9月第1版，第1240页。

[5]（清）王琦注：《李太白全集》上册，中华书局1977年9月第1版，第387页。

[6]（清）王琦注：《李太白全集》上册，中华书局1977年9月第1版，第95页。

[7]（清）王琦注：《李太白全集》中册，中华书局1977年9月第1版，第974页。

[8]（清）王琦注：《李太白全集》中册，中华书局1977年9月第1版，第976页。

[9]（清）王琦注：《李太白全集》上册，中华书局1977年9月第1版，第117页。

[10]（清）王琦注：《李太白全集》下册，中华书局1977年9月第1版，第1443页。

[11]（清）王琦注：《李太白全集》上册，中华书局1977年9月第1版，第200页。

[12]（清）王琦注：《李太白全集》中册，中华书局1977年9月第1版，第885页。有人将此诗及《留别王司马嵩》系于开元十九年（731年），作干谒诗解，以证李白开元十八年入长安之说。本诗题所赠阎正字者，

殊可关注。《唐书·百官志》有记：正字，太子府左春坊司经局职官，从九品上，掌校刊经史。有宋人陈思《宝刻丛编》记载，天宝中，太子正字阎宽，撰《襄阳令卢僎德政碑》，若此阎宽即李白赠诗题中阎正字，则知此诗应作于天宝之年不虚；且，若是干谒，如何又口口声声"还旧林"，没有这样请人帮助的。两首诗皆作留赠诗解为宜。

［13］（清）王琦注：《李太白全集》中册，中华书局1977年9月第1版，第712页。

［14］（清）王琦注：《李太白全集》中册，中华书局1977年9月第1版，第881页。

［15］（清）王琦注：《李太白全集》中册，中华书局1977年9月第1版，第1107页。

［16］（清）王琦注：《李太白全集》上册，中华书局1977年9月第1版，第143页。唐自开国于高祖武德元年（618年），至天宝四载，共128年，因此，有人将此诗系于天宝十四载，并推出李白三入长安之说。查李白作于至德二年（757年）的《为宋中丞请都金陵表》［（清）王琦注：《李太白全集》下册，中华书局1977年9月第1版，第1210页］，中有"皇朝百五十年，金革不作"的句子，武德元年至至德二年，仅一百四十年，而李白作一百五十年计，则天宝四载，当作一百四十年可也。只是李白如此算法，源于何因，暂时无解，可能自有他的什么依据。或有字误，亦未可知。今根据诗意，系于此年。

［17］（清）王琦注：《李太白全集》中册，中华书局1977年9月第1版，第1031页。

[18]（清）王琦注：《李太白全集》中册，中华书局1977年9月第1版，第935页。

[19]（清）王琦注：《李太白全集》中册，中华书局1977年9月第1版，第934页。

[20]（清）王琦注：《李太白全集》上册，中华书局1977年9月第1版，第502页。

[21]（清）王琦注：《李太白全集》上册，中华书局1977年9月第1版，第322页。

[22]（清）王琦注：《李太白全集》下册，中华书局1977年9月第1版，第1491页。

[23]李白《梁园吟》："我浮黄河去京阙，挂席欲进波连山。天长水阔厌远涉，访古始及平台间……"[（清）王琦注：《李太白全集》上册，中华书局1977年9月第1版，第390页。]可见，李白应从潼关渡黄河，之后作梁、宋之游。

余音

　　李白告别长安当年，天宝四载十月，李隆基册封杨玉环为贵妃。是年夏天，李白在东都洛阳与杜甫初次相遇，并与之偕高适等同游梁园。其后数年，李白家寓东鲁，多徘徊于宋、鲁之间，足涉江淮、幽燕诸地，并遭遇许氏夫人病逝。

　　天宝十四载十一月，李白离开长安十年之后，安禄山反叛，起兵范阳，安史之乱爆发。次年六月，叛军攻陷西京长安，李隆基逃往蜀地，途经马嵬坡，护驾军士哗变，李隆基被迫赐死杨贵妃。七月，太子李亨在灵武即位，尊李隆基为太上皇。

　　天宝十五载（756年），永王李璘以江陵郡大都督起兵平叛，十二月领水师自江陵沿江东下，过浔阳，邀请李白为幕僚。适李白携宗氏夫人于庐山屏风叠隐居修道，李白偕行水师，辅佐永王。在离开长安十一年之后，李白再次尝试从政。次年正月，新皇帝李亨以永王李璘逆旨谋反，下令江淮守军击败永王，永王死于乱军。李白因之坐罪入狱。又次年，李白以参幕永王璘而获罪，流放夜郎。

乾元二年（759年），李白离开长安十四年后，赴夜郎途中遇赦，北返，过三峡，作《早发白帝城》："朝辞白帝彩云间，千里江陵一日还。两岸猿声啼不住，轻舟已过万重山。"诗中透露出诗人遇赦后的愉悦心境。其后，从零陵北上，至巴陵、江夏，赴浔阳，寓豫章。

唐肃宗宝应元年（762年），在告别长安十七年后，流落宣城与金陵间的李白，因贫病无依，投寄于时任当涂令的族叔李阳冰。

人生总不至于真的结伴而行，结伴而终；但历史往往就是如此巧合。

宝应元年，李白去京第十七年。

就在这一年：

四月乙卯，李隆基驾崩，谥号玄宗；

四月丁卯，李亨驾崩，谥肃宗；

四月，高力士因玄宗驾崩吐血而死；

四月，玉真公主薨，之后葬于万年县凤栖原；

十一月，李白病逝于当涂。

民间传说：李白醉酒，乘舟赴水捉月，有仙鹤从水中跃出，李白骑鹤飞升成仙。